SIX VERSIONS

MATT WESOLOWSKI

SIX VERSIONS

LES ORPHELINS DU MONT SCARCLAW

Traduit de l'anglais
par Antoine Chainas

EQUINOX

les arènes

Pour Cobweb

«Ainsi croisons-nous les fantômes qui nous hanteront notre vie durant: tranquillement assis au bord de la route comme de pauvres mendiants, nous ne les observons que du coin de l'œil, et encore, quand nous les apercevons!

L'idée qu'ils étaient là à nous attendre nous traverse rarement l'esprit.

Ils nous attendent cependant et à peine sommes-nous passés qu'ils rassemblent leur baluchon de souvenance et nous emboîtent le pas, grignotant peu à peu leur retard[1].»

Stephen King, *Magie et Cristal*

«Les montagnes causent une angoisse oppressante, les océans terrifient, tandis que le mystère des vastes forêts exerce un envoûtement particulier.

Mais dans tous les cas il existe un lien avec la vie de l'homme et avec son expérience[2].»

Algernon Blackwood, *Les Saules*

«Alors qu'ils chevauchaient, le seigneur dit à sa dame:

Méfiez-vous de Long Lankin, qui vit parmi les ajoncs.»

Ballade traditionnelle de Northumbrie

---

1. Traduit de l'anglais (États-Unis) par Yves Sarda, J'ai Lu, 2006. *(N.d.T.)*

2. Traduit de l'anglais (États-Unis) par Jacques Parsons, éditions de l'Arbre vengeur, 2020. *(N.d.T.)*

LE MONT SCARCLAW

2017

Je reconnais cette partie de la forêt. Cette réminiscence suscite en moi une pointe de satisfaction, un sentiment d'accomplissement. À mesure que j'émerge des bois, l'environnement me devient plus familier. Les arbres me surplombent avec leur mine austère habituelle.

Ma première incursion dans la région m'avait impressionné, je m'étais senti écrasé par l'aspect imposant de la nature, sans parvenir à me ressaisir. Les arbres, innombrables, paraissaient surgir de l'obscurité, peuplés d'oiseaux bruyants et tourmentés. Les sporanges des fougères vous battaient paresseusement les jarrets quand vous traversiez la végétation.

J'avais d'abord envisagé de faire venir les bulldozers, de tout raser, comme s'y était appliqué mon père pour le Centre Woodlands. Aujourd'hui je suis content d'y avoir renoncé. D'une façon étrange la forêt commence à me plaire, quoique cette pensée me contrarie: lui trouver du charme est bien la dernière chose à éprouver. Ce n'est pas convenable. Toutefois les toiles d'araignées festonnées de rosée et les ajoncs sur les contreforts, décorés de fleurs jaunes, plaident en sa faveur.

Il y a de la féerie entre ces arbres.

À ma manière, je commence à comprendre les lieux et l'indifférence suprême avec laquelle ils traitent ceux qui y vivent. La forêt, à l'image de ses habitants, demeure tapie dans l'ombre de la montagne qui se dresse en surplomb, éminence de rocailles noires couronnées de nuages.

Le mont Scarclaw semble sortir d'un épisode de *Game of Thrones*.

Je m'arrête dans une espèce de clairière naturelle. Cela fait dix minutes que je marche et je n'aperçois presque plus le bâtiment.

Papa n'a pas caché sa joie quand les travaux ont été achevés, à l'endroit qui avait autrefois accueilli le Centre Woodlands du mont Scarclaw. Une plaque en laiton surmonte à présent l'entrée. Le nouveau nom – *Relais de chasse* – a donné lieu à d'âpres discussions entre mon père et moi. Je trouvais ça tellement... niais. J'imagine que mon père désirait gommer le souvenir des événements qui s'étaient déroulés dans les environs.

Papa a meublé le Relais de bibliothèques ringardes chargées de volumes reliés en cuir. De quoi distraire les touristes, même si je doute qu'aucun d'entre eux les lise jamais. J'en ai feuilleté certains récemment. Le papier épais, aussi jaune que des os desséchés, dégage une odeur de tabac à pipe propre à réveiller quelque spectre des jours anciens.

Cette analogie reflète mes activités au Relais : je chasse les spectres, je fouille les ombres, je médite.

Je m'interroge parfois sur mon véritable rôle dans toute cette histoire. Moi, Harry Saint Clement-Ramsay, suis-je un nouveau docteur Frankenstein exhumant les cadavres dans l'espoir de guérir de vieilles blessures ?

Aurais-je dû refuser l'interview ? Refuser de réveiller les morts ? Mes révélations détruiront-elles la paix qui a mis vingt ans à s'installer au mont Scarclaw ?

Il portait un masque.

Juste une chose blanche dont les traits émergeaient des plis de la capuche: les joues et le nez moulés dans un plastique clair, le front aussi bombé qu'un crâne.

Un tel accoutrement aurait pu être cocasse, rappelant les déguisements qu'on apercevait parfois dans les manifestations altermondialistes. Mais j'avais peur.

Nous l'avions observé depuis notre planque, quand il s'était garé à l'entrée de Mayberry. Nous avions imprimé ses mails. Les échanges s'étalaient sur des mois. Des suppliques, des prières, des promesses. Je m'attendais à voir arriver un Hummer aux vitres teintées, ce genre de choses. Après tout, ce type était une célébrité du Net, n'est-ce pas?

Nous pensions à tout sauf à une Ford Ka au capot incrusté d'insectes. Tomo a fait sonner mon portable. J'ai décroché avant de glisser l'appareil allumé dans ma poche. Tomo, lui, a mis le sien sur haut-parleur. Nous nous étions exercés. La phrase code était: «Vous vous êtes arrêté au magasin de fournitures en venant?» Pas très original, mais mes complices rejoindraient l'entrée en moins d'une minute s'ils entendaient ces mots.

Laisse-le approcher, me disais-je, redoutant de flancher. Sans mes copains juste à côté, prêts à intervenir, peut-être que j'aurais abandonné, je me serais tiré.

Il m'avait averti, pour le masque. Je m'étais abondamment documenté sur lui et d'une certaine manière je comprenais pourquoi il cachait son visage. Malgré tout, j'avais failli renoncer quand je l'avais vu descendre de voiture. J'étais à deux doigts de tourner les talons. S'il ne montrait pas son visage... ce pouvait être n'importe qui.

C'était sans doute le but recherché.

Je crevais de trouille, mais je n'allais sûrement pas le montrer. Justin possédait un fusil. J'ignorais s'il était chargé. Tomo avait quant à lui un couteau flambant neuf. Leur mission consistait à me protéger, n'est-ce pas? On aurait pu dire qu'ils défendaient le souvenir de cette nuit-là, vingt ans auparavant. Le souvenir de ce que nous avions vu. Le souvenir de ce que nous avions découvert.

Le type masqué avança et je me vis aller à sa rencontre pour lui serrer la main. L'étranger en moi ne manifestait aucune crainte apparente, il me sembla même détecter un sourire dans sa voix.

Derrière son masque, l'autre pouvait se moquer de moi, me mépriser, m'insulter en silence, me détester sans que je soupçonne rien.

Il me remercia d'être venu et nous montâmes dans sa voiture. Il fixa un micro au revers de ma veste, puis enclencha l'enregistrement.

La conversation débuta.

Debout dans la clairière, je sors mon thermos et me verse une tasse de thé. Le sol est mouillé, je répugne à m'asseoir. C'est un lieu commun de dire ça, je sais, mais on s'arrête rarement pour écouter ce qui se passe autour de nous. J'ai appris à écouter dans cette forêt, sous les frondaisons. Les premières fois où je sortais j'emportais mes écouteurs. Un dans l'oreille droite, rien dans la gauche.

Les bois ne sont pas silencieux, enfin pas vraiment; et si vous restez immobile assez longtemps, vous entendez toutes sortes de bruits: frémissements, caquetages, etc. Quand il pleut, une véritable cacophonie végétale s'installe. Au petit matin, les oiseaux poussent de drôles de clameurs outrées.

Je ne fréquente plus la forêt à la nuit tombée depuis belle lurette.

La dernière fois où je m'y suis risqué, c'était il y a une vingtaine d'années, en compagnie de Justin et de Tomo. Nous avions trouvé le garçon. Il reposait à l'endroit où la forêt s'éclaircit, dos à la montagne, là où le sentier se perd dans les marécages.

Je n'aime pas les silences, car cette scène tourne en boucle dès qu'ils se prolongent.

Pratiquement vingt ans se sont écoulés, et le souvenir de ce que nous avons découvert cette nuit-là ne s'estompe pas.

L'homme masqué disait qu'il comprenait, il disait qu'en effet certains fantômes ne disparaissent jamais. Je crois que c'est ce que nous avons fini par admettre, mon père et moi. En tout état de cause, ajoutait l'homme masqué, peut-être que cette confession m'aiderait.

M'aider.

Voilà un mot que je n'aurais pas envisagé en songeant à nous. Personne ne pensait que les Saint Clement-Ramsay avaient besoin d'aide. Nous avions de l'argent, pas vrai? Qui a besoin d'une main secourable quand il possède la fortune?

Le Centre Woodlands du mont Scarclaw existait encore il y a vingt ans. Le Relais n'était même pas ébauché, mais les bois, la montagne et le Centre lui-même appartenaient déjà à mon père. Les toilettes et les douches fonctionnaient encore, ce qui fait que ce jour-là Justin, Tomo et moi, nous nous sommes dit Au diable, puis nous avons quitté nos voitures embourbées sur la piste qui conduisait au Centre.

Le bâtiment, plutôt moche, était représentatif des années 1970, tout en aggloméré et en linoléum. Une odeur de vapeur, de terre et de vieil anorak émanait des locaux. La cuisine, quant à elle, puait la saucisse végétarienne et les œufs brouillés. De grosses empreintes de semelles boueuses maculaient les portes. Chaises pliantes, toiles d'araignées dans tous les coins et radiateurs gris métallisé. Quelqu'un – un membre des Scouts ou des Éclaireurs, enfin l'une des associations qui avaient autrefois loué le Centre – avait orné le mur du fond d'une frise en papier crépon sur laquelle on pouvait lire: *Ne laissez rien traîner, et ramenez vos ordures chez vous*. Un blaireau souriant, sous l'inscription, avait perdu l'un de ses yeux et l'on avait remédié au problème en griffonnant une pupille au stylo à bille noir.

Pour être honnête, ce premier jour du mois d'août 1997 n'avait rien d'exaltant. Justin, Tomo et moi avions quoi? Vingt et un, vingt-deux ans? Quelle déprime! Assis dans le réfectoire, une pièce en longueur, nous avons entrepris de siroter nos fichues bières et de jouer au Monopoly tout l'après-midi. À la fin, nous débloquions un peu et passions notre temps à nous chamailler. Malgré la faim, aucun de nous n'était disposé à cuisiner. Les chips et les condiments ne nourrissent pas. Nous n'étions que de jeunes crétins, des gars de la ville désœuvrés. Pas de snack à proximité, nous avions trop bu pour aller jusqu'au village ou à une station-service. Justin a sorti une bouteille de whisky millésimé, signe que nous allions nous enivrer jusqu'à l'écœurement. À vingt et une heures nous ronflerions, et le vacarme des branchages agités par le vent hanterait nos rêves.

Si seulement notre aventure avait pu se terminer ainsi...

Je finis mon thé, balance le fond de tasse dans les broussailles. L'aube se lève, la lumière du jour s'étend sur les bois. Je me dirige vers les arbres aux branches enchevêtrées et les ronces. J'allonge le pas. Bientôt je quitterai le chemin de terre battue comme nous l'avions fait autrefois. Nous étions ivres, il pleuvait tellement. Nous distinguions à peine la piste, terre battue ou pas.

Un dernier regard en arrière. La fenêtre éclairée du Relais est encore visible. J'essaye d'imaginer à quoi pouvait ressembler le Centre Woodlands pour le garçon, à l'époque. Il avait emprunté cet itinéraire, en 1996, directement à travers les fourrés. Ce n'était sans doute pas très différent d'aujourd'hui: une lueur à la fenêtre, la promesse d'un peu de chaleur, quatre murs.

Je poursuis ma route, m'enfonce plus loin dans la végétation. Il faut regarder où l'on met les pieds dès que ça commence à monter. J'aperçois des panneaux jadis absents du paysage. Un sentier naturel serpente entre les arbres à deux ou trois kilomètres au nord-ouest du Relais (ou du Centre Woodlands, autrefois). Je suis sûr qu'ils sont arrivés par là en 1996. Je marche sur leurs traces.

Alors que je continue à progresser je ressens une pointe de nostalgie, une envie, comme si une part de moi, un fil de ma personnalité, se trouvait prise dans l'engrenage de ma mémoire.

J'ai l'impression de devenir un élément du drame qui s'est joué naguère. Je présume que d'une certaine manière ce sentiment est justifié.

— Mon père avait acheté les terres juste avant... avant que ça arrive. Ce n'est pas une simple expression: il les a acquises dans les semaines qui ont précédé la tragédie.

Un vrai merdier.

Désolé, ça m'a échappé... On a le droit de dire des grossièretés?

Cette voix est celle de Harry Saint Clement-Ramsay. Harry est le fils de Lord Ramsay, propriétaire du domaine entourant le mont Scarclaw, et propriétaire du mont lui-même.

Ceux qui sont assez âgés pour s'en souvenir reconnaîtront peut-être ce nom-là, aujourd'hui largement oublié.

Rencontrer Harry représentait un défi majeur, c'est le moins que l'on puisse dire. Le groupe immobilier Ramsay n'a répondu à aucun des mails et des lettres que je lui ai adressés durant plusieurs mois. Ce premier obstacle semblait insurmontable, or sans Harry le podcast perdait tout intérêt. L'émission se serait résumée à une spéculation de plus sur les événements de 1996. Ce n'eût été qu'un coup de bêche inutile dans la terre desséchée d'un vieux cimetière.

Deux décennies se sont écoulées, et les Ramsay ont toujours refusé d'évoquer l'affaire.

Jusqu'à aujourd'hui.

Tiré à quatre épingles, le teint frais et l'allure athlétique, Harry est ce qu'on appelle une âme bien née.

Son naturel affable laisse toutefois transparaître une certaine réserve. Il n'est pas sans rappeler un politicien en visite dans les quartiers populaires pour préparer son élection. Chaque mot est soigneusement pesé.

À la mention du mont Scarclaw, il devient évasif, ses propos se font prudents. On ne saurait lui donner tort.

— Je crois que mon père avait l'intention de combler tous les vieux puits, de condamner les anciennes mines, vous savez, et de revendre le terrain à des promoteurs qui auraient aménagé des chalets, des lieux de plaisance, enfin ce genre de truc. Mais la tâche était considérable et... après le drame le cœur n'y était plus, si bien que le mont est toujours truffé de galeries, de tunnels et de conduits traîtres, sans parler des marécages et de ce qu'on y a... où on a... enfin vous voyez. Les pièges mortels abondent. Et d'abord, qui sait ce qu'ils fichaient là? Je veux dire, personne n'irait là-bas pour le plaisir, non?

Avant 1996 le mont Scarclaw était inconnu du grand public. Et aujourd'hui il est retombé dans l'oubli, malgré la fameuse photo en une du Times*: le pic rocheux émergeant des nuages comme un croc, sur fond de bruine spectrale, typiquement anglaise. La plupart des gens ont également oublié le nom de Tom Jeffries.*

Plus pour longtemps, sans doute.

— Parfois je me demande comment les choses auraient tourné dans d'autres circonstances. Si mon père avait contacté l'entrepreneur une heure plus tôt, les ouvriers auraient débarqué, ils auraient tout démoli et puis ils auraient réparé les barrières, remis les panneaux en état. L'endroit aurait été sécurisé, les imprudents se seraient tenus à l'écart et on aurait évité cette tragédie. Une heure, et mon père aurait dit: «Désolé, peu importe que vous ayez réservé depuis longtemps, c'est un impondérable.» Fin de l'histoire. Je ne serais pas en train de discuter avec vous aujourd'hui.

Juste une heure, et on aurait préservé la vie d'un garçon.

Il avait un père, un grand-père... Mourir comme ça, la tête plongée dans l'eau des marécages...

Il avait à peine quinze ans, c'est ça?

Seigneur.

Bienvenue dans Six Versions, *je suis Scott King.*

Durant six semaines nous reviendrons sur la tragédie du mont Scarclaw. Six manières de voir les choses, six versions différentes.

Comme toujours, vous serez seuls juges. Vous le savez à présent, je ne suis pas là pour donner mon opinion, mais pour vous permettre de vous en forger une.

Précisons à l'intention des nouveaux auditeurs que je ne suis ni policier, ni expert scientifique, ni profiler. Ma démarche ne consiste pas à mener une contre-enquête ou à dénicher des preuves inédites. Disons plutôt que j'anime un groupe de parole réuni sur une scène de crime.

Dans ce premier numéro, nous allons résumer les faits et vous présenter succinctement les protagonistes.

Nous saurons, pas seulement de la bouche de Harry mais également de celle d'un autre témoin, quels étaient les tiers impliqués de façon directe, qui était présent sur les lieux et surtout qui connaissait Tom Jeffries. Nous apprendrons aussi comment les événements de 1996 continuent d'exercer une influence néfaste sur certaines personnes, à la manière d'une tache indélébile sur la page d'une existence.

Nous reviendrons sur un dossier ouvert puis classé; une tragédie qui, aux yeux de certains, aurait pu, aurait dû être évitée. Pour d'autres, le drame restera une énigme fascinante et irrésolue.

Du moins jusqu'à présent.

Maintenant voici le moment de poser quelques jalons historiques. Pas d'inquiétude, je serai bref.

Le mont se dresse au cœur de l'une des contrées les plus majestueuses de la Grande-Bretagne, au nord-est du pays. À l'ère glaciaire, la forêt de Scarclaw était un lac tapissé de sable et de galets. Le pic rocheux se trouve désormais labellisé «Site naturel exceptionnel». Sur les hauteurs subsistent plusieurs cairns de l'Âge du fer, de même que les vestiges de plusieurs fermes dispersées. On a également découvert les preuves de l'existence de mégalithes et de tumulus datant du néolithique, ce qui donne un cachet supplémentaire à la région. Le sommet du mont se recourbe pour figurer une sorte de crochet, comme si un géant en avait partiellement dévoré les flancs. Cette forme particulière a sûrement inspiré le nom de l'endroit, Scarclaw pouvant être traduit par «cicatrice griffue». De nombreux glyphes, cercles gravés dans la pierre et à moitié effacés, ornent les roches des contreforts, comme c'est souvent le cas dans le comté de Northumberland.

Un réseau complexe de galeries court sous la montagne, conséquence de l'exploitation minière au quinzième siècle. Le gisement de plomb est aujourd'hui abandonné. Les mines ont fermé dans les années 1900 à cause des affaissements de terrain. On a bien essayé de relancer l'industrie dans les années 1940, sans succès. Nombre de couloirs se sont effondrés, criblant la surface de cratères et affaiblissant les sols. Il a ainsi résulté du travail conjoint de l'homme et de la nature une étrange zone d'eau stagnante truffée de pièges. Tenter la traversée des marais du mont Scarclaw revient à danser avec la mort en personne. La terre peut vous engloutir sans prévenir. Mais d'autres dangers guettent le voyageur imprudent: la végétation a ainsi occulté depuis longtemps les bures de la mine, si bien que la mousse et la bruyère dissimulent une multitude de crevasses. La seule indication de leur existence réside dans les vestiges des barrières protectrices, érigées voici une éternité. On conseille à ceux qui arpentent la forêt ou le mont de rester sur les sentiers et, même si l'on a sécurisé de larges portions des itinéraires, le promeneur se balade toujours à ses risques et périls autour du mont.

Dans ce no man's land de roseaux et d'eaux dormantes se dressent encore les ruines d'un ancien atelier: une tour délabrée, incrustée de mousse, et un mur percé d'une unique fenêtre. L'édifice appartenait autrefois à un hameau isolé, dont il ne subsiste rien.

— J'ignore ce qui est arrivé à ce garçon, je l'ignore totalement… Personne d'ailleurs n'en a la moindre idée. Pourquoi la police n'a pas retrouvé son corps avant… Ça confine au ridicule, non? Un an, bon sang.

J'enregistre cette interview dans la voiture de Harry, sur le parking de Mayberry, propriété du groupe immobilier Ramsay. Il affirme que son père est en voyage et qu'il serait illusoire de tenter d'obtenir une déclaration de sa part.

— On n'en parle pas, mon père et moi, enfin plus maintenant. Mieux vaut enterrer le passé... L'expression n'est pas appropriée, je sais, mais vous voyez ce que je veux dire. Papa se sent encore responsable, mais qu'aurait-il pu faire? Il y avait des écriteaux, ils connaissaient les dangers, pas vrai? Ils avaient déjà séjourné au Centre à de nombreuses reprises, bon sang. C'est même eux qui ont isolé le bâtiment. Ils sont venus un été, ils se sont glissés dans le soubassement en combinaisons blanches et ont fixé un tas de panneaux en polystyrène sous le plancher, un sacré boulot. Après tout, cet endroit n'était qu'une grange améliorée.

Et puis il n'y avait pas qu'eux. On louait les locaux aux Scouts, aux Éclaireurs, à des clubs d'escalade ou de raft... de rafteurs... Il y avait aussi des spéléologues... des spéléologistes... des types qui descendent sous terre. Comme je vous l'ai dit, je ne suis pas vraiment fan des activités en pleine nature. Enfin bon, ils connaissaient les dangers.

Harry fait référence au Centre Woodlands du mont Scarclaw: une location de vacances tout équipée, bien plus confortable qu'une «grange améliorée», comme il l'appelle. Lorsque les infrastructures existaient encore, on y trouvait cinq dortoirs de trente lits, un chauffage central au gaz, une cuisine complète, des toilettes et des douches, ainsi qu'un parking.

Le bâtiment - un édifice en L muni d'une ligne téléphonique - se situait au pied du mont, à environ huit kilomètres en forêt après avoir quitté la route principale. Sa renommée était considérable. Construit à l'écart des galeries souterraines, il offrait de nombreuses possibilités d'excursions pittoresques et jouissait de la proximité d'une rivière. Ceux qui ne désiraient pas s'éloigner avaient la possibilité de camper sur place. Si l'on se fie au registre, le Centre était occupé toute l'année. Alpinistes, randonneurs, kayakistes, spéléologues, Scout et Éclaireurs réservaient régulièrement des dates. Aucun accident sérieux n'a été déclaré en trente ans. Les panneaux d'avertissement semblaient efficaces.

Lord Ramsay a acheté les terrains juste avant les événements de 1996, acquisition réalisée au terme d'une longue bataille avec les instances locales, avec l'organisme chargé de la protection du patrimoine, ainsi qu'avec une coopérative d'associations attachées à la fréquentation des lieux. Cette lutte a peu de rapport avec notre histoire, mais elle montre bien la manière dont, finances aidant, le mont Scarclaw a été intégré au groupe immobilier Ramsay. Le Centre a été rasé, la plupart des terres clôturées. Mais revenons à Harry...

— Les défenseurs de l'environnement menaçaient d'attaquer mon père s'il touchait au mont Scarclaw. En réalité, il comptait améliorer l'endroit, mais pour le valoriser il fallait assécher une grande partie du marais, ce qui aurait bouleversé l'écosystème.

Tout le monde se fiche des tritons, des grenouilles et de leurs congénères visqueux jusqu'à ce que, tout à coup, ils se retrouvent dans la rubrique des espèces menacées. Et puis les anciennes mines constituaient un problème encore plus épineux. Des chauves-souris assez rares y avaient élu domicile. Ces bestioles sont sûrement sympathiques, mais juridiquement elles représentent un vrai cauchemar. Mon père a dû se lasser, il a laissé les galeries en l'état.

— *Est-ce qu'il a visité le Centre, pour voir de quoi il retournait? Avant le drame.*

— Peut-être, je ne sais pas. Pour être franc, ça n'aurait pas changé grand-chose. Une fois qu'il a pris une décision, c'est une tête de mule.

Harry et moi discutons un peu des imbroglios liés à l'acquisition des terrains. Je lui demande à plusieurs reprises pourquoi son père convoitait Scarclaw à ce point. Il ne répond pas vraiment. Peut-être cherchait-il un endroit pour chasser la caille ou le cerf? Les bois étaient en partie consacrés à la vénerie au dix-huitième siècle, et ils en conservent la trace. Ce que je sais, c'est que Lord Ramsay semble avoir sous-estimé l'intérêt porté au mont. Même après la tragédie les litiges se sont poursuivis.

Possible que Harry, sachant que ce podcast serait écouté par des millions d'auditeurs, désire sauver les apparences, en particulier pour son père, sa famille. Quoi qu'il en soit je dois maintenant aborder la question autour de laquelle nous tournons comme deux fauves méfiants depuis le début de cet entretien.

— C'est vous qui avez découvert le corps, Harry? Vous avez trouvé Tom Jeffries, n'est-ce pas?

— En effet, je l'ai... Oui, je l'ai découvert.

D'accord, j'aurais pu formuler ma question avec plus de tact, mais il y a quelque chose de déstabilisant à parler avec quelqu'un d'aussi opulent, d'aussi puissant que Harry. L'assurance qu'il dégage m'entraîne à être plus franc qu'il ne le faudrait. Il laisse passer un silence durant lequel je me demande s'il ne va pas me congédier. Dieu merci, il reprend la conversation avec un air imperturbable. Ses lèvres ne frémissent pas, son regard ne cille pas. C'est admirable.

— Légalement rien ne m'interdit d'évoquer le sujet. Le dossier est clos depuis assez longtemps... Comment dit-on? Affaire classée? Je ne cherche pas à revenir là-dessus, vous comprenez, mais j'ai l'impression que... Ça pourrait me soulager ou quelque chose de ce genre. Et puisque vous n'êtes pas journaliste...

Harry sait parfaitement ce qu'il risque en participant à Six Versions. *Il n'est pas spécialiste de l'émission mais il connaît sa popularité. Il a déjà entendu parler de* Serial *et il a conscience des milliers, des millions d'auditeurs potentiels à travers le monde. Il me demande si je pense que les médias vont lui tomber dessus après la diffusion, ou solliciter son père pour réclamer des interviews. Lord Ramsay est un homme âgé, il n'a pas besoin d'une publicité pareille. Je lui réponds que j'ignore comment la situation évoluera, je ne peux jurer de rien. Il semble apprécier ma franchise.*

Il accepte de répéter ce qu'il a dit aux enquêteurs avant de partir.

— Bon, d'accord, j'étais avec les copains à l'extérieur. On voulait procéder à une petite reconnaissance, vous voyez, un peu comme des éclaireurs.

Il parle des étendues boisées au pied du mont. Elles se situent à un ou deux kilomètres de la première habitation, à savoir le Centre Woodlands. Sa réflexion cadre peu avec les penchants citadins dont il s'est prévalu. Je ne fais pas de commentaire.

— On est au beau milieu de la nuit. Il est deux ou trois heures du matin, je dirais. On se sent un peu éméchés, vous voyez. On déambule dans la forêt avec les chiens, et voilà que brusquement ils se mettent à aboyer, à gémir comme s'ils flairaient une proie.

J'observe Harry, pomponné, bien coiffé, mais le front sillonné de rides soucieuses. J'ai du mal à l'imaginer avec ses amis dans la forêt. Ceux-ci ont sûrement l'habitude de la nature, s'ils se promènent en pleine nuit avec des chiens. Le rapport de police précise qu'ils avaient également des lampes torches de bonne qualité, plutôt puissantes, ce qui tend à accréditer l'idée selon laquelle les Ramsay chassaient sur la propriété. Les bois de Scarclaw abritent plusieurs espèces de cerfs, ainsi que des renards, des blaireaux et d'autres animaux prisés des nantis qui tuent pour le plaisir. La chasse à la lumière consiste à prendre un animal, un cerf par exemple, dans un faisceau lumineux pour l'immobiliser.

— C'est comme je vous le dis: je n'ai aucune idée de ce qui arrive. J'ai quelques coups dans le nez, alors je me contente de suivre le mouvement sans savoir où on va. On s'enfonce dans les bois, la végétation s'épaissit, les plantes nous montent jusqu'à la taille, des ronces, des fougères...

Répétons-le, le Centre Woodlands est entouré de forêts. Il suffit de s'approcher du mont pour pénétrer dans des étendues très denses, sauvages. Les chiens de Harry s'arrêtent à trois kilomètres au nord-ouest du Centre, dans une zone clôturée fort dangereuse. Pourquoi lui et ses amis ont-ils avancé si loin dans le noir? Une initiative plus téméraire que courageuse.

— On patauge dans la gadoue, vous voyez? Nos pieds sont trempés et avant de s'apercevoir de quoi que ce soit on en a jusqu'aux genoux. Les chiens s'obstinent et on détecte une odeur... C'est difficile à décrire. Une odeur de viande, doucereuse, qui s'insinue jusqu'au fond des entrailles. Une telle puanteur vous marque longtemps. J'aimerais croire que l'on se doutait de sa provenance. Il n'y avait pas trente-six possibilités, en pleine forêt. On a braqué nos lampes et alors on l'a vu... à moitié enseveli dans la boue. Je vous jure que je n'oublierai jamais cette image...

Les chiens ont foncé dans le marécage, commencé à creuser pour exhumer leur trouvaille. Ils ont planté leurs dents dans la carcasse, tiré sur la chair décomposée, extrait les os de leur gangue et déposé le macabre butin aux pieds de leurs maîtres. Harry et ses amis ont braqué leurs lampes, pensant découvrir un cadavre de cerf. Les torches ont dévoilé le corps pourrissant d'un enfant: un adolescent d'une quinzaine d'années nommé Tom Jeffries, porté disparu depuis un an.

— Comme je vous l'ai dit, je n'oublierai jamais cet effroyable spectacle. Pour être honnête, on a d'abord cru à un canular. L'un de nous s'amusait aux dépens des autres et allait éclater de rire d'un moment à l'autre. Une caméra cachée allait apparaître. Mais on est restés plantés là, les yeux écarquillés. Je revois parfois ce corps dans mes rêves, à moitié enfoncé dans la boue, les mains crispées comme des serres. On aurait cru un zombie luttant pour sortir de sa tombe.

Les autorités locales ont été contactées, la police scientifique a installé son labo mobile. Le soulagement primait sur le scandale: on avait enfin retrouvé la dépouille qui avait échappé aux enquêteurs, à l'identité judiciaire et même aux médiums durant presque un an.

Tom Jeffries s'était volatilisé au cours d'un séjour avec d'autres gamins, au Centre Woodlands, sous la supervision de deux adultes. Contrairement à aujourd'hui, où de semblables disparitions enflammeraient la Toile, celle de Jeffries avait suscité peu de réactions médiatiques à l'échelon national. Bien sûr la presse l'avait mentionnée, de même qu'elle avait parlé de la découverte du corps, mais l'hystérie qui domine la société actuelle n'existait pas alors. C'est sans doute une question d'époque: les réseaux sociaux relevaient de l'anecdotique dans les années 1990, et Internet ne ressemblait pas encore à l'animal incontrôlable qu'il est devenu depuis.

Peut-être que cette réserve tenait également à la personnalité de Tom Jeffries, à sa réputation. Ou alors c'était parce que, à quinze ans, il n'était plus tout à fait un enfant. À moins que son statut de garçon blanc, issu d'une famille normale de la classe moyenne, son parcours scolaire dénué d'aspérités et d'ennemis potentiels, son tempérament sociable n'aient rebuté les journalistes.

Auraient-ils accordé plus d'attention à ce fait divers s'il avait concerné une jeune Blanche appartenant à un milieu fortuné? C'est l'une des questions auxquelles Six Versions *tentera de répondre au cours des prochaines semaines.*

Dans les numéros suivants, nous examinerons l'affaire d'après six points de vue différents. Six témoins, six personnes qui connaissaient Jeffries, chacune à sa manière. Et quand vous posséderez tous les éléments, vous pourrez si vous le souhaitez tirer vos propres conclusions de cette mort entourée de mystère.

Bienvenue dans Six Versions. *Voici notre première histoire:*

— On n'avait jamais vu ça chez les Coureurs. Quelle chose horrible… horrible! Cet événement a fini par causer notre séparation. Nous ne savions pas comment gérer ce qui s'était passé. Certains d'entre nous, d'ailleurs, n'ont rien géré. Tout est parti à vau-l'eau, tout ce pour quoi nous nous étions battus. Cette catastrophe a pris tellement de place dans nos vies. Quel gâchis!

Vous écoutez Derek Bickers, soixante-deux ans. Il fut, avec son amie Sally, le dernier adulte à résider au Centre Woodlands, alors occupé par un groupe d'adolescents: leurs propres enfants accompagnés de certains camarades. Ce groupe aimait à se surnommer les Coureurs. Ce mois d'août 1996, le groupe comprenait cinq jeunes, et parmi eux Tom Jeffries.

— Les Coureurs... On pourrait penser à une organisation officielle, ce que vous n'étiez pas vraiment, n'est-ce pas?

— Exact. Le groupe des Coureurs n'avait pas d'existence formelle. Au début, on était peu nombreux: quelques parents qui s'entendaient bien, des amis, vous voyez le tableau. Pas de grande ambition au programme: on voulait juste occuper nos gamins. Le nom est venu après, une référence au *Seigneur des anneaux*, je crois. Je ne tiens pas à passer pour le dirigeant ou le représentant de quoi que ce soit. Les Coureurs ne fonctionnaient pas sur ce registre... Pardon? Comment tout a commencé? Oh, ça remonte loin. Quelques-uns avaient l'habitude de faire du camping avec leurs gosses en bas âge. Ils plantaient des tentes dans le jardin. Eva et Charlie participaient de temps en temps, vous savez, comme font les enfants...

Eva est la fille de Derek. Elle avait quinze ans en 1996. C'était une amie de Tom Jeffries. Charlie, quant à lui, est le fils des Armstrong, un couple proche des Bickers et des Jeffries. Il avait également quinze ans à l'époque des faits. Il faisait aussi partie de l'expédition au mont Scarclaw.

— Ils rassemblaient des feuilles mortes en tas sur la pelouse, s'amusaient à se les balancer dessus, revenaient couverts de boue, des brins d'herbe plein les cheveux. Nous étions tous convaincus qu'ils adoreraient partir en excursion: ils semblaient tellement à l'aise avec la nature... Pas comme les gosses d'aujourd'hui, collés à leurs téléphones et à leurs iPad... Au moins nous tentions de les familiariser avec la vie au grand air.

Une ambition un peu ridicule, je sais, typique de la classe moyenne: un ramassis de vieux hippies dans les bois, qui prônent le retour à la nature... Mais en réalité les choses étaient plus simples: on prenait du bon temps. Oui, au bout du compte l'opération se résumait à ça: prendre du bon temps.

Je mène cet entretien par téléphone. Derek ne connaît pas Six Versions. *Avec certains invités, c'est préférable. Au moment de la tragédie, la presse a cloué Derek au pilori. Des journalistes ont planqué devant son domicile, ont obtenu d'un proche de vieilles photos de lui: Derek sur le parvis de la fac, les cheveux dans les yeux, une guitare dans une main, un joint dans l'autre. La trahison l'a profondément affecté; plus encore que les gros titres, où on l'accusait au mieux de négligence, au pire d'avoir favorisé la mort de Tom Jeffries. Derek ne s'en est jamais remis, et pour autant que je sache il n'a jamais su d'où provenait la malveillance.*

Tout ceci laisse songeur: si l'affaire Tom Jeffries advenait aujourd'hui, quel serait l'impact de la déferlante médiatique sur un individu tel que Derek?

Il a été interrogé en détail sur la mort de l'adolescent, et on ne l'a jamais mis en examen. Après sa garde à vue, il a passé des années à raser les murs, à essayer de recoller les morceaux d'une existence meurtrie. Je ne peux qu'imaginer les ravages d'une expérience de ce type, même pour un individu courageux comme Derek.

Quand il évoque le passé, il est clair qu'il garde de merveilleux souvenirs de ses sorties avec le groupe. Cet ancien féru d'escalade, de kayak et de trail a de beaux restes: un mètre quatre-vingt-trois, un crâne si lisse qu'il brille, une barbe grise impeccablement taillée. Je lui demande s'il pratique toujours des activités en plein air.

— Je cours. J'ai toujours couru, mais le rythme s'est intensifié après l'histoire du mont Scarclaw. J'ai avalé des kilomètres et des kilomètres, perdu dans mes pensées. Si quelque chose comme ça vous arrive, je recommande la course à pied. J'ai couru jusqu'à ne plus sentir mes jambes, mes genoux, mes hanches; j'ai avancé jusqu'à l'épuisement total. Grâce à cette discipline, et à elle seule, j'ai gardé la tête hors de l'eau.

Certaines voix se sont élevées pour que Derek soit a minima inculpé pour négligence. Après tout, Tom et les autres étaient sous sa responsabilité. Mais la famille Jeffries a campé sur ses positions: pas question de porter plainte. L'absence de preuves, la persévérance des amis et de la famille de Derek ont fait le reste. Le légiste n'a pas pu établir les causes de la mort. À défaut, le décès a été qualifié d'accidentel, ou dû à l'imprudence. Pourtant l'opinion a continué de voir en Derek Bickers un coupable idéal. Du moins pendant un certain temps.

— Donc les Coureurs poursuivaient leurs activités en 1996?

— Oui, même si les gosses étaient plus grands. On continuait à organiser des séjours, des randonnées et tout le reste.

— Vous étiez plus nombreux qu'au départ, non?

— En effet. Le bouche-à-oreille fonctionnait pas mal. Nos enfants invitaient des copains d'école, d'autres parents entendaient parler de nous et tentaient l'aventure. Je dirais qu'on comptait une bonne vingtaine de membres à ce moment-là. Le programme se résumait toujours à des stages d'escalade informels ou à de simples randonnées, mais notre nom circulait.

— Vous vous adressiez à quelle tranche d'âge?

— Je dirais que ça allait des nouveau-nés aux adultes. On avait des bébés, des enfants qui commençaient juste à marcher, des femmes enceintes, des adolescents...

— Mais ils ne participaient pas tous aux mêmes activités, n'est-ce pas?

— Non, bien sûr. À l'époque, on tenait une réunion hebdomadaire dans la salle paroissiale. C'étaient des rencontres conviviales: certains participants apportaient des gâteaux, d'autres se chargeaient du café. Les plus jeunes couraient dans tous les sens, les plus âgés s'occupaient de la logistique.

— Il n'y avait pas de thèmes imposés, pas d'orientation précise, comme chez les Scouts par exemple?

— Aucun contenu idéologique, non. Les rapports se basaient plutôt sur l'amitié, l'inclusion. Nous formions un réseau de parents, d'enfants, d'amis d'amis... On organisait des loisirs, c'est tout.

— *Vous pouvez m'en dire plus sur le groupe du mont Scarclaw?*

— On était en petit comité. Cet été-là, un virus se propageait dans les écoles, les gosses tombaient comme des mouches: fièvres, vomissements... Y aller avec des malades aurait été un cauchemar. On a d'ailleurs failli annuler la sortie. Il fallait prendre en compte les particularités alimentaires, faire signer des formulaires de décharge... On avait la responsabilité d'enfants qui n'étaient pas les nôtres, c'était du sérieux. Mais les Coureurs avaient acquis une certaine expérience. Alors on s'est réunis entre adultes...

Toutes les personnes impliquées dans l'association prenaient sur leur temps libre. Il fallait organiser les réunions hebdomadaires, les activités. Derek n'était pas seul pour encadrer la sortie au mont Scarclaw cette année-là. Il y avait un autre adulte avec lui. Il affirme qu'aucune hiérarchie n'existait: les présents - des volontaires résolus à bien faire - étaient automatiquement désignés responsables.

— Les enfants ont eux-mêmes opté pour le mont Scarclaw. Ils paraissaient vraiment décidés, même s'ils n'étaient que quelques-uns à y aller cet été-là. Ils nous auraient étripés si on avait annulé. On séjournait au Centre Woodlands depuis des années, les gamins adoraient cet endroit, qu'ils connaissaient comme leur poche. La saison était radieuse…

Désolé, je m'égare… Donc, pour en revenir aux participants, ils étaient cinq. Eva, ma fille, figurait parmi eux. Elle avait… quinze ans. Ils étaient tous dans cette tranche d'âge. Et puis il y avait moi, bien sûr, avec Sally.

Le fils de Sally Mullen, Keith, était malade au moment de l'excursion. Sally, comme Derek, appartenait aux membres fondateurs des Coureurs. Elle avait longuement hésité à accompagner les enfants pour cette sortie-là, mais son mari avait finalement pris un congé pour rester à la maison. De cette manière elle fut en mesure d'épauler Derek au Centre Woodlands. Voilà un de ces fameux moments où tout aurait pu basculer: si Sally avait décidé de rester chez elle, est-ce que l'activité aurait été maintenue? Je ne m'attarde pas sur ces considérations avec Derek, ce serait inutile.

Sally Mullen semble avoir échappé à la virulence de la presse, contrairement à Derek. Je vois plusieurs raisons à cette différence de traitement. Tout d'abord, c'est une femme. Bien que le sexisme ait des côtés fort déplaisants, on attribue plus rarement des tendances homicides à la gent féminine. J'énonce simplement un état de fait. Ajoutons à cela que Sally souffre d'une forme sévère d'apnée du sommeil, ce qui signifie qu'elle a besoin d'un équipement assez contraignant pour respirer durant la nuit. Ces difficultés tendent à l'innocenter: pour tuer Jeffries, elle aurait dû se lever à l'aurore, se défaire de l'encombrant matériel, puis tout remettre en place seule, une fois son crime perpétré.

— Sally s'en est plutôt bien tirée, non?

— Il n'y avait aucune raison de l'inquiéter. Elle est aussi innocente que n'importe lequel d'entre nous. Écoutez, c'est moi qui ai tout pris, on est d'accord. Et j'ai accepté d'endosser le rôle du méchant non seulement pour Sally, mais également pour le reste du groupe. C'étaient juste des gamins, bon sang.

Derek défend les autres avec fougue. La façon dont la police a traité les jeunes le scandalise. Il n'hésite pas à accuser les forces de l'ordre d'avoir pratiqué des interrogatoires trop brutaux. Cette virulence anti-système a sans doute indisposé une partie de la presse. Sally, plus accommodante, plus discrète, a mieux échappé aux foudres médiatiques.

— Vous pouvez me parler un peu d'Eva, votre fille?

— Eva est une gentille gamine. Même plus petite, elle était facile, si vous comprenez ce que je veux dire. Elle ne pleurait pas, elle faisait ses nuits. Ensuite c'est devenu une adolescente normale, elle travaillait bien en classe... Elle voulait être vétérinaire.

— Diriez-vous qu'Eva et ses amis avaient des tendances à la rébellion? À l'époque des faits, s'entend.

— Tous les gosses ont un côté rebelle, non? C'est dans l'ordre des choses. Mais ma fille n'entrait pas dans cette catégorie-là. Susan et moi, on s'est toujours efforcés d'être compréhensifs, tolérants. On donnait l'image de parents cool. Moi, je pense qu'on n'était pas plus souples que la majorité, mais chez nous on se querellait rarement, on préférait discuter. Les disputes et les cris n'ont jamais rendu service à personne. Ces valeurs sont importantes quand on a une fille. Vous savez comment ça se passe quand les enfants grandissent.

— Oui, c'est une bonne philosophie, Derek. Je ne doute pas qu'Eva ait été une enfant épanouie.

— On était assez ouverts: si elle voulait se teindre les cheveux, porter des vêtements bizarres, pas de problème. On l'a toujours encouragée à s'exprimer. En interdisant des trucs aux gosses, on ne fait que les inciter à dépasser les bornes. Bien sûr, les règles existaient: Eva avait quinze ans lorsque le drame s'est produit, c'était encore une enfant. Une gosse, vraiment.

— Vous connaissiez les autres, non? Vous et Sally fréquentiez leurs parents?

— Tout à fait. La plupart des gamins adhéraient aux Coureurs depuis le début. Charlie Armstrong, par exemple, a toujours été le meilleur ami d'Eva. Ils se connaissaient depuis l'enfance.

Derek a déjà mentionné Charlie Armstrong. Il faisait partie de ceux qui s'envoyaient des feuilles mortes dans le jardin des Bickers. La mère de Charlie, membre fidèle des Coureurs, était en voyage avec son mari au moment du séjour au mont Scarclaw. Ni l'un ni l'autre n'ont souhaité répondre à mes questions.

— Comment décririez-vous Charlie?

— Lui et ma fille n'étaient pas scolarisés ensemble. Je pense que ça a renforcé leur amitié: ils se voyaient aux Coureurs et durant les week-ends, à l'écart du jeu social absurde et des petites histoires de cœur qui se déroulent habituellement dans les cours d'école. Je connais sa mère et son père depuis des années, ce sont des gens bien. Ils ont le même tempérament que Susan et moi: ce sont des parents calmes, tranquilles... Charlie était un peu plus... Je ne sais pas comment dire... plus extraverti qu'Eva, si vous me passez le mot.

Au cours de l'enquête sur la mort de Tom Jeffries, l'attitude de Charlie fut un des principaux motifs qui menèrent aux accusations de négligence formulées à l'encontre de Derek Bickers et Sally Mullen. Comme je l'ai précisé auparavant, les parents de Tom ont pris la défense de Derek et Sally avec détermination. Nous découvrirons dans un prochain numéro que tous les adolescents du groupe avaient fumé du cannabis et bu de l'alcool lors de la nuit fatale. Or Charlie Armstrong fut l'un des instigateurs de cette soirée de débauche. Mais nous aborderons le sujet en temps voulu.

— Charlie était extraverti?

— Je ne sais pas si on peut employer ce terme. Disons qu'il avait de la personnalité. C'était le mâle alpha du groupe, le chef de meute en quelque sorte. Il fumait des cigarettes. Son père et sa mère étaient au courant. Et il écoutait du *death metal* ou un truc du même genre, non que ce soit vraiment significatif. Il fallait le voir avec ses trench-coats, ses cheveux longs et ses tee-shirts à l'effigie de personnages démoniaques... Je crois qu'il a écopé de plusieurs exclusions dans son école.

Voilà un autre point intéressant, qui a été relevé pendant l'enquête. On considérait Charlie Armstrong comme le leader de la petite bande. Il en imposait même aux plus âgés que lui. Son aspect extérieur, ses goûts musicaux furent plus d'une fois mentionnés dans les journaux, toujours sur le mode de la dérision, afin de mieux souligner la crédulité des autres adolescents et de leurs parents. Souvenez-vous que les faits se sont produits avant le massacre de Columbine. À l'époque, le style «fan de Marilyn Manson en trench-coat» était relativement confidentiel.

Quoi qu'il en soit, l'information selon laquelle Charlie aurait été renvoyé plusieurs fois s'avère exacte. J'ai pu retrouver le principal adjoint de son collège, M. Lomax, pour recueillir son opinion. C'est aujourd'hui un vieil homme mais sa mémoire demeure intacte. Il garde des souvenirs très précis, et assez heureux, des établissements où il a exercé. Durant notre bref échange téléphonique, ses réponses ont été ponctuées d'éclats de rire.

— Monsieur Lomax, vous rappelez-vous un élève nommé Charlie Armstrong?

— Question amusante, parce que même sans le scandale du mont Scarclaw je me souviendrais parfaitement de lui.

— En quels termes?

— Il était rebelle jusqu'au bout des ongles. Un emmerdeur de première, si vous préférez. Sans cesse convoqué à mon bureau.

— Vraiment? Pour quels motifs?

— De petites incivilités, des provocations: rien de grave, rapporté aux calamités du monde. Il nouait mal sa cravate, toujours trop lâche ou carrément détachée; son blazer avait des trous; il fumait, enfin des choses de ce genre.

— Vous avez sûrement rencontré pléthore d'élèves au cours de votre carrière. Étonnant que Charlie vous ait tellement frappé.

— J'imagine. Mais on se rappelle davantage les trublions que les élèves modèles. J'ai surtout été marqué par son intelligence, même s'il brillait surtout par sa nonchalance et son manque d'ambition. Le genre de conduite qui exaspère les professeurs. Vous connaissez les spécimens: leurs bulletins ne portent que des mentions «peut mieux faire». Mais au fond, c'était un bon gamin. Pas méchant pour un sou, et croyez-moi, j'en ai croisé des gratinés. Neuf fois sur dix, les parents étaient aussi gratinés qu'eux.

— Pourtant il a été renvoyé, n'est-ce pas?

— Oui. À plusieurs reprises, il me semble, je ne sais plus. Mais je me souviens encore de la première fois, en particulier à cause de la réaction de sa mère. En réalité il s'agissait d'une peccadille, cependant les écoles se fondent sur un règlement strict. Aujourd'hui c'est plus permissif, certes, mais à l'époque Charlie et sa mère avaient parfaitement conscience des limites à respecter.

— Qu'est-ce qu'il a fait?

— Ses cheveux. Dix ou même cinq ans auparavant, l'administration n'acceptait pas que ceux des garçons dépassent les épaules. Les positions s'étaient assouplies dans les années 1990. On tolérait une certaine longueur, mais il fallait voir Charlie. Avec ses cheveux rose bonbon, il ressemblait à un pouce dressé qui aurait reçu un coup de marteau.

Je sais qu'il voulait juste se faire remarquer, transgresser les règles. Sa mère refusait d'entendre raison. «En quoi sa teinture l'empêche d'apprendre?» disait-elle dans mon bureau. Bien sûr, ce n'était pas le problème. Que penserait-on d'une école acceptant des élèves avec les cheveux rose bonbon?

— *Que s'est-il passé?*

— Eh bien, c'est cocasse parce que d'une certaine manière nous avions anticipé ces frasques. Les élèves sont toujours persuadés que les professeurs ne les écoutent pas, mais un de nos enseignants avait surpris une conversation. Certains camarades de Charlie annonçaient qu'il comptait se teindre les cheveux le week-end suivant. Alors le lundi, nous l'avons renvoyé chez lui avec une lettre. Réintégration à condition d'avoir une couleur normale.

— *Mais sa mère a fait des histoires...*

— Oui, elle a menacé de médiatiser l'affaire, vous voyez le genre. Bref, elle a quand même fini par revenir à de meilleurs sentiments. Charlie a reparu quelques jours plus tard, les cheveux bruns, y compris la frange.

Cette parenthèse prouve bien quel genre d'énergumène était Charlie en 1996. Un franc-tireur, une personnalité, un original qui se moquait de l'opinion générale. Je suis sûr qu'après la débâcle de sa croisade capillaire il est revenu en classe auréolé d'une réputation héroïque. Sans doute était-ce le but. Il voulait montrer à tout le monde de quoi il était capable.

Je continue à parler avec Derek des autres adolescents présents au mont Scarclaw.

— Eh bien... Il y avait aussi Anyu Kekkonen, la camarade de classe d'Eva. Elle n'avait pas intégré les Coureurs depuis très longtemps... Je crois qu'elle avait douze ans quand elle nous a rejoints...

La mère d'Anyu est une Inuit, elle vient du Labrador. On connaissait bien son père... Il était mort depuis quelque temps. Anyu était une jeune fille discrète: gentille, sérieuse, le teint sombre, presque basané. Pour être honnête, la plupart des gens ne la cernaient pas. En présence des plus jeunes elle restait calme, polie, et dès qu'elle se retrouvait avec des adultes elle devenait quasiment impénétrable. Pourtant elle semblait à l'aise. Elle montrait un sens pratique étonnant, une sensibilité à part. La raison incarnée. Au fil des ans, alors que ma fille agissait parfois à la légère, elle faisait preuve d'un caractère pondéré. Au début du collège, elle avait l'habitude de passer chercher Eva le matin et sa petite voix nous amusait, Susan et moi. «On a EPS aujourd'hui, est-ce qu'Eva a ses affaires?» Ma fille déboulait alors dans la cuisine, ses chaussures de sport enfilées à la va-vite, du dentifrice autour de la bouche. Anyu avait douze ans mais elle se révélait sacrément mature pour son âge.

Anyu Kekkonen était, avec Eva Bickers, la seule fille du groupe d'adolescents séjournant au mont Scarclaw cette année-là. On a émis l'hypothèse qu'après le drame elle était retournée avec sa mère au Labrador, dans le nord du Canada, mais personne n'a d'informations précises à ce sujet. Derek prétend ne rien savoir. J'ai du mal à le croire.

— Son père, Jari, était un ami. Il bossait sur les bateaux de pêche. C'était un Finnois. J'avais un peu étudié sa langue à l'université, du coup on a lié connaissance quand je travaillais sur les docks. Il venait d'emménager avec sa femme, Eska. Gentille, tout ce que vous voulez, mais réservée comme sa fille.

— *Vous pensez qu'Eska voulait retourner au pays après la mort de son époux?*

— Franchement, aucune idée. Elle n'en a jamais parlé...

— *Elle faisait partie des Coureurs?*

— Question délicate... J'ai l'impression qu'elle ne considérait pas en faire partie, si vous comprenez ce que je veux dire. On l'a soutenue après le décès de son mari, bien évidemment, mais elle est restée distante, presque froide. Bon, c'était son caractère, je ne pense pas qu'elle agissait consciemment ni qu'elle voulait être malpolie, simplement elle se sentait à part. C'est Jari qui l'avait fait venir en Angleterre, lui permettant de rompre avec des conditions de vie misérables. Je crois qu'elle s'estimait inférieure, d'une certaine manière, ce qui était vraiment dommage.

— *Et Anyu? N'était-elle pas écartelée entre deux cultures?*

— Elle n'a commencé à venir aux Coureurs qu'assez tard. Eska ne voulait pas qu'elle s'éloigne trop d'elle. Après ce qui était arrivé à Jari...

— *Vous pensez qu'elle est retournée vivre au Canada?*

— Possible. Je l'ignore.

— *Anyu parlait l'inuktitut?*

— Vous croyez? Dans ce cas, elle est peut-être partie, je n'en sais rien.

Je préfère ne pas insister. Les histoires d'Anyu et des autres viendront en temps voulu.

Au cours de mes recherches sur les Coureurs, je n'ai pas obtenu beaucoup d'informations sur Anyu. Il semble que son principal trait de caractère ait été de se tenir en arrière-plan, sans faire de vagues.

La discussion s'oriente maintenant sur la dynamique de groupe, et en particulier sur les interactions entre les adolescents qui ont participé à l'excursion de 1996.

— Les gosses, c'est comme une meute sauvage. Et les meutes ont leurs spécificités. Elles se composent de meneurs, d'éléments raisonnables, de têtes pensantes, de gros bras, d'électrons libres et de parias... de victimes. J'ai bossé toute ma vie avec les jeunes, et on repère sans arrêt les mêmes schémas. Peut-être que c'est un facteur de l'évolution ou un mécanisme de survie, je ne sais pas...

— *Il existait une telle répartition des rôles chez les Coureurs?*

— Oui, de toute évidence. Charlie endossait celui du leader, du mâle alpha. Eva, ma fille, faisait sans doute figure de commandant en second. Anyu déterminait les opérations en tant que stratège...

— *Mais vous ne vous doutiez pas de ce qui se passerait, n'est-ce pas?*

— Écoutez, Sally et moi, on considérait que ces gamins étaient raisonnables, qu'ils agissaient en personnes responsables. On les connaissait pour la plupart depuis toujours, on les comprenait, on les respectait, et, plus important, ils nous respectaient en retour.

— *Est-ce que selon vous les deux autres participants auraient pu troubler l'alchimie du groupe?*

— Vous parlez de...

— *Tom Jeffries et...*

— Brian Mings?

— *Oui, voilà, Brian Mings.*

— Eh bien, oui, j'imagine qu'on pourrait dire ça.

Nous voici arrivés à la moitié du podcast de cette semaine et je crois qu'il est temps de marquer une petite pause pour récapituler ce que nous savons des événements qui se sont déroulés au mont Scarclaw en 1996. Précisons d'abord que l'enquête a établi le caractère accidentel de la mort de Tom Jeffries. Derek Bickers et Sally Mullen ont clairement été mis hors de cause: ils n'ont joué aucun rôle volontaire ou fortuit dans le déroulement du drame. Eva Bickers, Charlie Armstrong et Anyu Kekkonen ont également été innocentés. Ils avaient tous quinze ans à l'époque, comme Tom Jeffries.

Le rapport de police indique que Derek a déclaré la disparition de Jeffries le 24 août à six heures trente-six. Les autorités sont arrivées sur place à sept heures et demie. Les recherches ont aussitôt débuté autour du Centre Woodlands. Tous les adolescents ainsi que Derek Bickers et Sally Mullen ont été interrogés ensemble puis séparément par les forces de l'ordre.

J'ai obtenu certains PV d'audition. Nous en entendrons quelques extraits au cours des épisodes suivants.

Au fil des interrogatoires, il est apparu que Jeffries aurait pu s'aventurer seul dans les bois. L'abus d'alcool et de cannabis aurait ensuite provoqué une syncope. Tous les jeunes gens présents ont avoué avoir consommé des substances psychotropes peu avant les faits, et être sous leur influence le soir de la catastrophe. Aucun d'eux ne se rappelle avoir vu Jeffries quitter le bâtiment: ils dormaient au moment de la disparition et selon leurs déclarations personne d'autre ne s'est absenté pendant la nuit.

Les recherches préliminaires n'ayant rien donné, il fut décidé d'élargir le périmètre aux basses terres situées autour du mont, zones où l'on trouve les marécages et les puits de mine abandonnés.

Après douze heures de fouilles, Tom Jeffries manquait toujours à l'appel.

Vingt-quatre heures plus tard, on a encore élargi l'exploration. Une équipe de secours en montagne a rejoint les forces dépêchées sur place. Tous les témoins potentiels, adultes et adolescents, ont été questionnés de manière plus poussée. Aucune mise en examen ne fut prononcée.

ENREGISTREMENT D'AUDITION
Derek Bickers, 24 août 1996 (extrait)

«Écoutez, on savait qu'ils fumaient et qu'ils buvaient. Rien de moins discret qu'un adolescent. Mais qu'est-ce qu'on aurait pu faire? Taper du poing sur la table, aller à la confrontation? Ça ne les aurait jamais dissuadés. Ils se seraient mieux cachés, c'est tout. Ils seraient allés ailleurs pour être tranquilles et on n'aurait même pas su où les trouver.

— *Vous saviez que les jeunes placés sous votre surveillance buvaient de l'alcool et fumaient de la drogue, c'est bien ce que vous dites?*

— Oui, oui... Inutile de le nier. J'assume la responsabilité de mes propos. Cela n'engage ni Sally ni les autres. Juste moi.

— *Qui leur a fourni l'alcool, monsieur Bickers?*

— Je ne sais pas. Quelle importance?

— *Leur aviez-vous acheté des boissons alcoolisées?*

— Non. Pas du tout.

— *Êtes-vous sûr de bien comprendre la situation?*

— Évidemment, inspecteur. Vous me prenez pour un imbécile?

— *Ce n'est pas ce que j'ai dit.*

— Les adolescents prennent des substances, quoi que vous fassiez. Qu'est-ce que vous préférez? Les savoir dans un endroit sécurisé, où vous pouvez intervenir si les choses tournent mal, ou bien les laisser vadrouiller au beau milieu d'une satanée forêt, complètement défoncés?

— *Un mineur a disparu, monsieur Bickers. Un mineur qui vous était confié.*

— Je le sais, bon Dieu, je le sais...»

Derek Bickers n'a jamais modifié ses déclarations ni adopté un autre point de vue sur la drogue et l'alcool. S'il avait de nombreux détracteurs, il avait aussi ses défenseurs. Certains journaux de gauche, plutôt sensibles aux opinions de Derek, publièrent des articles intéressants. Le plus fameux d'entre eux souligna à quel point l'intéressé avait agi en adulte responsable; chose pour laquelle on aurait dû le louer. Les arguments de cet article furent repris dans les tabloïds pour démontrer l'exact opposé: Bickers était une sorte de monstre. Avec sa barbe grise, ses éternels bermudas et son air de baroudeur, l'individu prêtait effectivement le flanc à la caricature. Il s'avérait facile de le dépeindre comme un illuminé laissant les enfants livrés à eux-mêmes. Son intégrité ainsi que la confiance accordée à sa fille ont été sous-estimées, ce qui est dommage.

J'ai abordé le sujet avec lui et, aujourd'hui encore, sa position n'a pas varié. J'admire cette constance, mais en nous attardant plus longtemps sur cet aspect nous nous éloignerions du thème de notre émission.

Tout comme je reste convaincu de la bonne foi des responsables, je suis sûr que certains auditeurs tireront des conclusions différentes des éléments en leur possession. Concentrons-nous pour l'instant sur les événements antérieurs à la disparition de Tom Jeffries. Nous nous attacherons ensuite à la découverte du corps, un an plus tard. J'oriente la conversation sur la dynamique de groupe évoquée précédemment.

— *Il y avait donc deux autres participants en plus d'Eva, de Charlie et d'Anyu?*

— Absolument. Brian et Tom. Comme je l'ai expliqué tout à l'heure, l'expédition comptait cinq jeunes.

— *On peut parler d'abord de Tom?*

— Si vous voulez...

— *Cela vous pose problème?*

— Non, allons-y, mais...

— *Vous aimeriez préserver l'image du défunt?*

— C'est ça. Je préférerais... Enfin, je n'ai aucune raison de dire du mal de lui, Tom n'était pas un mauvais bougre, seulement...

— *Alors discutons plutôt de Brian, histoire de saisir l'ambiance. Ça vous va?*

— D'accord, oui, c'est plus raisonnable. Enfin, si vous n'y voyez pas d'inconvénient.

— *Aucun souci, on fera ce qui est plus facile pour vous. Peut-être qu'en ayant des précisions sur Brian on comprendra mieux la position de Tom.*

— C'est juste. Donc, concernant Brian... que dire? Il était aussi sympathique que les autres, sauf que... je cherche mes mots... il contrastait. Il avait moins confiance en lui, il était...

— *Faible? Vulnérable?*

— Je ne dirais pas ça, même si d'une certaine manière c'est exact. Je l'aurais plutôt qualifié d'élément satellite, ce qu'on nomme un «paumé».

— *Un «paumé»? Les autres l'appelaient comme ça?*

— Non, pardon, c'est un terme de sociolinguistique. Dans les années 1960, un chercheur de New York, William Labov, a établi des hiérarchies dans les groupes primaires. Je ne vais pas vous ennuyer avec les détails, mais il distinguait plusieurs catégories. D'abord celle des «dominants», qui modèlent le langage de la communauté. J'ai beaucoup travaillé avec des jeunes et j'ai souvent constaté ce phénomène...

— *Vous diriez qu'au sein des Coureurs Charlie Armstrong et éventuellement Eva occupaient cette fonction?*

— Pas tout à fait. Si j'emploie la terminologie de Labov, Eva et Anyu appartenaient à la classe des «individus secondaires», des personnes qui s'intègrent au groupe mais en subissent moins le contrôle. On a ensuite les «individus périphériques», ou «paumés»: ce sont des membres isolés, extérieurs au noyau, souvent en raison de l'éloignement géographique ou de la divergence des intérêts. Labov s'attachait à étudier le langage de ces différentes catégories. Les «paumés», par exemple, ont moins recours au vernaculaire - à l'argot - que leurs pairs. De ce fait ils sont moins perméables aux variations linguistiques.

— Donc Brian était un «paumé»?

— Seulement dans le sens où il se détachait en partie du groupe, il n'adhérait pas aux marqueurs identitaires, contrairement à Tom Jeffries.

— Continuons à parler de Brian.

— Je pense qu'il n'était pas différent des autres, pas fondamentalement. Simplement, il... Écoutez, il a rejoint les Coureurs peu après Anyu Kekkonen. Il venait d'un établissement privé, pas loin de chez nous, et ne connaissait personne. Sa mère était une copine de Sally ou une collègue de travail, quelque chose de ce genre. Enfin bref, le gosse était victime de harcèlement scolaire. Il vivait une passe difficile: sa mère était perdue, il n'avait pas d'ami, son père souffrait d'alcoolisme ou de troubles mentaux, et il avait quitté le domicile conjugal... Sa mère pensait sûrement que les Coureurs lui feraient du bien.

— Brian était harcelé?

— Je crois. Rien de très clair. Ça n'avait pas d'importance. Je me souviens seulement d'avoir pensé qu'Eva et les Coureurs, la vie au grand air, tout ça serait bénéfique pour lui. Nos gamins étaient plutôt bienveillants, ils l'accepteraient sans difficulté. Ce qu'ils ont fait... jusqu'à un certain point.

— Jusqu'à l'arrivée de Tom Jeffries?

— Oui. Jusqu'au moment où Tom a intégré le groupe.

La mère de Brian Mings n'a jamais participé à aucune réunion des Coureurs. La première fois, elle a déposé son fils devant la salle paroissiale, près de la maison des Bickers, et les fois suivantes Brian est venu seul. Il était plus réservé que les autres, un peu empoté. Comme Derek l'a signalé, il a été victime de harcèlement, et pas seulement au collège. Son calvaire remontait à l'école primaire. Une chance pour lui que sa mère et Sally Mullen aient sympathisé. Je ne doute pas une seconde que la fréquentation des enfants de son âge, Eva, Charlie et Anyu, lui a été bénéfique. Durant les premières années, Brian a repris confiance en lui. Son mutisme a laissé la place à une implication parfois tapageuse dans les activités des Coureurs, en particulier l'organisation des excursions et des randonnées.

— Les animations des Coureurs faisaient office de soupape pour Brian. J'ai l'impression qu'il s'autorisait enfin à être lui-même. Bien sûr il manquait un peu de maturité, ce qui le rendait quelquefois difficile à supporter. Il lui arrivait d'être très bruyant, et de défendre son opinion avec véhémence. Mais tout le monde comprenait: il avait été contraint au silence pendant si longtemps. Les Coureurs, c'était un endroit où on l'écoutait enfin... Il participait à tous les séjours du mont Scarclaw avec un plaisir non dissimulé. Escalade, canoë, course d'orientation... La joie se lisait sur son visage. Je le répète, c'était un «individu périphérique», mais il faisait quand même partie du groupe. Son comportement m'attristait un peu. J'avais souvent envie de lui dire de se calmer, d'arrêter de vouloir à tout prix être accepté. Il avait commencé à imiter Charlie: grosses bottes, cheveux longs... Pauvre gamin.

— Et Tom Jeffries a débarqué?

— Oui. Il est entré dans le groupe et la dynamique en a été... disons changée.

— Changée en quoi?

— Difficile à dire. Tom Jeffries sortait vraiment du lot. Il était quand même le bienvenu: les Coureurs accueillaient tout le monde, sans distinction. Nous sommes un groupe tolérant, enfin nous l'étions.

— Vous pouvez m'expliquer en quoi Jeffries dénotait?

— Je peux essayer. Écoutez, je ne connais pas en détail les différentes tribus, les clans auxquels s'identifient les adolescents. Hippies, punks, tout ça, c'était du chinois pour moi, hier comme aujourd'hui.

— Mais Jeffries était à part?

— Oui, si on veut. Eva, Charlie, Anyu, et même Brian, avaient chacun leur appartenance, leur style vestimentaire, leurs goûts musicaux, etc. Quand ma fille était plus jeune, les autres la charriaient en classe: rien de méchant, elle gérait la situation et ça ne l'atteignait pas. Concernant Charlie, je ne vous fais pas un dessin: il avait le don de récolter des avertissements pour sa tenue ou sa coupe de cheveux. On racontait même qu'il était tatoué. Une œuvre maison. Je ne connais pas la vérité parce que je n'ai jamais vérifié. Enfin bon, en tant qu'adultes on ne s'inquiétait pas. Comme je l'ai expliqué, nos gamins avaient un bon fond: ils étaient futés, raisonnables, ils avaient la tête sur les épaules. Désolé, je radote. Ça fait presque vingt ans et c'est toujours aussi difficile...

— *Prenez votre temps.*

— Alors, Tom... Il ne débarquait pas de nulle part. Sa mère... Sa mère connaissait un de nos membres... Vous le savez, le groupe était assez vaste à l'époque, son réseau plus étendu... Enfin, Pat Jeffries n'était pas une étrangère. Je pense qu'elle cherchait quelque chose de positif pour son fils, un centre d'intérêt qui le distrairait de ses petites incartades...

«Petites incartades», ça relève de l'euphémisme, pour ne pas dire plus. Peut-être ignorait-il la gravité des actes de Tom, à moins qu'il n'ait simplement dédaigné les racontars. Quoi qu'il en soit, il a raison de prétendre que Pat Jeffries cherchait à détourner son fils de la mauvaise pente où il s'engageait.

Derek affirme que Tom se singularisait par son comportement et son aspect. Il fréquentait le même établissement privé que Brian mais n'évoluait pas dans les mêmes cercles. On l'aurait moins classé dans les meneurs que dans les suiveurs, ou, pour reprendre la typologie sociolinguistique, dans les «individus secondaires». Il traînait avec des gosses plus âgés, et pas des plus recommandables. Ce n'étaient pas des délinquants à proprement parler, ni des brutes, mais certains fumaient de la dope, d'autres fauchaient dans les magasins, quelques-uns trafiquaient. En général, c'étaient ceux dont les grands cousins se pointaient en voiture à la sortie des cours, Cypress Hill à fond, les vitres ouvertes.

À l'âge de treize ans, en 1993, Tom Jeffries fut mêlé à une agression avec deux autres gamins. Apparemment, le trio avait lancé des pièces de monnaie sur un sans-abri. Les deux aînés, dix-sept et dix-neuf ans, furent inculpés pour voie de fait. Tom, lui, nia toute participation et échappa aux poursuites. Néanmoins d'autres rumeurs couraient sur son compte, tels des poissons prédateurs dans une eau saumâtre. Rien ne venait étayer les allusions qui le visaient mais, à mon sens, celles-ci auraient provoqué un scandale si Anya ou Eva étaient mortes à Scarclaw. Derek avait-il connaissance de ces allégations? Je lui pose la question.

— *Que saviez-vous sur Tom quand il a commencé à graviter autour des Coureurs?*

— Écoutez, j'ai l'habitude de prendre les gamins comme ils sont. Avec moi, il n'y a pas de problème, sauf s'ils se mettent à faire les marioles. En général, je traite tout le monde sur un pied d'égalité, et je ne me fie pas à la réputation d'untel ou untel.

— *Vous avez eu vent de l'agression de 1993, celle du SDF?*

— En effet. Cette histoire est ressortie au moment de l'enquête, mais on était au courant bien avant. Soyons honnêtes, cette affaire s'est déroulée trois ans avant que Tom intègre les Coureurs.

— *Et les autres incidents? Les incendies, par exemple?*

— Quand un gosse compliqué débarque chez nous, on ne le passe pas au crible. Pat Jeffries a toujours été franche au sujet de Tom, elle n'a jamais caché ses difficultés. Les Coureurs, c'était l'opportunité pour lui d'effacer l'ardoise, du moins d'après nous. Ce gamin n'avait tué personne. Il se cherchait, c'est tout.

Il convient de préciser que la réputation de Tom Jeffries ne le précédait pas vraiment chez les Coureurs. D'abord l'adolescent venait d'un milieu assez aisé, comme Eva, Anyu, Charlie et les autres. À ma connaissance, l'incident avec le sans-abri ne s'était pas reproduit. Pourtant une rumeur insistante, surtout parmi ses camarades, attribuait à Tom un amour particulier pour le feu. Il avait d'ailleurs failli être renvoyé pour avoir brûlé ses livres de cours durant la pause de midi, derrière le préau. On racontait également qu'il avait confectionné un lance-flammes portable avec un spray. Son attitude envers l'autre sexe pouvait en outre être qualifiée de malsaine. Peut-être s'agissait-il de vantardises propres à l'adolescence, mais il fanfaronnait sans arrêt, s'attribuant des aventures avec des femmes et des filles plus âgées que lui.

Certaines voix - et nous en entendrons quelques-unes au fil des épisodes suivants - ont prétendu que Tom Jeffries avait rejoint les Coureurs pour des raisons étrangères à son parcours turbulent. Ces raisons deviendront plus claires lorsque ces personnes s'exprimeront. Nul doute que Derek Bickers ignorait tout de cet aspect des choses.

— Pour autant que je sache, Tom Jeffries était un adolescent normal, ni plus ni moins. Il avait quinze ans, bon Dieu. On fait quoi, à cet âge-là?

— *Où le situeriez-vous dans la typologie de Labov?*

— Question intéressante. Je l'ai dit et je le répète: les nouveaux venus étaient toujours accueillis à bras ouverts par nos gamins. Ils n'ont pas dérogé à la règle pour Tom.

— *Brian fréquentait la même école que lui, non?*

— Oui, le terrain était un peu balisé. Charlie le connaissait aussi, il me semble, du moins indirectement, par un ami d'un ami... C'est intéressant car Tom s'est immédiatement fondu dans le groupe, il a pris une place de «dominant» presque sans effort. Il aimait bien Charlie, et comme les autres il éprouvait une forme de respect pour lui. En un clin d'œil, Tom est devenu son bras droit.

— *À quoi attribuez-vous cette aisance?*

— Honnêtement je n'en sais rien. Nous n'écoutions pas leurs conversations, nous ne savions pas vraiment ce qui se passait. Peut-être une histoire de cigarettes? Vous connaissez les adolescents: Tom et Charlie fumaient régulièrement. Tom devait sûrement son ascension à l'approvisionnement en tabac.

— *En cannabis et en alcool aussi?*

— Possible. Je ne sais pas.

— *Il avait déjà participé à une autre excursion au mont Scarclaw, exact?*

— Tout à fait. Avec un groupe beaucoup plus important: une dizaine d'enfants, six ou sept adultes. Un camp d'hiver. Il avait beaucoup neigé cette année-là et on s'était dit que ce serait chouette pour les gosses. Sur l'autre versant du mont, il y a des endroits super pour faire de la luge. C'est également un coin où on pratique l'escalade.

Si l'on souhaite se rendre sur le site, la voiture est indispensable. La forêt s'épaissit sur les hauteurs du mont. On voit des panneaux d'avertissement aux emplacements des anciennes mines, mais il subsiste aussi de vastes zones dépourvues d'indications; des zones potentiellement dangereuses. Les adultes interdisaient au groupe de dépasser telle barrière, de franchir telle limite géographique. Les cours d'escalade étaient assurés par des moniteurs spécialisés, des amis des parents.

— Vous vous souvenez de ce séjour? Comment étaient Tom et les autres?

— Je ne me rappelle pas grand-chose, à vrai dire. Ils se sont bien comportés, il me semble. La routine.

— Et le soir, la nuit?

— Comment ça?

— Vous m'avez décrit la dynamique de groupe, tout à l'heure. Est-ce que vous avez noté des changements en présence de Tom?

— On leur faisait confiance, je vous l'ai dit, on ne se mêlait pas de leurs affaires. Peut-être qu'on aurait dû. Mais s'il y avait eu un problème, je sais qu'ils en auraient parlé à l'un des adultes, j'en suis absolument sûr!

«Peut-être qu'on aurait dû.» Une partie de l'opinion soutient que c'est sur ce point que l'enquête s'est focalisée. Les convictions de Derek Bickers au sujet de la responsabilité et de la surveillance des mineurs ne sont plus un mystère. Aucune charge n'a été retenue contre lui, et les accusations de négligence ont été balayées, mais Bickers lui-même avoue qu'il ignorait

beaucoup de choses sur le fonctionnement du groupe. Sa gestion laxiste contribuait sans doute à cet état de fait. Cependant n'est-il pas naturel pour un adolescent, même un enfant modèle, d'avoir des secrets pour ses parents? Souvenons-nous qu'Eva est la fille de Derek. Comment reprocher au père de famille d'avoir voulu respecter son intimité, surtout pendant les excursions des Coureurs? Il a agi comme un professeur contraint de garder ses distances quand sa progéniture est scolarisée dans l'établissement où il enseigne.

— Derek, il va falloir qu'on parle de Haris Novak...

Un silence abrupt succède à ma requête. Il se prolonge tellement que je m'interroge: Derek fait-il la sourde oreille ou cherche-t-il ses mots? Quand il répond enfin, sa voix correspond pour la première fois à son âge.

— Bon, d'accord, je suppose qu'il n'y a pas moyen d'y couper, alors je vais vous dire ce que je sais...

— Ce sont les enfants qui l'ont... «découvert», n'est-ce pas?

— Je l'ignore. Pour être franc, je n'ai aucune idée de la manière dont ils sont tombés sur lui. La seule chose certaine, c'est qu'aucun d'eux ne nous en a parlé. Une erreur, une grave erreur...

La presse a souligné ce point: l'un des principaux suspects dans l'affaire de la disparition de Tom Jeffries, en dehors de Derek lui-même, fut un habitant du cru: Haris Novak.

À l'époque du drame, Novak habitait à Belkeld, un village situé de l'autre côté du mont. L'homme passait énormément de temps dans les bois. Les journaux, et en particulier les tabloïds, spéculèrent abondamment sur son éventuelle responsabilité dans le dossier Jeffries. Ils se demandèrent ainsi pourquoi un homme d'une trentaine d'années fréquentait une bande d'adolescents. Les clichés de lui qui circulaient le montraient en tenue de camouflage, nanti d'une épaisse barbe et de grosses lunettes. Il ressemblait à une sorte de pervers, plus âgé qu'il ne l'était en réalité. Un pervers ou un survivaliste. Novak n'appartenait à aucune de ces deux catégories, et son aide se révéla précieuse dans le déroulement des investigations. À aucun stade de l'enquête il ne fut officiellement mis en cause, même si ça ne change rien, Derek en a bien conscience.

— Tout ce que je sais c'est qu'il vivait un peu en ermite. C'était un solitaire qui aimait observer les oiseaux. Il avait des affûts, des planques à travers toute la forêt, il connaissait la disposition des galeries, ce genre de choses. Un suspect idéal.

— *Vous avez eu des doutes à son sujet?*

— Non, jamais. Il n'a pas été inculpé, et il avait un alibi solide, pas vrai?

— *Est-ce que Sally ou l'un des autres a envisagé qu'il soit mêlé à la disparition? À l'époque, évidemment.*

— Écoutez, on ignorait jusqu'à son existence avant que la police le déniche au fond des bois.

— *Pourtant les enfants le connaissaient.*

— Exact. Et ils n'auraient jamais dû se taire, jamais.

— *Vous croyez que s'ils vous avaient parlé de Novak l'affaire Jeffries aurait pris un tour différent?*

— Possible, comment savoir? Avec des *si*, peut-être qu'il ne serait rien arrivé à Tom Jeffries. Autant arrêter de se triturer les méninges, ces questions resteront sans réponse.

Vraiment? Je pense pour ma part que cela vaut la peine d'y réfléchir. Nous verrons dans le prochain épisode que si Tom avait disparu aujourd'hui, par exemple, la donne aurait été très différente.

Des éclaircissements supplémentaires nous permettront d'ailleurs de mieux connaître les circonstances du drame, et ainsi de leur donner un sens. Pour l'instant cependant, d'autres interrogations subsistent:

Pourquoi Tom est-il parti seul en direction du mont?

Pourquoi son corps a-t-il été retrouvé seulement près d'un an après sa disparition?

Nous tenterons d'élucider ces points, et d'autres encore, au cours des numéros suivants.

Durant notre entretien Derek est demeuré d'une politesse irréprochable et s'est montré très coopératif. Je tiens à l'en remercier. Sally et lui ont été complètement innocentés en 1996. Certains diront sans doute qu'ils auraient pu agir différemment, mais je crois pour ma part qu'ils n'ont jamais manqué à leurs devoirs dans la surveillance des adolescents qui leur étaient confiés.

Dans le prochain épisode, nous parlerons à l'homme que Derek et moi avons mentionné en fin d'émission:

Haris Novak. Obtenir une interview de lui n'a pas été facile, mais il a finalement accepté de s'exprimer.

Pour l'heure nous n'avons fait qu'effleurer le mystère entourant la mort de Tom Jeffries. Croyez-moi, celui-ci va non seulement s'épaissir, mais de plus dévoiler des perspectives insoupçonnées. Nous explorerons chacune d'elles, comme nous sonderions les anciennes mines sous le mont Scarclaw, de façon à ce que vous puissiez commencer à vous forger une opinion.

C'était Scott King pour Six Versions.

Vous avez écouté notre premier épisode.

À bientôt pour la suite.

LE MONT SCARCLAW

2017

Je n'étais pas sur place le jour où ils ont démoli le Centre Woodlands. Mon père, lui, tenait à être présent. Il voulait assister au spectacle, voir le premier coup porté par les pelleteuses au bâtiment. Il pensait sans doute que la destruction des anciennes installations puis leur remplacement par le Relais de chasse permettraient d'oublier le passé, de disperser les souvenirs du mont aux quatre vents.

Les bottes trop étroites me serrent les chevilles mais je continue à marcher. Les premiers reliefs, les marécages, les poteaux de clôture fichés en terre, les barbelés enroulés comme des côtes apparentes d'une charogne infestée de vermine m'attirent. J'entends leur appel à travers la végétation.

Là-haut, le danger guette.

Là-haut, la nature a englouti les panneaux, les plantes grimpantes ont vaincu les montants, les orties ont déployé leurs propres pics urticants parmi les pointes d'acier. Là-haut s'éloignent les mille doigts entrelacés des frondaisons. L'éternel chant minéral de la rivière disparaît.

Mais je ne suis pas prêt à gagner les hauteurs. Pas encore. Un écriteau en bois émerge d'une zone d'ombre perpétuelle, sa partie inférieure recouverte de mousse. Il me montre où je dois aller: *Belkeld*.

Je baisse la tête et j'avance.

Tomo avait fourré le matériel dans le coffre de la Jaguar. Personne n'envisageait de s'en servir, même pas lui. Chacun de nous pensait que quelqu'un d'autre prendrait l'initiative.

Qu'est-ce que Tomo fabriquait avec cet attirail: ces lampes, ces armes? Mystère. Avec le recul, je pense qu'il comptait nous impressionner. Le paternel de Justin possédait un équipage de vénerie dans l'Oxfordshire et le mien avait acheté la propriété du mont Scarclaw, réputé pour la chasse.

Tomo habitait à Pimlico. Son père dirigeait une boîte informatique spécialisée dans les moteurs de recherche. Un parvenu. Son vrai prénom, c'était Jazz. Tomo se rapportait à un sobriquet vaguement russophone. Je ne le vois plus beaucoup, aujourd'hui. Quand j'ai fait l'interview, il est venu à titre de... disons de renfort.

Au fond de moi, j'étais soulagé qu'aucun de nous trois ne soit partant pour cette aventure: éblouir un cerf, lui tirer dessus... Ça semblait en quelque sorte déloyal. Tomo baptisait cette pratique la «chasse à la lumière», appellation qui ressemblait à une incitation au meurtre. Je crois que lui-même ignorait comment procéder. Il avait amené deux lévriers, que nous avions enfermés dans l'un des dortoirs. Les animaux faisaient un raffut du diable: ils grognaient, soufflaient, gémissaient et grattaient aux portes. L'enfer!

Et puis, qu'allions-nous faire de la carcasse, si on tuait un cerf? On la donnerait aux chiens? On n'avait pas la moindre notion de dépeçage. Je crois qu'aucun de nous ne s'était jamais attaqué à une proie plus redoutable qu'un poisson. En admettant qu'on rapporte un gibier de la forêt, ce serait Massacre à la tronçonneuse. *Et si on nous surprenait? Certes mon père possédait la totalité du terrain, mais cela n'empêchait pas les visites inopportunes. On n'était jamais à l'abri d'un randonneur ou d'un indésirable du même acabit. Imaginons qu'un journaliste ait vent de l'affaire, ou qu'un parent perspicace repère des traces de sang sur les murs. Même à l'époque, ma famille aurait été traînée dans la boue.*

Justin racontait qu'il avait assisté à une mise à mort et qu'il n'avait plus jamais voulu participer à une battue. Quand j'étais petit, mon père avait balancé de la mort-aux-rats sur la propriété de Mayberry. Je n'avais pas fermé l'œil de la nuit, les joues baignées de larmes.

Cette histoire de chasse au cerf nous ébranlait, je crois, mais on suivait le mouvement. C'était ce qu'on attendait de nous: de riches citadins en vadrouille dans la forêt pour tuer.

Quels que soient les mensonges que nous nous racontions alors, ce n'était pas le cerf que nous chassions en cette nuit d'été 1996.

Le sentier s'élargit. Je continue. Mes pieds balayent les feuilles mortes. L'appel du marécage s'atténue à mesure que je m'éloigne. Les arbres deviennent plus petits. Et le garçon mort prend des allures de feu follet, moins consistant qu'un rêve. Je ne peux pas m'empêcher d'y songer, en tout cas tant que je suis seul dans les parages.

Mes visites au Relais de chasse m'ont appris beaucoup de choses. La campagne, ce n'est pas mon truc, et je pense que ça ne le sera jamais. J'ai passé l'après-midi d'hier sur une échelle, à fixer un nichoir sur l'un des bouleaux que l'on peut voir depuis la cuisine. Je vais acheter une caméra et la relier à la télévision. Les ornithologues chevronnés n'ont qu'à bien se tenir. Je ne connais pas beaucoup de naturalistes amateurs capables de s'offrir un séjour au Relais, mais certains gosses de riches auront le loisir d'admirer la vie sauvage. Qui sait? Peut-être que le spectacle élargira leurs perspectives.

J'aurai bientôt contourné le mont, la lisière de la forêt n'est plus très loin. Des palissades de bois blanchâtre, surmontées de barbelés gris, en fixent la limite. Je leur trouve un air misérable. Elles semblent presque embarrassées d'être à proximité des ajoncs élégants et des vastes étendues d'éboulis noirâtres que surplombe le piton.

«C'est quoi, ces craquements secs?»

Tomo était planté devant la bibliothèque, en train d'examiner un gros classeur parmi les guides consacrés au scoutisme. Quelques feuilles mortes s'échappèrent d'entre les pages du volume.

«Laisse ce classeur», dis-je.

Je n'avais aucune envie de regarder des posters pliés, des photos d'animaux et des herbiers. Ça me filait le bourdon. Je buvais ma bière dans l'espoir de noyer ce sentiment.

«Viens jouer, mon pote.

— Oh, la barbe. Tu chopes toujours la rue de la Paix, j'en ai marre.»

Son visage écarlate trahissait l'excès de boisson. D'autres papiers voltigèrent au sol tandis qu'il feuilletait le classeur. Mon cœur se serra.

«Allez, mec, range ce truc.»

Tomo poussa les papiers du bout du pied. Il portait des chaussures de marche et en avait ôté la boue avec de l'essuie-tout quand nous étions entrés dans le Centre.

Justin et moi avions laissé nos bottes dégoulinantes dans le vestibule.

Brusquement Tomo s'agenouilla et entreprit d'examiner les illustrations. La plupart des dessins s'agrémentaient de végétaux séchés, de gribouillis verts et de hachures symbolisant les bois.

Justin me lança un coup d'œil. Je lus de l'inquiétude dans son regard. Il articula en silence: «Qu'est-ce qu'il fiche?»

Je haussai les épaules.

Les lévriers s'en donnaient à cœur joie, ils aboyaient, raclaient les portes avec leurs griffes. Justin détourna un court instant les yeux vers le dortoir puis reporta son attention sur moi.

Je compris alors que la situation nous dépassait. Sans que nous nous en rendions compte, la forêt dans l'ombre du mont Scarclaw s'était refermée sur nous.

J'atteins ma destination à bout de souffle. Les rochers et les arbres ont depuis longtemps été délogés, laissant un paysage désolé. Les palissades sont renforcées par des rouleaux de barbelés. Toute tentative d'escalade est vouée à l'échec. Je m'approche autant que je peux, scrute les ténèbres insondables entre deux planches. Je ressemble à un enfant derrière les barreaux d'une cage abritant une bête sauvage.

C'est à cause d'un mail que je suis ici.

Ce mail m'a forcé à sortir de chez moi, à quitter la sécurité d'un abri de béton et de chrome connecté au Wi-Fi, à m'éloigner des visages, des êtres vivants, de la rumeur des voitures et des néons des magasins ouverts vingt-quatre heures sur vingt-quatre.

L'objet du message indiquait: *Re: mont Scarclaw*. Ces mots ont scintillé dans un coin de mon esprit jusqu'à ce que j'aperçoive le Relais de chasse, où j'avais pourtant juré ne jamais revenir. Bien entendu, ce n'est pas cette accroche qui a retenu mon attention. Croyez-moi, après ce dernier week-end, les mails étiquetés *Scarclaw* partaient directement à la corbeille.

Celui-là, malgré tout, je l'avais lu.

Quoique cette histoire se soit déroulée il y a une vingtaine d'années, les demandes d'interviews ne sont pas aussi rares que vous pourriez le penser. Les tabloïds, la presse généraliste, les programmateurs de radio aimeraient tous recueillir mes confidences.

Les seules personnes à qui j'ai accepté de parler jusque-là se réduisent à l'essentiel: les policiers.

Cher Monsieur Saint Clement-Ramsay, je ne suis pas journaliste, ni programmateur, ni assistant, ni éditeur, ni auteur.

Pas un admirateur non plus.

C'est sans doute ce terme qui a fait mouche: «admirateur».

Papa et moi surnommions ainsi les goules et les gobelins qui assiégeaient ma boîte aux lettres, espérant des renseignements. J'en sélectionnais certains qui remplissaient le formulaire de réservation du Relais de chasse sous prétexte d'organiser des conférences, des veillées. Une société de production avait même essayé de louer l'endroit pour y tourner un film.

«Encore un mail d'admirateur», disais-je à mon père. Ses yeux brillaient, sa tête s'enfonçait tellement dans l'oreiller qu'il semblait avalé par un boa albinos.

J'ai juste envie d'entendre votre version, votre voix, votre point de vue, expliquait le message. La mystérieuse proposition s'accompagnait d'un autre mot – le mot «podcast» – qui m'avait amené à sauter le pas, décision cruciale en ce qui me concerne.

Vous pouvez me traiter d'aristo ou de snob, vous pouvez railler mon train de vie, mais je ne suis pas ignare au point de ne pas savoir ce qu'est un podcast. J'en ai suivi un qui avait fait un tabac, autrefois: *Serial*. L'émission portait sur un type incarcéré aux États-Unis pour le meurtre de sa petite amie.

Justin m'avait envoyé un lien, à l'époque, mais je n'ai suivi la première saison qu'après avoir reçu ce message.

Des parasites, une conversation téléphonique depuis le parloir d'un établissement pénitentiaire.

Les gens écoutaient.

Des millions d'oreilles attentives à la voix d'un coupable.

S'il était coupable.

J'ai juste envie d'entendre votre version, votre voix...

J'ai laissé Scott m'écrire, et m'écrire encore.

Je l'ai fait lanterner pendant trois mois pour m'assurer qu'il avait vraiment envie de l'entendre, ma voix.

J'ai profité de ce délai pour écouter ses émissions dans les embouteillages londoniens. Scott King et *Six Versions*. J'ai suivi tous les épisodes, jusqu'à comprendre sa démarche. Qui il était, quel masque il portait, et de quelle manière il accordait à chacun un espace suffisant.

J'en ai parlé à mon père.

Puis j'ai répondu aux relances.

«Regardez ça, les gars.»

Tomo avait enfin trouvé ce qu'il cherchait. Il se redressa, le visage empourpré et luisant de sueur, pour nous montrer un des dessins. D'autres feuilles mortes s'échappèrent du classeur. Je vis Justin se crisper.

«Arrête, mec. Ce n'est qu'un vieux gribouillis d'enfant. Laisse tomber.»

Le dernier mot résonna. Le Centre Woodlands paraissait plus désert, plus vieux que jamais. Nous nous faisions l'effet d'être une troupe d'explorateurs lâchée dans une contrée désolée: Howard Carter et George Herbert devant le tombeau de Toutankhamon.

Les chiens poursuivaient leur tintamarre. Ils avaient faim. Dans ma tête, on aurait dit qu'un essaim d'abeilles se déchaînait. Je regardai l'image que Tomo victorieux brandissait, les mains tremblantes.

Plus tard, quand la nuit triompha des derniers vestiges du jour, il nous rapporta d'une voix sourde, son élocution engourdie par l'alcool, une histoire qu'il avait entendue à propos du mont Scarclaw. Nous sûmes alors pourquoi il avait emmené les chiens et les armes.

«Au cas où, les gars, juste au cas où.»

ÉPISODE 2 : LA BÊTE

— Elle vit sur le mont, derrière les clôtures, je l'ai vue. Et parfois elle s'aventure dans les bois. C'est là que je l'ai aperçue pour la première fois: la bête. J'étais jeune, je ne sais plus quel âge j'avais. Sept ans, ou alors douze? Je traversais la forêt avec maman. Elle portait son manteau bleu et moi j'avais les nouvelles baskets Transformers qu'elle m'avait achetées au magasin de Belkeld. Sheena me les avait fait essayer. On marchait sur le chemin et à un moment je me suis retourné, j'ai regardé derrière moi, et je l'ai vue. Je l'ai vue.

— Ben ouais, tout le monde le connaissait. Un gentil gars. Un peu... Je sais pas comment on dirait aujourd'hui, mais il était pas méchant pour deux sous. Je le répète, tout le monde le connaissait. Pourtant, personne est venu nous demander notre avis, alors que c'était la première chose à faire. Ils pensaient tous qu'il était mêlé à cette affaire, mais nous, on le connaissait. On le connaissait.

La première voix que vous venez d'entendre est celle de Haris Novak. La seconde est celle du propriétaire du pub Hare and Hounds, à Belkeld.

Haris a soufflé ses quarante-sept bougies. Il a passé pratiquement toute sa vie dans le village où il est né: Belkeld, de l'autre côté du mont Scarclaw, sur le versant opposé à celui du Centre Woodlands.

Haris et sa mère ont déménagé après la disparition de Tom Jeffries en 1996, quand la presse à sensation s'est déchaînée. Comme tous les individus présents à la date fatidique, Haris a été scrupuleusement interrogé par les services de police. Et comme tous les autres il a été innocenté.

Aujourd'hui, Haris vit seul dans un endroit dont on m'a demandé de ne pas révéler le nom. Certains ne cesseront jamais de l'accuser.

Bienvenue dans Six Versions. *Je suis Scott King.*

Durant six semaines nous reviendrons sur la tragédie du mont Scarclaw. Six manières de voir les choses, six versions différentes.

Dans ce deuxième épisode nous interrogerons un individu considéré aujourd'hui encore comme le principal suspect dans la disparition et la mort de Tom Jeffries. Des voix s'élèveront pour dire que cet homme est un bouc émissaire tout trouvé.

— J'avais... trente ans quand je les ai rencontrés. C'était un beau samedi, au mois de mai, j'allais déjeuner au pub, j'ai l'habitude. Le Hare and Hounds. Je m'installais souvent là-bas avec un livre. Ce que je préférais, c'était le jambon fumé et les navets en sauce. Quand je les ai croisés dans la rue, ils étaient seulement quatre: deux garçons et deux filles. Ils avaient l'air sympas, alors je les ai tout de suite aimés.

Haris Novak, vous l'avez sans doute remarqué, s'exprime d'une manière particulière. Son timbre haut perché, la sincérité candide de ses propos soulignent l'innocence juvénile du personnage; innocence d'autant plus déstabilisante qu'elle émane d'un type au visage rude, mangé par une barbe épaisse. Nous nous rencontrons au fond d'un pub. Il est accompagné de sa cousine. Celle-ci est assise à portée de voix mais n'intervient pas. Elle a insisté pour garder l'anonymat. Sachons juste qu'elle fut la seule à prendre la défense de Haris quand les médias le traquaient, en 1996. C'est elle qui m'a contacté lorsque j'ai localisé Haris. Au début, ma démarche la laissait dubitative, mais nous avons fini par établir une relation de confiance et c'est ensemble que nous avons défini la teneur générale de cette interview. Elle m'a prévenu qu'elle n'hésiterait pas à interrompre l'entretien si elle estimait que je profitais de Haris ou que ses paroles risquaient d'être mal perçues. J'ai accepté ses conditions. Après ce qu'il a vécu, la requête paraît légitime.

— La première fois que vous vous êtes vus, c'est vous qui êtes allé vers eux, ou l'inverse?

— C'est moi. Je suis quelqu'un d'amical. J'adore me faire de nouveaux copains. Je ne les avais encore jamais croisés à Belkeld, et puis ils étaient jeunes. Le village est surtout fréquenté par des adultes, qui viennent pour le canoë ou l'escalade. Je n'aime pas ces sports. Moi, ce que je préfère, c'est observer les animaux dans la forêt. Je leur ai demandé s'ils connaissaient les différentes espèces qu'on trouvait dans les bois.

La presse avait dressé un portrait caricatural de Haris: un autochtone familier du mont, pour qui la forêt, les escarpements et mêmes les anfractuosités qu'on trouvait au-delà des clôtures n'avaient pas de secret.

Le Sun, *qui s'était fait l'écho de racontars assez déplaisants, alla jusqu'à parler d'«idiot du village». Les reporters avaient pris des photos glauques de la maison de sa mère: une baraque décrépie accrochée à flanc de montagne, à environ deux kilomètres de Belkeld. Facile pour les journalistes de le faire passer pour un solitaire inquiétant, un individu dérangé, à la façon d'un Norman Bates ou d'un Ed Gein. Les déficients ne bénéficiaient pas d'une bienveillance extrême en 1996.*

— Ils attendaient devant le pub. Le Hare and Hounds. Quatre. Deux garçons et deux filles.

— *Est-ce que...*

— Les garçons s'habillaient pareil. Le plus grand, celui qui avait les cheveux longs, portait des bottes épaisses, une gabardine et un bonnet noirs. L'autre, plus petit, était tête nue, mais avec de grosses bottes lui aussi. Il avait les cheveux de la même couleur que les vôtres. Comme ils se ressemblaient, je croyais qu'ils étaient frères. Ceux qui se ressemblent, on dit qu'ils sont jumeaux.

— *Et les filles, comment étaient-elles?*

— Oh, sûrement pas sœurs. Elles m'ont paru très différentes. La plus grande avait... heu... elle avait les yeux noirs, les cheveux marron comme des châtaignes, qui se terminaient par de petites... comment dire... de petites tresses. Au bout de chaque tresse, il y avait un élastique coloré. Quant à l'autre fille, elle avait... un visage bombé, presque rond, des lèvres maquillées et aussi des cheveux noirs. Elles portaient toutes les deux des vestes militaires, genre camouflage, avec des capuches fourrées et un drapeau allemand sur la manche.

Contrairement à la croyance populaire, mémoire photographique et autisme ne font pas toujours bon ménage. Je suis loin d'être un expert, mais d'après ce que j'ai pu constater Haris Novak ne maîtrise pas les codes sociaux, il ne comprend même pas leur finalité. Les habitants de Belkeld le connaissaient bien, ils étaient habitués à son comportement singulier. Mais pour un visiteur ces manies pouvaient sembler étranges. Autant Haris peut se montrer excessivement amical, autant, en d'autres circonstances, il demeure totalement imperméable au monde extérieur. Pas de juste milieu pour lui. Il éprouve également de grandes difficultés à décoder les émotions de ses interlocuteurs, à lire la gestuelle, à interpréter les expressions faciales. S'ajoutent à ces embarras des problèmes d'apprentissage qui le maintiennent dans l'infantilisme.

Je l'interroge sur la réaction des adolescents au moment où il les a abordés. Cette première rencontre s'est déroulée en 1995, un an avant la disparition de Tom Jeffries.

— Je ne sais pas pourquoi ils étaient là. Les garçons fumaient des cigarettes. Je leur ai demandé s'ils faisaient du canoë ou de l'escalade. Peut-être qu'ils allaient voir les animaux en forêt? Ils ont ri, alors j'ai ri aussi. Ensuite ils m'ont dit qu'ils ignoraient ce qu'ils fabriquaient dans le coin et j'ai encore rigolé. On s'amusait bien, c'était sympa. Il faisait beau et on riait. Comme des amis.

D'après mes informations, le groupe participait à un séjour au printemps 1995. Le registre du Centre Woodlands indique la présence d'une quinzaine d'adolescents, et parmi eux Charlie Armstrong, Eva Bickers, Anyu Kekkonen ainsi que Brian Mings. Tom Jeffries n'avait pas encore intégré les Coureurs.

— Je leur ai posé des questions, plusieurs questions, d'abord s'ils allaient bien, s'ils étaient perdus. Ils m'ont répondu que non, tout se passait bien. Et puis, comme j'ai voulu savoir ce qu'ils faisaient, ils ont raconté qu'ils n'en avaient aucune idée, c'était bizarre. Je leur ai demandé s'ils cherchaient l'arrêt d'autobus, et enfin s'ils étaient des sortes de touristes new age, parce qu'ils avaient vraiment de drôles de vêtements. Ils ressemblaient à des hippies: «L'amour, pas la guerre!» Ensuite ce sont eux qui m'ont interrogé.

— *Que vous ont-ils demandé?*

— Eh bien, ils voulaient savoir si je pouvais leur acheter de la bière, sauf qu'on n'a pas le droit de boire dehors, à moins d'être en terrasse. Donc j'ai proposé d'aller voir Sam, le propriétaire du pub. Je le connaissais bien, mais ils ont changé d'avis. Ils m'ont dit de ne pas me déranger, ils n'avaient plus soif. C'était marrant, alors on a encore ri. Après ils ont demandé si je voulais aller à la supérette pour eux, ils avaient besoin de cigarettes. Je les ai avertis des dangers du tabac. On peut attraper le cancer.

Charlie, Eva, Anyu et Brian avaient environ quatorze ans à l'époque. Haris affirme que Brian et Charlie fumaient, sans mentionner le tabagisme des filles. Pourtant, selon lui, c'est Anya qui suggère de passer à la supérette. Mon cœur se serre lorsque Haris me décrit la suite.

— Je m'étonnais de l'absence des parents. Le plus âgé des garçons, celui qui avait les cheveux longs, m'a alors appris que leurs papas et leurs mamans étaient morts. J'ai eu beaucoup de peine pour ces pauvres orphelins. Ils étaient seuls, abandonnés. Je leur ai donné l'argent de mon anniversaire. Un cadeau de maman.

— *Combien à peu près?*

— Tout. Je me disais qu'ils pourraient acheter de la nourriture et changer de vêtements, parce que les leurs étaient déchirés et sales. J'avais environ cinquante livres. Moi aussi, je devais me payer de quoi m'habiller, mais les orphelins en avaient plus besoin que moi. Le grand avec les cheveux longs, Charlie, il a dit que j'étais cool. C'est ça, cool.

Aujourd'hui il serait naturel de réprouver leur conduite. Une bande de gosses friqués profitant de la vulnérabilité d'un adulte handicapé. Mais je crois que la réalité est plus complexe. Il faut se souvenir que, dans les années 1990, l'autisme demeurait assez confidentiel. Ajoutons à cela que Haris n'était pas totalement démuni: il savait comment réagir s'il s'apercevait qu'on lui voulait du mal. Les habitants de Belkeld le connaissaient et il pouvait trouver de l'aide en cas de problème. Pour finir, il ne me semble pas que Charlie, Eva, Anyu ou Brian aient été mal intentionnés à son égard. Du moins pas à ce stade-là de leur relation.

Il n'est pas interdit de supposer qu'aucun des adolescents n'avait jamais côtoyé quelqu'un comme Haris. D'après lui, l'une des filles - il ne se rappelle plus laquelle - avait tenté de lui rendre l'argent. Il avait refusé. Quand Charlie lui avait dit qu'il était cool, Haris avait décidé de révéler son secret à la petite bande.

— Je leur ai dit que puisqu'ils étaient orphelins je savais où trouver refuge. Ils n'avaient qu'à m'accompagner en forêt, mais il fallait être prudent.

— *Pourquoi?*

— Les lieux secrets, plus haut dans la montagne, ils sont dangereux.

— *Vous parlez des mines?*

— Oui, les mines abandonnées. Elles sont pleines d'embûches. Des panneaux et des clôtures en interdisent l'accès. Il y a des puits de plusieurs dizaines de mètres de profondeur. Si on chute, on peut se casser la jambe et personne ne vous entend. Ensuite on meurt.

— *Vous vouliez donc y emmener les orphelins? Mais pourquoi ne pas les conduire dans un endroit plus sûr?*

— Parce que les endroits sûrs, ceux où on peut passer la nuit, il n'y en a pas dans les zones sécurisées. C'est froid, il y a du vent, on mouille ses habits, on tombe malade. Moi, je connais les galeries, je connais les bons itinéraires, je sais comment éviter les pièges.

Vous vous en doutez, ce point fut soulevé lors de l'enquête. Ce que vous ignorez peut-être, en revanche, c'est que la police interrogea Haris Novak sans la présence d'un adulte approprié juste après la disparition de Tom Jeffries. Une erreur dont les services judiciaires ne se vantèrent pas. De nos jours, les droits d'une personne vulnérable comme Haris seraient davantage respectés. Nous reviendrons ultérieurement sur cet interrogatoire et sur le traumatisme qui en a découlé, traumatisme encore frais dans la mémoire de Haris, malgré son ancienneté. Sa cousine acceptera de parler de cette triste mésaventure lorsque nous serons en tête à tête. Mais pour l'instant, continuons d'écouter Haris.

— Alors vous avez conduit les orphelins à l'intérieur des galeries dans la montagne?

— Oui. C'est assez loin, il faut monter à travers la végétation, les ajoncs, la bruyère. Quand on arrive à l'endroit secret, on dirait qu'il n'y a que la falaise, mais il est bien là.

«L'endroit secret» de Haris est aujourd'hui condamné; il consistait en une entrée de galerie. On peut trouver surprenant qu'à l'époque l'accès de la mine fût connu uniquement de notre ami, mais c'est comme ça. En gravissant le mont à partir de Belkeld, on parvenait au pied de la «griffe» de Scarclaw. La montée raide, intransigeante, se couvrait alors d'ajoncs et de bruyère. Traverser le lacis végétal n'était pas une mince affaire. Je pense que le passage est resté confidentiel en raison de cette difficulté: personne n'avait envie de crapahuter par là-bas. Haris, cependant, passait son temps dans la forêt et sur les pentes du mont, à observer la vie sauvage.

— Le plus petit des garçons n'arrêtait pas de dire que c'était une mauvaise idée, il voulait que les autres rebroussent chemin avec lui. Le grand se moquait de lui, il le traitait de poule mouillée. Les filles n'y faisaient pas attention, elles se contentaient d'accompagner le mouvement... On est finalement arrivés à l'endroit secret. Il faut contourner un amas de rochers et la bruyère dissimule pratiquement tout. On doit vraiment faire attention et s'agripper, parce qu'à cet emplacement la boue est très glissante. Je leur ai montré comment avancer, comment pénétrer dans le souterrain. On dirait une sorte de bouche et il vaut mieux se baisser pour ne pas se cogner.

— Ils sont entrés avec vous?

— Oui, ils m'ont suivi. Le plus petit a eu des problèmes pour accéder au passage. Il avait le visage tout rouge et les yeux brillants comme s'il allait pleurer, vous voyez? Je l'ai rassuré, je lui ai dit qu'il serait bientôt en sécurité. Les autres se sont encore mis à rire, alors j'ai ri aussi. Le plus grand a répété que j'étais cool, et même super cool, avant de me donner un coup de poing à l'épaule. Comme il riait, j'ai ri aussi et le coup me m'a pas fait trop mal.

— Pourquoi les avoir emmenés précisément dans ce souterrain, Haris? Pourquoi pas ailleurs?

— Eh bien, j'avais du matériel là-bas: une lanterne de camping, de la nourriture... Je viens souvent observer les chauves-souris, il y a des murins qui nichent dans les cavités, ils hibernent durant l'hiver. C'est une espèce protégée, on ne doit pas les déranger. Moi, je les laisse tranquilles. Je les regarde simplement.

— Vous pensiez que les orphelins aimeraient voir les chauves-souris?

— Oui, les gens adorent les animaux, et les chiroptères sont très intéressants. Je me disais aussi que mes amis pourraient dormir à l'abri pendant la saison froide, comme les murins. On est au sec, et je leur aurais apporté à manger. Ils auraient été protégés de la Bête.

— La Bête?

— Oui, la Bête de Belkeld.

J'ai effectué plusieurs recherches sur la mystérieuse «Bête» de Haris, et j'ai obtenu d'étranges informations. Mais avant de développer ce point, penchons-nous un peu sur l'histoire du lieu. J'ai brièvement parlé avec Maxine Usborne, une des bénévoles en charge de l'accueil à l'office de tourisme. À soixante-dix-huit ans, Maxine continue d'aller tous les week-ends en randonnée sur le mont. Je l'ai rencontrée face à face car elle n'aime pas le téléphone.

L'office de tourisme de Belkeld se résume à un local étroit au milieu d'une petite galerie commerciale. Le bureau est impeccablement tenu. De belles affiches sur la faune et la flore locales décorent les murs, de nombreux prospectus relatifs aux attractions de la région - châteaux, jardins, fermes et réserves naturelles - sont mis à disposition du public sur des présentoirs. Au guichet de Maxine, on trouve des brochures faites maison rappelant les règles de base aux promeneurs.

— Vous avez beaucoup de visiteurs?

— Oh oui. Même en hiver, on a des groupes qui viennent. On propose de nombreuses activités: marche, escalade...

— Vous voulez bien me parler du mont Scarclaw?

— C'est une zone moins fréquentée, à cause des mines. Le terrain est dangereux, et puis il y a des clôtures. Mais la forêt reste belle, intacte en grande partie. On peut y faire de jolies balades. Quant au mont lui-même, presque personne n'y met les pieds.

— Que savez-vous sur les mines, à l'époque où elles étaient ouvertes?

— Pas grand-chose, je le crains. Au départ, au quinzième siècle, c'était un gisement de galène. Je suppose que les filons rapportaient pas mal, puis les hommes ont entrepris d'exploiter le plomb. On a construit un atelier au dix-neuvième, pour pomper l'eau.

— Cet atelier est aujourd'hui désaffecté, n'est-ce pas?

— Tout à fait. Il a été fermé quand les tunnels ont commencé à s'effondrer. On a déploré plusieurs accidents, je crois. Ils ont tenté de rouvrir la mine dans les années 1940, parce qu'il restait du plomb, mais c'était trop dangereux. Les installations sont demeurées à l'abandon. Dommage. La région aurait vraiment pu tirer parti des mines.

Maxine a raison: malgré l'accueil irréprochable et la bonne réputation de l'office de tourisme, Belkeld ne brille pas par son opulence. Je suis surpris qu'il y ait si peu d'activités rurales à proximité de Scarclaw.

— J'ai entendu une autre histoire, à propos du mont. Une histoire qui revient régulièrement.

— Oh, vous voulez parler de la Bête?

— C'est ça, la Bête.

Intéressant. J'ai discuté avec pas mal de gens de Belkeld et des alentours, et personne encore, excepté Haris, n'a mentionné la Bête. Mes allusions se sont heurtées à des haussements d'épaules, à des regards vagues. Nul ne semble avoir entendu parler de cette créature. Je demande des précisions à Maxine.

— Si vous voulez tout savoir, c'est une légende ridicule, et plutôt mal considérée. Les habitants du coin n'aiment pas l'évoquer, ils redoutent une mauvaise publicité. Cette fameuse Bête n'est qu'une histoire de bonne femme, un bruit qui court, de la fumée dissipée par le vent.

— *Comment est née cette rumeur? Quand l'avez-vous entendue pour la première fois?*

— J'étais petite. Ma mère m'interdisait d'aller sur le mont. Elle prétendait qu'un monstre y rôdait. Toutes les mères ont eu la même idée, je suppose. Quand ils ont essayé de rouvrir la mine, on a parlé de plusieurs morts. En réalité, ce sont les effondrements de tunnels qui ont causé ces drames.

— *Mais les habitants ont soutenu qu'il s'agissait d'un monstre. Pourquoi, à votre avis? Il aurait été plus simple d'expliquer le danger des galeries, non?*

— Je ne sais pas. Sans doute un héritage des légendes du croque-mitaine, ce personnage qui mange les doigts et le nez des enfants exposés aux gelures. «Mironton, mirontaine, en vrai croque-mitaine, tu feras peur aux marmots...» Ma mère chantait ce genre de comptines à mon petit frère. Il se réveillait en hurlant la nuit, pour vérifier qu'il avait toujours ses doigts.

— Alors la Bête serait juste un avertissement, inventé par les villageois pour que les enfants n'aillent pas traîner près des puits?

— En effet. Rien de plus.

L'explication se tient. Mais en creusant un peu on trouve des traces de la Bête de Belkeld bien avant l'enfance de Maxine. Une maison d'édition de Lancaster, aujourd'hui défunte, a publié dans les années 2000 un ouvrage intitulé Sorcellerie dans le nord de l'Angleterre. *Un passage est consacré à Anne Hope, une habitante de Belkeld qui avait intégré au dix-septième siècle une communauté de sorcières. Cette communauté se réunissait à minuit au sommet de Clawubeorg («clawu» est un terme ancien que l'on pourrait traduire par «griffe», on ignore si cette appellation fantaisiste visait à protéger l'identité d'Anne ou la localisation du mont lui-même). Les sorcières dansaient et prenaient parfois la forme d'animaux: des lièvres ou des chiens. Quand les participantes demandèrent à Anne de se joindre à leur sarabande - durant laquelle elles récitaient la prière à l'envers, afin de plaire au «long homme noir des ajoncs» exauçant leurs vœux -, l'intéressée s'exécuta. Elle fut arrêtée et condamnée pour sorcellerie. Au cours d'un interrogatoire (dont j'imagine qu'il fut plutôt une séance de torture), elle avoua être responsable d'une maladie ayant frappé Belkeld.*

Je demande à Maxine si elle a entendu parler de cette maladie.

— C'était au temps de la peste de Londres, vers la fin. L'épidémie circulait encore dans les campagnes.

La peur a sans doute enflammé les esprits jusqu'ici. Officiellement, on n'a recensé aucun fléau à cette époque, mais il existait très peu d'informations sur les contagions.

Le livre ne précise pas si la maladie touchait les êtres humains ou les animaux. Il n'est pas rare qu'on ait accusé les sorcières de nuire au bétail. Des enceintes de pierres levées subsistent au sommet du mont Scarclaw, de même que des glyphes, dont la signification nous échappe désormais.

Anne Hope a été exécutée peu après le verdict. Elle fut pendue à Belkeld. Le livre précise qu'elle est restée fidèle à ses convictions jusqu'aux derniers instants. On dit qu'elle a même lancé une ultime malédiction sur les terres. Ensuite certains habitants ont déclaré avoir aperçu une «horrible silhouette noire», similaire à un ours, arpentant le mont «au cœur de la nuit». Le curé du village a procédé à un exorcisme, au nom du Père, du Fils et du Saint-Esprit, après quoi la créature disparaît des chroniques, du moins à ma connaissance. Je raconte tout ceci à Maxine.

— Première fois que j'entends cette histoire. L'anecdote n'a rien d'invraisemblable, cependant. Des sorcières ont été exécutées à Belkeld, comme un peu partout en cette période troublée. Mais ma mère n'a jamais signalé de malédiction concernant le mont. La Bête de Belkeld servait juste à éloigner les enfants des anciennes mines.

Par acquit de conscience, je rapporte cette légende à Haris. Il me décrit alors sa première confrontation avec la Bête. L'événement s'est produit le jour où, partant du village avec ses nouvelles baskets Transformers, il traversait la forêt avec sa mère.

— *Vous voulez bien revenir sur cette rencontre?*

— Oui, je veux bien. Ce n'était pas une belle journée. Il pleuvait et on avait fait les boutiques. Maman m'avait acheté des chaussures. J'étais content, mais aussi un peu inquiet.

— *Pourquoi?*

— J'avais mal aux pieds. La marchande n'avait pas la bonne taille, les souliers étaient trop petits. J'avais dit à maman qu'ils m'allaient parce qu'ils me plaisaient. Et puis il y avait de la boue: je ne voulais pas salir mes chaussures, autrement maman se fâcherait. Quand il pleut on prend à travers les bois, du coup les arbres nous protègent. On avance le long du chemin. Des fois il y a des flaques, d'autres fois non.

— *Donc vous marchiez et il pleuvait?*

— Comme je l'ai dit. J'étais lent à cause des chaussures, et je cherchais à localiser un pivert. Je l'avais entendu cogner contre un tronc pour marquer son territoire. On n'en voit pas souvent, ce qui fait que je guettais attentivement. Il pleuvait, les nuages assombrissaient le ciel. Maman m'encourageait: «Allez, Haris, dépêche-toi.» Alors je me dépêchais. Soudain j'ai entendu un bruit derrière nous...

Désolé d'interrompre le récit, mais il faut préciser que Haris montre moins de justesse que lorsqu'il racontait son face-à-face avec les Coureurs. Par ailleurs ses souvenirs sont nets quand il décrit les expéditions où il croise des animaux, tandis qu'au moment de sa confrontation avec la Bête il hésite sur son âge, mélange les périodes de l'année. Si j'avais accès aux carnets dans lesquels il notait ses observations de la faune, je pourrais peut-être stimuler sa mémoire. Mais ces écrits ont été perdus, ou bien on les a jetés. La mère de Haris est décédée en 1999. Sa cousine vivait alors dans une autre région. L'histoire de Haris correspond peut-être à une justification à rebours, une manière d'affronter ce qu'il a vécu en 1996. À moins qu'elle ne reflète l'exacte vérité. Sans doute n'en aurons-nous jamais la confirmation.

— Moi, je me suis arrêté, l'oreille tendue. Je pensais au pivert, même si le bruit était différent: un martèlement lourd dans la forêt, derrière les arbres.

— *Peut-être était-ce le tonnerre, ou quelque chose comme ça?*

— Le tonnerre vient du ciel, et il gronde quand il y a de l'orage. Là, c'était juste de la pluie. Aucun vent, aucun éclair. Un gros martèlement, comme des pas.

— *Votre mère l'a entendu aussi?*

— Je ne crois pas. Elle était loin devant, elle me disait de me dépêcher. J'ai regardé par-dessus mon épaule, et alors je l'ai vue, elle sortait la tête des fourrés et elle m'observait.

— *À quoi elle ressemblait?*

— Énorme, avec de grandes griffes noires et des dents. Elle me fixait avec des yeux exorbités, emplis d'effroi.

— *Vous avez eu peur?*

— Pas vraiment, parce qu'il y avait maman. Je crois que c'est surtout la Bête qui a eu peur, parce qu'elle s'est éclipsée en une fraction de seconde.

— *Éclipsée où?*

— Dans les bois, parmi les arbres.

Bien sûr, Haris n'est pas le seul à prétendre voir des créatures de cette sorte en Grande-Bretagne. Cannok Chase, dans le comté de Stafford, est un site réputé pour ses apparitions d'OVNI. On y relate depuis le début du vingtième siècle la présence d'un être spectral d'aspect simiesque, une créature aux grands yeux clairs. Shopshire Union Canal possède son propre homme-singe et ses chats fantômes, autrement appelés Alien Big Cats, qui sont de grands félins - pumas, panthères - censés hanter la campagne anglaise depuis les années 1760. Détail plus troublant: la description de Haris n'est pas sans évoquer, ne fût-ce que lointainement, «l'horrible silhouette noire» et «le long homme noir des ajoncs» mentionnés dans Sorcellerie dans le nord de l'Angleterre.

Haris déclare avoir révélé aux «orphelins» la présence de la Bête au moment où ils étaient dans l'ancienne mine. Après leur avoir assuré qu'il reviendrait avec de la nourriture, il les a quittés pour aller prendre le thé chez lui.

— *Vous êtes revenu après le thé?*

— Non, parce que l'une des filles - la plus grande, celle qui était maigre - m'a glissé quelques mots avant que je parte. Elle m'a dit de ne pas m'inquiéter, ils rentreraient par leurs propres moyens. Elle a ajouté qu'on se reverrait quand ils repasseraient. J'étais un peu triste de leur départ parce que c'étaient mes amis.

Haris ne les recroisa qu'à l'été 1995, sans pouvoir discuter avec eux: il les vit simplement passer dans le minibus qui les conduisait au Centre. Il se souvient de leur avoir adressé un signe de la main, auquel les adolescents ont répondu. Le registre du Centre Woodlands indique la présence de la petite troupe en août 1995, accompagnée de Derek et deux autres adultes. Ils ne sont restés qu'un jour et une nuit, repartant le lendemain matin après avoir effectué des travaux d'isolation sur le bâtiment.

Une autre excursion eut lieu en décembre 1995, Derek en a parlé dans le premier épisode. Cet hiver-là, les participants étaient plus nombreux: quinze enfants âgés de huit à quinze ans, parmi lesquels se trouvait Charlie Armstrong. J'imagine que la rénovation facilitait désormais les séjours durant la saison froide. Quelques commentaires des plus jeunes figurent sur le registre. «On a construit un igloo. Trop stylé!» «La luge, c'était génial!»...

Cette expédition hivernale constitue la première sortie de Tom Jeffries avec les Coureurs à Scarclaw.

— Je les ai revus en hiver. Ils sont passés à Belkeld. Cette fois, ils étaient cinq. Les quatre que je connaissais, et un nouveau.

— *Vous l'aviez déjà aperçu?*

— Non, jamais. Je leur ai demandé s'ils avaient faim et la fille aux cheveux noirs, la grande, a répliqué que non. Elle a ajouté qu'ils n'étaient plus orphelins, que maintenant des gens veillaient sur eux.

— *Vous vous souvenez de ce qu'ils faisaient à Belkeld?*

— Non... Je ne sais plus... Ils se baladaient, il me semble. Il faisait froid, il neigeait. La voirie avait mis du gravier par terre, beaucoup de gravier, parce que autrement ça glisse et on peut tomber. Je leur ai dit d'être prudents. Ils portaient tous des manteaux épais, alors ils n'avaient pas froid.

— *Ils fumaient?*

— Oui, ils avaient des cigarettes. Le grand avec les cheveux longs et le petit. Une des filles aussi, celle aux cheveux noirs, et puis le nouveau: il m'a demandé si je voulais fumer avec eux. J'ai refusé car c'est mauvais pour la santé. Il a rigolé, seulement ce n'était pas le même rire que les autres, ça sonnait faux.

— *Faux comment?*

— Je ne sais pas. Je ne m'amusais pas avec lui. Il n'arrêtait pas de se tourner vers ses copains, de répéter ce que je disais avec une voix idiote. Le groupe riait, mais pas normalement. Les filles essayaient d'abréger: «Arrête, allez. Allons-nous-en.» Lui, il ne les écoutait pas, il insistait: «Attendez, attendez, écoutez ça...»

— *Vous vous rappelez à quoi il ressemblait?*

— Oui. C'était le plus maigrichon du groupe, il portait une casquette à l'envers, une veste en jean noir et un baggy: on ne voyait que la pointe de ses chaussures.

Aucun doute, Haris décrit Tom Jeffries: un gamin efflanqué, dégingandé, avec une casquette des Raiders de Las Vegas perpétuellement vissée sur le crâne. Cette casquette, il la portait encore quand on a découvert son corps. La veste, en revanche, n'a jamais été retrouvée.

— J'ai voulu savoir ce qu'ils faisaient par ce temps neigeux. Ils ont simplement dit qu'ils s'ennuyaient au Centre, alors ils avaient décidé d'aller à pied jusqu'au village. De toute manière, ils avaient besoin d'acheter des trucs.

La présence des adolescents au village n'était pas inhabituelle. Derek et Sally ont déclaré que les gosses avaient le droit de se rendre à Belkeld ou de se balader en forêt tant qu'ils restaient ensemble. L'agglomération se situait à une heure de marche et cette fois-là ils étaient cinq. Derek a toujours eu de fortes convictions éducatives, mais il hésitait sur un point précis: devait-il autoriser les adolescents à vadrouiller ainsi? Cette fois-là fut la seule où ils lui cachèrent un détail crucial: Haris Novak.

— Le nouveau voulait m'offrir un cadeau. J'ai été soulagé, parce que son rire me mettait mal à l'aise. Son cadeau, c'était une sorte de bout de caoutchouc noir. Il voulait que je le mange, il disait que c'était un bonbon. Moi, je trouvais que ça ne ressemblait pas du tout à un bonbon. Je n'avais pas envie d'avaler ce machin.

La suite du récit de Haris n'est pas plaisante. Cependant, à l'époque où la police l'avait questionné, il n'avait pas insisté sur cette mésaventure, soit qu'il en éprouvât de l'embarras, soit que la complexité de la situation lui eût échappé, comme c'était le cas pour beaucoup de choses. Nous reviendrons sur cet aspect de l'affaire lorsque nous discuterons avec la cousine de Haris, en fin d'émission. Ni au cours des interrogatoires ni pendant l'enquête les jeunes n'ont évoqué cet épisode peu reluisant. Peut-être en avaient-ils honte. À moins qu'ils n'en aient pas saisi l'importance, cette histoire s'étant déroulée un an auparavant.

— Le nouveau insistait tellement, «Mange-le, vas-y, mange-le», que son copain aux cheveux longs, celui qui portait un tee-shirt avec des squelettes dessus, s'y est mis aussi. Il a finalement dit: «Et moi qui pensais que tu étais cool...» Alors j'ai fourré le truc dans ma bouche. C'était dégueulasse, je croyais mâcher une plante écrasée, on sentait un goût de feuilles bouillies, de terre... J'ai dû aller au magasin pour boire.

— *Et après?*

— J'allais mieux. Quand je suis sorti, les orphelins n'étaient plus là. J'ai pensé qu'ils avaient repris leur route, donc je me suis dit que de mon côté j'allais passer voir les chauves-souris dans mon endroit secret. Elles hibernent en hiver, c'est une espèce menacée, alors il faut les observer. J'ai traversé le village, je suis passé devant le monument aux morts et le cimetière de l'église. Il faisait beau, même avec la neige. Une journée radieuse. Je comptais prendre la longue route, par-derrière. Les oiseaux chantaient. Ils avaient sans doute faim à cause du froid. Je me suis promis de leur mettre des graines quand je rentrerais chez moi. Brusquement, quelque chose m'a frappé le dos.

— *Quelque chose?*

— J'ai cru qu'on me donnait une claque entre les omoplates, mais quand je me suis retourné il n'y avait personne. J'ai continué à marcher et on m'a encore frappé. J'ai commencé à avoir peur, peut-être que c'était un fantôme. Le cimetière était sur ma droite, la route à gauche. L'éventualité d'une tempête m'inquiétait. J'ai inspecté mon manteau: il y avait de la poudre blanche dessus, alors je me suis mis à courir. J'ai reçu un nouveau coup derrière la tête et j'ai failli tomber. C'est là que j'ai vu les orphelins.

— *Les orphelins?*

— Pas tous. Juste les garçons: celui avec les cheveux longs, le petit et le nouveau. Ils se cachaient derrière la grille du cimetière. Ils m'envoyaient des boules de neige, ils riaient. Une bataille! Je voulais jouer aussi, j'ai essayé de leur lancer des projectiles mais ils étaient trop rapides, ils bougeaient tout le temps. Mes boules explosaient contre la grille ou contre les pierres tombales. Les orphelins se réfugiaient derrière. Ils trichaient. Comme ils continuaient à me viser, je recevais encore des boules. Certaines contenaient de la terre et des cailloux, ça faisait mal. J'avais les mains gelées. Je leur ai demandé d'arrêter, mais ils n'ont pas écouté.

— *Aucun d'eux?*

— Aucun. Ils s'acharnaient tous les trois. Le nouveau et celui qui avait les cheveux longs me faisaient le plus de mal. L'autre, le petit, tirait toujours à côté. J'ai couru le plus vite possible jusqu'à la forêt. Et soudain je me suis senti bizarre.

— *Comment ça?*

— Fiévreux. J'avais la tête qui tournait, le corps me picotait. J'ai cru que j'étais tombé malade à cause de mes mains frigorifiées. Je n'avais pas sorti mes gants pour la bataille, et maintenant je ne les retrouvais plus. J'ai décidé de rebrousser chemin, mais c'était dur parce que je respirais mal, la route devenait étrange, le sol tanguait. Je me suis aperçu que j'avais froid à la tête. Mon bonnet, je l'avais perdu avec les gants. Alors j'ai foncé vers le cimetière. Il y avait une odeur anormale.

— *Quelle odeur?*

— Un mélange de tabac et d'un autre truc, un peu sucré. Mon cœur battait très fort, les picotements descendaient le long de mes jambes, j'avais super soif. Les garçons étaient toujours derrière la grille, ils fumaient une énorme cigarette. Cette vision était tellement drôle, avec l'odeur et tout, que j'ai commencé à rire.

— *Que s'est-il passé ensuite?*

— Ils riaient aussi. Ils me disaient: «Chut, chut.» Et puis ils m'ont invité dans le cimetière, alors j'ai fait le tour. J'avais vraiment une impression curieuse: tout remuait, ma peau fourmillait. Les choses ralentissaient autour de moi, tremblotaient comme dans un vieux film. Les orphelins voulaient me raconter une histoire. Celui avec les bottes et les cheveux longs a commencé son récit. Il parlait à voix basse, comme un chien qui étouffe son grognement ou un chat qui ronronne.

— *Quel genre d'histoire?*

— Je ne me... Je ne m'en souviens pas, mais c'était terrifiant. Je me croyais dans un cauchemar. Tout ce qui m'entourait respirait: le cimetière, la neige, le ciel... Inspiration, expiration. J'avais un hurlement au fond de moi, qui gonflait comme un ballon, et brusquement c'est sorti. J'ai crié.

— *Terrifiant, en effet.*

— Le nouveau s'est énervé. Il m'a montré la grille en disant: «Dégage, allez, dégage!» Moi, je ne pouvais pas m'arrêter, alors il faisait: «Chut, tais-toi!» C'est là qu'il a dit qu'elle arrivait, et moi, j'ai pensé à la Bête.

— Il a dit que la Bête arrivait?

— Je ne sais plus si c'était lui ou moi. J'avais l'impression de rêver. Peut-être que j'avais attrapé la crève parce que mon cœur tambourinait, je mourais de soif, et puis tout paraissait élastique, distendu. Le nouveau m'a demandé d'approcher. J'ai obéi. Il a regardé entre les barreaux et il m'a dit que la Bête venait, qu'il fallait fuir.

— Vous l'avez écouté?

— Oui, j'ai couru jusqu'à la forêt, et puis j'ai continué encore parce que je la sentais derrière moi, qui rugissait, qui riait. J'ai été aussi vite que j'ai pu, sans regarder en arrière, sans m'arrêter. J'entendais presque ses pas dans mon dos, mon cœur s'emballait... Tout à coup, je me suis retrouvé à côté de chez moi. Je me suis arrêté. Je n'en pouvais plus.

— Et la Bête?

— Partie, je crois. Ou semée. Tout était de nouveau calme.

— Vous avez récupéré vos gants et votre bonnet?

— Oui, le lendemain.

— Où ça?

— Au cimetière. Quelqu'un les avait mis sur un bonhomme de neige. La sculpture avait aussi une cigarette et un... un zizi. Le père Brown est allé se plaindre à ma mère, j'ai passé un sale quart d'heure. Elle a dit que j'avais eu un «comportement inhabituel».

Cet événement traumatise encore Haris: sa voix tremble, il évite mon regard, secoue la tête. Il ressemble à un enfant. J'interromps l'entretien pour lui laisser le temps de se ressaisir. Sa cousine tente de l'apaiser.

D'après ce témoignage, il n'est guère difficile de reconstituer les faits. L'attitude des adolescents en présence de Tom Jeffries est particulièrement révélatrice. Quand Haris parle de «la fille aux cheveux noirs», j'imagine qu'il fait référence à Anyu Kekkonen. C'est elle qui a tenté de le rassurer et de lui restituer l'argent la première fois. Étonnant qu'Eva Bickers soit si discrète dans le récit de Haris. En réalité, aucune des filles ne semble lui avoir fait grande impression. Mais nous avons tous tendance à conserver en mémoire les moments pénibles, au détriment des plus agréables. Comme on s'en doute, la bataille de boules de neige associée à la prise de drogue constitue aux yeux de Haris une expérience terrifiante.

Une remarque au passage: Haris ne désigne pratiquement jamais les adolescents par leur prénom, et le groupe a simplement été baptisé «les orphelins». Nous le verrons plus tard, Haris a du mal à rompre avec certains schémas de pensée. Pour lui, les Coureurs sont «les orphelins», il ne cherche pas plus loin.

Il ne se souvient pas d'avoir rencontré d'autres jeunes ou des responsables. Cela s'explique facilement: personne parmi les encadrants ou les participants n'avait de raison de traîner à Belkeld. Aucun des adultes entendus au cours de l'enquête, y compris Derek Bickers, n'avait entendu parler de Haris Novak avant le drame.

Ce qui m'intrigue toutefois, c'est que Haris n'a jamais parlé de l'épisode des boules de neige à quiconque, même pas à sa mère. Écoutons un extrait de l'interrogatoire mené par la police quelques jours après la disparition de Tom Jeffries. Les propos de Haris nous fourniront peut-être quelques explications.

ENREGISTREMENT D'AUDITION
Haris Novak, 26 août 1996 (extrait)

«Qu'est-ce que vous me chantez, Haris? Avez-vous, oui ou non, rencontré ces jeunes gens le 12 décembre de l'année dernière?»

(Pour information, je montre au suspect des photographies de Tom Jeffries, Charlie Armstrong, Anyu Kekkonen, Eva Bickers et Brian Mings.)

«Non... enfin, je veux dire, oui... en quelque sorte.

— Comment ça, "en quelque sorte"? Vous les avez rencontrés, vous leur avez parlé?

— Oui, en quelque sorte.

— Il faut être précis, Haris. Un enfant a disparu. Vous retardez l'enquête, avec vos "en quelque sorte"...

— Je les ai rencontrés, oui, j'ai rencontré les orphelins.»

(Pour information, M. Novak désigne les photos devant lui.)

«Vous confirmez avoir eu un échange avec Tom Jeffries, Charlie Armstrong, Anyu Kekkonen, Eva Bickers et Brian Mings, le 12 décembre 1995?

— Je les ai vus, les orphelins.

— *D'accord. Où a eu lieu la rencontre?*

— C'était bizarre… Tout se mélangeait, les choses n'avaient aucun sens… Un drôle de truc, et moi, j'étais…

— *Pouvez-vous répondre à la question, Haris?*

— Peut-être que j'étais dans un rêve. On aurait dit un rêve, oui. En tout cas, ça y ressemblait, c'était un rêve.»

Haris avait un alibi et aucun antécédent judiciaire, et rien ne le liait aux adolescents en dehors de quelques rencontres fortuites dans les rues de Belkeld. J'ai cependant du mal à croire qu'il prenne les orphelins pour des créations de son esprit. Quand il m'en parle, il n'évoque jamais cette possibilité. Malgré son handicap, il n'est pas sujet aux hallucinations visuelles ou auditives.

Il s'éclipse aux toilettes. J'en profite pour questionner sa cousine sur les écarts entre les différentes versions.

— *Vous savez pourquoi Haris a dit à la police qu'il croyait avoir rêvé?*

— Pour autant que je sache, c'est un mécanisme de protection. Quand vous l'interrogez sur certains événements, il en nie parfois l'existence. Sa mère par exemple. Il n'en parle pas beaucoup - pas avec moi en tout cas -, mais la nuit où elle est morte ils l'ont emmenée à l'hôpital. Il ne l'a pas quittée une seconde et pourtant, si vous lui posez la question, il vous répondra qu'il a rêvé.

— *Et maintenant, il pense encore que les adolescents sont fictifs?*

— Je ne... Je l'ignore, c'est difficile de se prononcer. Il n'est pas rare qu'il se contredise en évoquant tel ou tel incident. Un jour, c'est blanc, l'autre jour noir. Toute cette affaire... Les journaux devraient avoir honte de ce qu'ils ont publié. Aucun adulte approprié n'était présent quand ils l'ont cuisiné. Quel scandale! Il en a beaucoup souffert. Il a occulté une large part des événements. Soit il prétend ne pas s'en souvenir, soit il affirme avoir rêvé. Il se réveille parfois la nuit en criant après la Bête. Cette satanée Bête...

— Que pensez-vous de ce monstre? Vous avez un point de vue sur la question?

— En ce qui me concerne, Haris utilise cette image pour surmonter ce qu'il a vécu à l'époque. Je vais être honnête avec vous: je n'étais pas très proche de ce côté-là de la famille Novak. Mais quand la tragédie est survenue, la mère de Haris... Eh bien, elle était larguée. Je me suis mise à leur rendre visite pour les aider. Je leur ai donné un coup de main pour déménager. Avec le recul, je pense que tout s'est mélangé dans la tête de mon cousin, il n'a plus été capable de distinguer la réalité. Je ne suis pas sûre qu'il soit beaucoup plus avancé aujourd'hui.

— Il soutient avoir vu la Bête quand il était enfant.

— Oui, je connais cette histoire mais... j'ignore si c'est un souvenir écran, une projection mentale. Il aime que les choses soient logiques, cohérentes. J'ai le sentiment que cette anecdote pourrait être... comment dire? un filet de sécurité pour lui, vous saisissez?

— Tout à fait, c'est un raisonnement qui se tient.

— Pourtant je crois qu'il s'est passé quelque chose entre Haris et les gosses, quelque chose qu'il n'a révélé à personne. De petits détails l'irritent, qui pourraient résulter d'un traumatisme, d'un aspect inconnu de l'affaire.

La cousine de Haris n'a pas tort. Plusieurs points posent problème. D'abord, selon l'article 706 du Code de procédure pénale, Haris entre dans la catégorie des majeurs protégés, c'est-à-dire que les policiers auraient dû aviser un adulte approprié lors de la garde à vue. Cette loi a été créée pour éviter que des individus vulnérables comme Haris s'accusent de crimes dont ils sont innocents. Haris a été interrogé sans assistance, et les enquêteurs se sont montrés plutôt autoritaires. À leur décharge, ils n'ont jamais essayé d'obtenir des aveux forcés.

Les médias, par contre, ont été beaucoup moins scrupuleux, peignant Haris sous un jour peu flatteur. Le Daily Mail *a insinué qu'il avait accès à un réseau de tunnels, alors qu'en réalité la plupart des galeries étaient effondrées. Il n'existait aucun passage connu pour traverser Scarclaw en utilisant les anciennes mines, mais la presse s'en moquait. Elle tenait un client idéal: un barbu solitaire, peu avenant et habitant avec sa mère dans une baraque délabrée.*

Haris n'a pas non plus passé tout son temps libre dans la mine. Il connaissait juste un ou deux emplacements que l'on avait oublié de condamner, dans lesquels il se rendait pour observer les oiseaux et d'autres animaux. Il y avait bien entendu «l'endroit secret»: une entrée située près de sa maison, où des chauves-souris avaient élu domicile. Haris l'avait dissimulée avec des branchages et des feuilles, non pas pour cacher ce qu'il faisait, comme le prétendaient les journaux, mais pour éviter d'incommoder les chiroptères qu'il aimait contempler.

Quand il revient des toilettes, sa cousine et lui consentent à poursuivre la conversation. J'entame donc la dernière partie de l'entretien.

— *Vous avez parlé des orphelins à quelqu'un? À votre mère, au père Brown?*

— Non.

— *Pourquoi? C'était un secret?*

— J'ai cru... J'ai cru que j'avais rêvé.

Je n'insiste pas. Haris est arrivé au bout de ses possibilités concernant cette période. Mais l'enquête a révélé un élément que je veux éclaircir.

— *Vous pensez que les orphelins auraient pu s'introduire en votre absence dans l'endroit secret, la caverne aux chauves-souris? Au cours de l'hiver par exemple?*

— Oui, parce qu'ils voulaient voir des animaux sauvages. Les gens adorent les animaux.

— *Vous vous êtes aperçu qu'il y avait eu du passage?*

— Oh, j'en suis sûr. Je crois qu'ils sont venus de nuit, pendant que je dormais à la maison. Peut-être pour regarder la faune nocturne. L'endroit secret est un bon poste d'observation. On voit des chouettes, et parfois même des cerfs si on se tient tranquille.

— *Qu'est-ce qui vous fait croire qu'ils sont passés?*

— Eh bien, je suis allé vérifier si les chauves-souris allaient bien, un matin. Elles hibernent en hauteur, toutes ensemble, et j'ai trouvé des objets par terre, des détritus. Je me suis dit que les orphelins avaient traîné dans les parages.

— *Quels détritus?*

— Des filtres de cigarette orange, et d'autres blancs. Des bouteilles vides en plastique. Ils les avaient découpées pour fixer des sacs au bout. Et puis il y avait une drôle d'odeur. Les orphelins étaient venus, mais sûrement pas longtemps.

— *Pourquoi?*

— À cause de la Bête. La Bête a dû les effrayer.

— *Qu'est-ce qui vous fait dire ça?*

— J'ai eu... J'ai fait un cauchemar horrible au sujet de la Bête.

— *Vous voulez bien me raconter?*

— Oui, pourquoi pas, après tout, ce n'était pas réel. Dans mon rêve, je me levais tôt et j'allais à l'endroit secret pour m'assurer que les chauves-souris se portaient bien. Il faisait encore sombre, mais je sentais l'odeur, la drôle d'odeur. Un mélange de tabac et de sucre... L'odeur de la Bête. Soudain je l'ai entendue dans la mine, au fond du tunnel obscur, elle rampait, grinçait des dents, grondait. Finalement elle est sortie du noir avec ses grands yeux. Moi, j'ai crié. Elle s'est élancée à ma poursuite. J'ai filé à toute vitesse chez moi et je me suis mis au lit.

Tout ceci s'est déroulé pendant l'hiver 1995, saison où Tom Jeffries a effectué sa première excursion avec les Coureurs. Les propos de Haris indiquent un changement significatif dans le comportement des adolescents après que Jeffries a intégré le groupe. L'épisode des boules de neige, pour navrant qu'il soit, ne dépasse pas le stade d'un jeu un peu trop brutal. Les adolescents sont restés vagues durant l'enquête, mais tous se sont accordés pour attribuer à Jeffries le rôle d'instigateur de cette farce douteuse.

Haris Novak a croisé les orphelins une dernière fois en août 1996, le 23 plus exactement.

— *Êtes-vous d'accord pour revenir sur cet été-là ?*

— Oui, mais je commence à en avoir assez de parler d'eux.

— *Je sais, désolé. Ce sera bref. Dites-moi simplement ce dont vous vous souvenez.*

Les investigations ont établi que les cinq adolescents se sont rendus à Belkeld le 23 août 1996 en fin d'après-midi. Ils se sont baladés un moment dans les rues, ont acheté quelques provisions et ont tenté, sans succès, de se procurer de l'alcool à la supérette du coin. Ils ont ensuite repris la route du Centre en passant par le mont, où ils ont rencontré Haris.

— C'était peu avant l'heure du thé. Je cherchais des cerfs. Il y avait une harde qui vivait dans les bois, j'essayais de l'apercevoir depuis ma cachette, avec mes jumelles.

— *C'est là que vous avez vu les orphelins revenir par le mont ?*

— Oui, alors je suis sorti les saluer. Je me demandais s'ils allaient bien parce que ça faisait longtemps que j'étais sans nouvelles et je croyais que la Bête les avait effrayés. J'avais oublié qu'ils existaient vraiment, en dehors du rêve. Je leur ai dit que j'avais trouvé ce qu'ils avaient laissé dans le tunnel, et que j'avais tout rapporté chez moi, en sécurité. Le nouveau s'est écrié: «Bien joué, Haris! Bonne initiative!» Il voulait qu'à chaque fois que je trouve des choses à l'endroit secret je les garde pour moi sans rien dire à personne. Il a précisé que la prochaine fois ils les mettraient dans un sac pour moi. Mais ça restait entre nous. Si jamais je parlais, la Bête viendrait me chercher. J'ai toujours tenu ma langue, toujours, et j'ai conservé les sacs des orphelins à l'abri, dans la remise à charbon. On n'avait plus de poêle depuis qu'on était raccordé au gaz. Alors je gardais la marchandise en leur absence.

— *Pourquoi?*

— Parce qu'ils me confiaient leurs affaires. Je voulais être sympa.

— *Et après, que s'est-il passé?*

— Il s'est mis à crier: «Vite! Vite!» Alors moi, j'ai couru, j'ai couru vers la maison pour mettre les trucs dans la remise. Pendant que je courais, il continuait à crier: «Dépêche-toi!» C'est là que je suis tombé.

Pour résumer, Haris s'est tordu la cheville en dévalant le mont. Il a quand même réussi à rentrer chez lui en boitant. Il n'a plus bougé de la soirée ni de la nuit, sa mère a été formelle.

Le corps de Jeffries a été retrouvé de l'autre côté du mont, au cœur d'une zone clôturée, interdite d'accès. Haris aurait eu fort à faire s'il avait voulu se rendre là-bas, a fortiori avec une cheville foulée. De plus, il était peu enclin à braver les interdits, même s'il lui arrivait quelquefois de franchir les barrières pour aller observer la faune. Je le connais peu, mais j'ai du mal à imaginer son implication dans la disparition de l'adolescent.

Comme personne n'a été inculpé, les médias s'en sont donné à cœur joie pour échafauder des hypothèses. On a prétendu que Haris en voulait aux jeunes après l'incident des boules de neige en 1995, rancune accentuée avec le temps. Il aurait alors décidé d'utiliser son expérience du terrain pour piéger Jeffries et l'assassiner. Bien sûr, la cheville tordue n'aurait été qu'un astucieux mensonge destiné à renforcer son alibi.

Pour redevenir sérieux, quelle conclusion pouvons-nous tirer de cet entretien avec Haris Novak? D'abord il connaissait les adolescents, et en particulier le groupe qui nous intéresse. Pourquoi aucun des jeunes n'a parlé de lui aux responsables? Ma foi, je suppose qu'ils préféraient la discrétion. Souvenez-vous que lorsqu'ils ont croisé Haris ils essayaient d'acheter de l'alcool et ils fumaient. Je ne doute pas un instant que les Coureurs regrettent ce qui est arrivé au pauvre homme. Eva, Anyu et Brian ont d'ailleurs présenté leurs excuses à Haris et à sa famille au cours de l'enquête.

La cousine insinue qu'un événement inconnu serait survenu entre lui et le groupe. Ces soupçons m'interpellent, car j'ai moi aussi eu le sentiment d'une lacune durant l'interview.

Je la crois sans peine quand elle dit que son cousin aurait conçu une espèce de zone tampon dans son cerveau, pour surmonter les traumatismes de 1996. Il me semble d'ailleurs peu judicieux de vouloir en forcer l'accès. Mais dans les épisodes suivants nous parlerons avec des acteurs de premier plan: les adolescents présents au moment des faits.

Le prochain numéro nous permettra ainsi d'avoir une image plus nette des événements qui se sont déroulés cette nuit-là, en plein été, au mont Scarclaw.

C'était Scott King, pour Six Versions.
Vous avez écouté notre deuxième épisode.
À bientôt pour la suite.

LE MONT SCARCLAW

2017

Je ne reste pas longtemps. Il n'y a plus rien à voir. Cet endroit, ce trou noir à flanc de montagne, aussi muet qu'une question sans réponse, ne mérite pas d'élégie. Je me demande parfois si les chauves-souris peuplent toujours le souterrain, perchées dans les anfractuosités. Se sont-elles multipliées entre-temps? Le déblaiement de l'entrée, l'installation de nouvelles clôtures les ont-elles fait fuir? Peut-être le saurais-je si j'avais le courage de revenir ici la nuit.

Aucune chance que ça se produise.

Je continue ma route, quitte le couvert des arbres pour une aire plus dégagée. Je m'engage sur le chemin de Belkeld. La voie s'incurve comme une cicatrice. En mettant mes pas dans ceux des Coureurs, j'ai presque l'impression de commettre un sacrilège. Le pic de Scarclaw me surplombe, menaçant.

Personne ne vient plus dans les parages, mais, si je croisais quelqu'un, lui ordonnerais-je de quitter la propriété de mon père, ma propriété? Me contenterais-je de sourire, de le saluer avec une simple formule de politesse, les yeux fixés sur le mont, les bosquets d'ajoncs et les amas de roches?

Un mur de nuages blancs occulte le soleil à l'est. Le jour s'est levé et pourtant mon regard ne perce pas les ombres de Scarclaw, proches.

J'ai longtemps redouté que «l'endroit secret» de Novak ne devienne... je cherche le terme approprié... je préfère éviter de parler de «sanctuaire». Disons une curiosité, un site remarquable, enfin quelque chose dans ce goût-là. J'ai souvent projeté de venir jusqu'ici pour affronter mes démons. Mais il ne reste qu'une sorte d'humidité perpétuelle, qui n'est ni de la pluie ni du brouillard. Même les croassements enroués des corbeaux ont disparu. Débarrassée des débris qui l'obstruaient, l'entrée du tunnel ressemble à une vilaine plaie, dont les humeurs ténébreuses suintent sur les terres en contrebas.

Mes terres.

J'ai suggéré plusieurs fois à mon père d'abattre les clôtures et de condamner cet accès, mais avec les chauves-souris, si elles sont encore là, ce serait peine perdue. J'imagine déjà les gros titres pour peu qu'on dérange les mammifères. La seule solution consiste à hausser les clôtures.

J'allonge le pas, laissant derrière moi l'endroit secret, qui n'a d'ailleurs plus de secret que le nom.

Je ne peux empêcher les questions de tourner dans ma tête. Que se serait-il passé si les clôtures avaient été érigées plus tôt, si les mesures de sécurité avaient éloigné les imprudents? Les gosses ne se seraient probablement jamais aventurés dans les parages.

Avec des *si* on mettrait Paris en bouteille, dit-on. Nul ne peut changer le passé.

Personne n'avait envie que les choses se déroulent ainsi. Nous ne souhaitions pas chasser les gens, nous ne voulions pas nous emparer des terres au nez et à la barbe de tout le monde, comme on pensait que nous le ferions. Je me rappelle encore la réunion d'information à Belkeld, alors que mon père avait pratiquement finalisé l'acquisition. C'était un après-midi lugubre fort semblable à celui-ci, dans une salle paroissiale ouverte aux quatre vents, autour de quelques biscuits rancis et d'un mauvais thé. Des Range Rover boueux stationnaient sur le parking. Le représentant des partisans du Centre Woodlands avait une barbe mal taillée, son bermuda dévoilait des mollets de cycliste poilus, et ses chevilles étaient constellées de piqûres de moustiques. Pour couronner le tout, il empestait le vieux sandwich et la sueur. Je m'en souviens comme si c'était hier, et pourtant cette histoire date d'une vingtaine d'années.

« Avec tout ce qu'il possède, quel besoin Lord Ramsay a-t-il de s'accaparer ces pauvres terres? » Il avait parlé avec de faux accents de prolétaire indigné. « Le mont Scarclaw appartient à tout le monde, il n'est pas réservé aux rupins et aux aristocrates. »

J'allais lui demander ce qu'il connaissait aux classes populaires - ce sinistre imbécile ressemblait plus aux riches qu'il fustigeait qu'aux gens du peuple qu'il prétendait défendre - mais mon père avait agrippé mon bras, feignant un rhumatisme de hanche provoqué par le froid de la salle mal isolée.

C'était sa manière de négocier. Dans le calme et la décence.

J'arrive à destination. Aujourd'hui on peut passer à côté sans s'en rendre compte. Tant mieux. Belkeld se situe un ou deux kilomètres plus loin.

Je me demande si un jour des barbus à mollets de cycliste, du genre de celui qui protégeait le Centre Woodlands, pointeront le bout de leur nez ici. Peut-être qu'ils prendront des selfies devant l'ancienne baraque de Novak? Peut-être qu'ils verseront une larme sur ce taudis à l'abandon? Jusqu'à présent personne ne s'est manifesté. Tout ce qui pouvait servir de preuve a été emporté, les portes et les fenêtres ont été condamnées, il ne reste pas une inscription sur les murs. Scarclaw semble avoir récupéré, absorbé la vieille masure. Herbes et branchages ont envahi le petit jardin: il faudrait une machette pour s'y frayer un chemin et retrouver la remise à charbon.

Cette visite est un crève-cœur. Je devine la rudesse de l'existence sur cet arpent désolé. Quelle vie aurais-je menée derrière ces cloisons, à supporter les relents métalliques de l'eau de pluie, à me nourrir de ragoût? Peut-être aurais-je écouté les bulletins météo sur un vieux poste de radio grésillant, tandis que la nuit tombait sur le mont? J'imagine à quoi ressemblait le quotidien d'un garçon élevé dans cet environnement, j'imagine les nuits sans sommeil, et les ténèbres insondables au-delà des fenêtres.

Je me suis souvent interrogé sur la possibilité de voir le Centre depuis la maison. Je m'approche autant que possible des vieilles briques, sans les toucher, et scrute le chemin par lequel je suis arrivé. La forêt et le mont incurvé masquent l'horizon. Mais est-ce qu'en pleine nuit on distinguait des lumières à travers les vitres sans rideaux du Centre? Est-ce que cette vision pouvait donner de mauvaises idées? On ne le saura jamais.

«Ton père est derrière, mon chéri, qui compte les brebis.
Rendors-toi, sans cauchemar, sans souci,
Ton père est derrière, mon chéri, qui ferme l'étable
Pour que jamais aucune bête ne s'alarme.»

Justin et moi échangeâmes un regard, sur le point d'éclater de rire. Tomo s'arrêta net. Il respirait fort. Le dessin grossier qu'il tenait à la main représentait une silhouette humaine en bâtonnets, sur fond de serpents marron-vert entrelacés. Il brandit l'œuvre comme s'il venait d'achever une démonstration.

«C'est quoi, ce délire?» pouffa Justin.

Tomo ne lui rendit pas son sourire, se contentant de laisser tomber le dessin par terre. Dehors la pluie s'acharnait contre les vitres, l'averse résonnait sur le toit du Centre.

Les ombres s'épaississaient.

«Sinistres cons!» Le visage de Tomo s'empourpra.

L'insulte me fit tressaillir, mais Justin s'esclaffa. «T'es un sacré phénomène, mon pote.»

Une bouteille de whisky se matérialisa dans la main de Tomo. Il but une rasade avec une grimace, puis baissa les yeux sur le dessin à ses pieds. Je n'aimais pas son expression. Ses traits s'étaient relâchés, suggérant une vague démission, néanmoins quelque chose d'autre le travaillait, quelque chose de dur.

Je gagnai le vestibule pour allumer la lumière. Les ombres se dissipèrent et je me calmai un peu. Mais le soulagement fut bref. L'oppression revint presque aussitôt. Les fenêtres n'avaient pas de rideaux, pas de volets, et en cette soirée pluvieuse je devinais à quel point nous étions visibles depuis l'extérieur.

Tomo but une nouvelle rasade, plus copieuse que la précédente. Quand Justin voulut s'emparer de la bouteille, il la serra contre lui. La colère enflammait toujours ses traits. «Va te faire foutre. Vous vous croyez fortiches, tous les deux?» Il commençait à ressembler à un petit garçon.

Justin me jeta un coup d'œil. Le comportement de Tomo m'intriguait.

«Allez, mec.» Je ne me moquais pas de lui. Pas encore. «Finis ce que tu disais tout à l'heure.

— Non, c'était pas important.»

Je voyais bien qu'au contraire le problème méritait considération. La salle paraissait plus grande, à présent que j'avais allumé; en comparaison, nous semblions plus petits. Oui, la déclamation de notre ami n'était pas anodine dans ce décor sinistre: les murs austères, les vitres sales et le linoléum sordide.

Il se fit prier un peu, et avec quelques gorgées supplémentaires il accepta de terminer son histoire. «Quand j'ai raconté à mon père qu'on allait à Scarclaw, il m'a dit de faire attention parce que...» Il s'arrêta avec un hoquet, les yeux fixés sur la pointe de ses chaussures de marche, puis il reprit avec une clarté effrayante malgré le whisky absorbé: «Il m'a dit de faire attention parce qu'il y avait quelque chose dans la forêt, sur le mont.»

Justin se préparait à rire. Mon regard l'en empêcha.

«Qu'est-ce que tu entends par là?» dis-je, le souffle court. Je n'avais plus un gramme d'air dans les bronches.

Dehors le vent s'était levé. Le mouvement des branches agitées par les bourrasques troublait sans cesse mon attention.

Tomo récita:

«N'aie pas peur, mon chéri, la nuit passera vite.
Tu ne risques rien ici, les couvertures t'abritent.
C'est juste une ombre, mon chéri, une illusion d'optique.
Ne fais pas attention à la lumière oblique.»

Sa voix résonnait. Je n'avais qu'une envie: me réfugier dans mon sac de couchage, bien calé au fond d'un des lits superposés. J'y aurais été en sécurité, j'aurais laissé l'alcool me fermer les paupières, apaiser mon esprit et provoquer le sommeil. Le lendemain, aux premières lueurs du jour, nous aurions bouclé nos valises pour filer à Londres.

«Pourquoi une lumière oblique?» interrogea Justin.

Notre camarade poursuivit sa comptine sans répondre:

«Ce n'est que le vent, mon chéri, aucune réprimande.
Ton père nous protège, il est sur la lande.
Pas d'agitation, mon chéri, pas de bruits de pas,
Ce sont juste les brebis qui ne dorment pas.»

Justin commençait à être mal à l'aise. «Arrête tes salades, Tomo.»

L'intéressé fit comme s'il ne l'entendait pas. Les yeux dans le vide, la diction nette et précise, il persistait dans sa prose incantatoire:

«Maman, est-ce papa que je vois venir?
Il est plus grand que dans mon souvenir.
Son visage est si pâle, son manteau noir corbeau,
Ses dents brillent comme des lames de couteau...»

Justin assena un vilain coup de poing sur l'épaule du déclamateur.

«Ferme-la, maintenant!»

Tomo demeura sans réaction. Le silence s'installa.

Nous sursautâmes tous les trois lorsque les chiens, qui s'étaient tus depuis un moment, se remirent à aboyer. Mon cœur s'emballa, la peur déferla dans mes veines.

J'avais vingt et un ans et je voulais soudain retrouver mon père, je voulais qu'il me réconforte, qu'il arrange tout.

«Dis, Tomo, frémit Justin, qu'est-ce qui leur prend, à tes clébards?»

Nous regardions en direction des dortoirs, d'où provenaient les appels des chiens.

Tomo se leva, il hésita comme un rêveur reprenant difficilement contact avec la réalité. «Allons voir.» Puis il se dirigea vers le dortoir.

Nous le suivîmes. Que faire d'autre? L'appréhension me vrillait l'estomac, mon pouls martelait mes tempes. J'avais les larmes aux yeux, les paupières me brûlaient. Quelle folie d'être venus au Centre!

Notre ami s'arrêta devant la pièce fermée, la main sur la porte. Les chiens devenaient dingues, leurs griffes raclaient le sol. J'imaginais leurs crocs acérés, leurs gencives rouges, leurs babines écumeuses.

«Hé, Tomo, est-ce qu'ils seront...» Je désignai la porte. «Est-ce qu'ils seront calmes quand tu ouvriras?»

Je vis dans ses yeux qu'il redoutait autant que moi ce qui allait se passer. Il eut un haussement d'épaules fataliste avant de tourner la poignée.

Justin cria en vain: «Une minute, mon pote, attends!»

Quant à moi, je m'apprêtais à affronter une tempête de poils et de dents.

Mais nous fûmes confrontés à quelque chose de pire.

Les limiers s'acharnaient au fond de la salle, ils se jetaient avec fureur sur la grande vitre du dortoir, aboyant frénétiquement.

Nos regards se portèrent à l'extérieur, et nous l'aperçûmes tous les trois en même temps. Elle se tenait de l'autre côté de la fenêtre, entourée des feuillages qui battaient l'air, zébrée par la pluie.

La forme.

La silhouette noire.

Debout, elle épiait le bâtiment.

Nous l'avons vraiment vue, ses yeux se sont levés sur nous.

Puis elle s'est fondue dans la nuit.

Je me dis que oui, je reviendrai quand il fera nuit, peut-être accompagné. Nous irons jusqu'à l'ancienne baraque de Novak sans avoir peur. Nous montrerons que ni les monstres, ni les farfadets, ni les trolls, ni les gobelins n'existent. On dit que les créatures hideuses prolifèrent dès qu'on les quitte du regard. D'abord elles vous observent d'un œil, et l'instant d'après ce sont des multitudes qui vous épient.

L'obscurité ne disparaît jamais sur le mont Scarclaw, même en plein jour.

Je reste là, le regard perdu dans les ténèbres.

Puis enfin je m'écarte et pars sans me retourner.

ÉPISODE 3 : UNE FILLE MODÈLE

— Pour commencer, personne ne l'appelait TJ, sauf lui. Il avait l'habitude d'inscrire ses initiales partout, dans une écriture stylisée genre graffiti, une espèce de gribouillis illisible, vous voyez? Oui, c'est ça... Bon sang, qu'est-ce qu'il était con!

Désolée, vraiment. Ne vous méprenez pas: sa mort a été une tragédie. Je sais que ses parents vont écouter l'émission et qu'ils vont sûrement me détester, mais qu'est-ce que j'y peux? Il était très con et je le trouvais insupportable.

Ce sont les faits.

Bienvenue dans Six Versions, *je suis Scott King.*

Durant six semaines nous reviendrons sur la tragédie du mont Scarclaw. Six manières de voir les choses, six versions différentes.

L'épisode de cette semaine est consacré à Eva Bickers, la fille de Derek. Elle faisait partie des adolescents présents lors de l'excursion de 1996 au Centre Woodlands.

Eva a passé beaucoup de temps avec Tom Jeffries. Grâce à elle, nous aurons un regard neuf sur les événements qui se sont déroulés le jour de sa disparition.

Tout d'abord, vous l'entendrez, Eva se montre plutôt vague, sur la défensive. Elle semble réticente à trop en dire sur ce fameux week-end. Il existe des raisons à cette réserve, comme nous allons bientôt l'apprendre.

Aujourd'hui Eva a trente-quatre ans. Elle vit dans une autre région, aussi loin que possible de Scarclaw. Éloignement intentionnel ou fruit des circonstances? Elle retourne rarement au domicile familial pour voir son père. Nous menons cette interview par Skype.

— Pardonnez-moi, mais je suis un peu... troublée. J'aime énormément votre émission.

— *C'est vrai? Merci, très touché.*

— Ouais, je vous écoutais chaque matin quand j'allais courir.

— *Vous imaginiez que je consacrerais un jour un podcast à ce qui vous est arrivé?*

— Eh bien, disons que je caressais parfois l'idée, vous savez comment c'est. Je ne faisais pas une fixation, mais je formulais des arguments, j'anticipais...

— *Vous avez donc en quelque sorte préparé cet entretien?*

— C'est amusant parce que maintenant que je suis avec vous, enfin pas en personne mais virtuellement, je ne suis plus très sûre de ce que je dois raconter.

— *Peut-être pourriez-vous commencer par le début?*

— D'accord, mais quel début? J'ignore quand tout s'est enclenché.

— *Parlons un peu des Coureurs, si vous voulez bien.*

— Que dire? Ils n'ont rien fait.

— *En effet.*

— Genre, légalement, c'est incontestable.

— *Oui, je…*

— Je sais que vous avez parlé à mon père. Cette histoire l'affecte encore. Il lui arrive de… se torturer l'esprit, de verser des larmes. Votre émission a rouvert des plaies.

Peut-être qu'Eva a raison. En fait, elle a indubitablement raison. Mettez-vous à la place de Derek: peu importe l'indulgence des parents de Tom, l'ancien responsable s'en voudra toujours. J'ai l'impression que sa fille aussi. Elle était proche de Tom; plus proche que Derek, en tout cas. Sans doute a-t-elle perçu le jeune homme autrement que son père ou Haris. J'agis donc avec tact. Eva pourrait raccrocher n'importe quand et mettre ainsi un terme à l'entretien.

— *Je vous propose de commencer par la création du groupe, l'origine des Coureurs.*

— Je ne sais pas comment…

— *Votre père m'a raconté un souvenir attachant: vous et Charlie, à l'époque où vous vous lanciez des feuilles mortes dans le jardin familial.*

— Ah oui, il répète souvent cette histoire, même si personnellement je n'en garde aucun souvenir. C'est un peu son anecdote préférée. Dieu sait pourquoi. Enfin j'imagine qu'on peut effectivement situer les débuts dans ces eaux-là.

— *Vous connaissiez donc Charlie depuis l'enfance?*

— La petite enfance même. Je crois qu'on partageait les tables à langer. Nos parents ont toujours été amis. Très amis.

— *Quel est votre souvenir le plus ancien des Coureurs? Est-ce que Charlie y figure?*

— Évidemment. Mes parents et ceux de Charlie étaient pour ainsi dire les membres fondateurs. Écoutez, je crois deviner où nous mène cette conversation, alors laissez-moi prendre les devants: Charlie n'a rien à voir avec la mort de Tom, je vous le certifie.

— *Ne nous emballons pas, je ne fais le procès de personne.*

— Je sais bien, désolée. C'est juste que ça remue des trucs moches. Quand j'entends votre podcast, j'ai parfois envie de hurler après vos invités, pour me défouler. Étant donné qu'aujourd'hui c'est moi qui suis au micro, c'est...

— *Différent?*

— Non, enfin, oui... Je ne sais pas. En tout cas Charlie représentait des tas de choses pour beaucoup de gens, mais ce n'était pas un assassin. Voilà, c'est dit, d'accord?

— *Pas de problème. Je n'ai aucune intention de vous piéger.*

— Je sais bien. Encore une fois, j'adore votre émission. Je connais votre travail et je me suis fait mon opinion sur plusieurs affaires que vous avez traitées.

— *Les auditeurs ont chacun leur propre avis.*

— Ouais, c'est le but, remarquez. Mais concernant Charlie...

— *Vous étiez amis.*

— Ouais.

Je comprends les réserves d'Eva, ainsi que sa loyauté. La plupart des adolescents étaient trop jeunes à l'époque de la disparition pour que les médias divulguent leur identité, mais Charlie venait d'avoir seize ans quand on a trouvé le corps de Jeffries, aussi la presse s'en est-elle donné à cœur joie dès que Haris Novak a été écarté de la liste des suspects. Quoi qu'il en soit, il n'a pas pâti d'un traitement aussi défavorable que Haris. Plusieurs articles ont néanmoins insisté sur sa tenue, sur ses goûts musicaux, comme si ces préférences pouvaient conduire au meurtre.

Bien qu'Eva prenne la défense de Charlie, aujourd'hui aussi bien qu'hier, elle avoue ne plus être en contact avec lui depuis la catastrophe.

— Charlie et vous avez donc grandi ensemble?

— Exact. On était toujours fourrés chez les Armstrong, et vice versa. Nos familles partaient souvent en vacances ensemble, enfin il y avait moi et mes parents d'un côté, et Charlie avec sa mère de l'autre. On est allés en Italie, en France. À l'âge de huit ans, on a campé dans la Forêt-Noire en Allemagne: c'est sans doute le souvenir le plus ancien que j'aie de nous. Un séjour fantastique, merveilleux, presque digne d'un conte de fées. Je me rappelle encore l'odeur des bois, de la verdure. C'était le bon temps. Juste ma famille et celle de Charlie... Avant que les autres n'intègrent le groupe...

— Qu'est-ce que cette amitié signifiait pour vous? Ces excursions dans la nature, alors que vous étiez si jeune, que représentaient-elles?

— C'était sympa... Désolée, je n'emploie pas le bon mot. Nous avons vraiment vécu une expérience unique. Un truc précieux. J'adorais le grand air, la vie sauvage, tout ça. Maintenant encore c'est quelque chose que j'apprécie, même après les événements de Scarclaw. Cet amour de la montagne et des forêts, je le dois à mon père. Vous savez, c'est lui qui s'est donné la peine de me faire découvrir la campagne quand j'étais petite. On voit tellement de pères, tellement de mères qui s'en fichent, qui passent leur temps sur leur portable tandis que leurs gosses courent dans tous les sens. C'est triste.

— Vous et Charlie, vous vous considériez alors comme les premiers Coureurs?

— Voilà. On s'est mis à utiliser ce terme plus tard, en grandissant, quand les autres gamins se sont greffés aux activités.

— Et il arrive parfois qu'au fil des ans l'amitié entre fille et garçon devienne ambivalente, non?

— Vous avez raison, l'amitié se transforme, en particulier à l'école et avec les camarades. Mais vu qu'on n'était pas scolarisés au même endroit, on a évité les commentaires habituels, un peu idiots, du genre: «Oh là là, les amoureux!» On n'y aurait pas prêté attention, de toute façon. Pour ma part, je ne rentrais pas dans ce jeu. J'étais plutôt cataloguée... je ne sais pas... on me traitait parfois de baba cool.

— Pourquoi, à votre avis?

— Surtout à cause de ma manière de m'habiller. Je n'achetais pas mes vêtements chez Kappa, je ne portais pas de chaîne en or autour du cou. Pour être honnête, j'envie les gosses d'aujourd'hui, avec leurs pantalons fuseau et leur look d'intellos chic. Dans les années 1990 on aurait reçu une volée de bois vert avec un accoutrement pareil.

— C'était votre cas? Vous avez été confrontée à une forme de violence?

— Non. Anyu et moi entendions souvent des remarques du genre «Vous vous habillez dans une friperie?»... Mais ça ne nous affectait pas.

— *Vous avez connu Anyu Kekkonen à l'école?*

— Oui, en cinquième, je crois. Elle arrivait à peine, elle ne connaissait personne. Je lui ai parlé, on a sympathisé. Voilà une autre spécificité des Coureurs: on était ouverts d'esprit, avenants et dénués de préjugés. La plupart du temps, quand un nouveau ou une nouvelle débarque en cours d'année, on hésite à lui adresser la parole, de crainte d'attirer l'attention sur soi, comme si la discrimination se révélait contagieuse. Anyu venait d'ailleurs, sa mère, Eska, était une Inuit, et elle avait un physique particulier, vous voyez, avec les yeux en amande et la peau sombre. Rien de rédhibitoire, mais... Pour en revenir à nos moutons, je ne me préoccupais pas du qu'en-dira-t-on. Je suis allée la voir, on a discuté, et l'affaire était réglée.

— *Ensuite elle a participé aux réunions des Coureurs?*

— Oui, au bout d'un certain temps.

— *Au bout d'un certain temps?*

— Eh bien, cela ne venait pas d'elle ou de sa mère. Les gens racontaient qu'Eska était bizarre, pourtant je ne voyais rien d'étrange chez elle. Elle était simplement... Elle avait du mal à trouver sa place. Je crois qu'elle n'a jamais pu vraiment s'établir en Angleterre, si vous voyez ce que je veux dire. Elle restait très attachée à ses traditions et elle débitait parfois des histoires incroyables...

— *Quelles histoires?*

— Oh, rien, des contes, des légendes de là-bas, dans le pôle Nord.

Eva procède souvent de la même manière quand elle évoque des gens qui lui sont proches: elle commence par les présenter avant de soudainement couper court à la conversation, pour essayer de les protéger. Je m'interroge sur cette nécessité qu'elle ressent de couvrir les autres alors que personne n'a été inculpé suite au décès de Jeffries, jugé accidentel.

Peut-être que la diffusion de l'émission l'inquiète: cela pourrait relancer le dossier. Le quatuor se trouverait de nouveau sous le feu des médias. J'ignore quoi en penser. J'ai appris au fil du temps à ne pas brusquer les invités lorsqu'ils se montrent réticents à aborder certains sujets.

— Eska était d'accord pour que sa fille participe à vos activités?

— Il me semble que oui, mais un peu à reculons. Anyu constituait son seul lien véritable avec l'Angleterre, ses usages, sa langue... Elle avait sans doute du mal à se débrouiller sans Anyu, et puis elle n'avait personne à qui parler. Pour le reste, elle n'était ni surprotectrice ni sévère. J'allais souvent prendre le thé chez elle, et elle a toujours été accueillante. Ce devait être tellement dur pour elle.

— Votre père trouvait Anyu très réservée. Elle était seulement timide avec les adultes, ou aussi avec vous autres?

— J'aimerais dire que nous l'avons aidée à sortir de sa coquille, sauf qu'elle n'avait pas de coquille. Elle était simplement... Les gens la jugeaient énigmatique. Beaucoup de gens. Elle avait... Il existe une expression pour la décrire: une tête à claques. Elle pâtissait d'une image rébarbative, on la trouvait distante mais ce n'était qu'une impression. Et puis elle était belle à sa manière, je crois que tout le monde le savait. Pas mal de garçons n'osaient même pas lui adresser la parole tant elle les intimidait.

— Votre père m'a dit qu'elle incarnait l'élément mesuré du groupe, l'âme sensée...

— Ah oui, il a complètement raison! Elle témoignait d'une vivacité d'esprit extraordinaire. Quand on se perdait ou qu'il nous arrivait des bricoles, elle savait toujours quoi faire. Si l'un de nous buvait trop à une fête, s'il était malade, c'était elle qui tenait le bassinet, puis lui apportait un verre d'eau.

— Elle ne se laissait jamais entraîner?

— Si, ça arrivait lors de certaines soirées, mais Anyu était de ces filles calmes qui gardent toujours le contrôle. Elle pouvait descendre plus de vodka que n'importe qui et rester imperturbable, si vous voyez ce que je veux dire. Elle ne perdait jamais sa lucidité, quelles que soient les circonstances. J'étais un peu jalouse.

— Vous vous droguiez beaucoup quand vous étiez de sortie?

— C'est ce que les journaux ont tenté de faire croire. Ils ont dépeint les Coureurs comme une espèce de club de dépravés, où les gosses avaient la permission de fumer du crack, de s'adonner à des messes noires. On était loin du compte. Montrez-moi un groupe d'adolescents - d'adolescents normaux - qui ne commet aucun excès. Nous étions tout compte fait moins tapageurs que les autres, je ne sais pas si c'est le bon terme. Disons que nous nous tenions à l'écart des ennuis. Pas de bagarres, pas de vandalisme. On restait entre nous.

— Vous fumiez et vous buviez davantage au mont Scarclaw?

— On y a organisé quelques soirées, oui, mais ça se produisait aussi chez nous, à la maison. Il y avait des fêtes tout le temps, chaque week-end. On aimait bien Scarclaw parce qu'on était en petit comité, avec nos meilleurs amis. Ça peut paraître débile mais la présence de mon père nous rassurait, on se sentait en sécurité. Voilà pourquoi le jour où Tom a disparu... Cet événement a tout fichu par terre, on a été dévastés.

— En plus de vous, d'Anyu et de Charlie, il y avait un autre Coureur, n'est-ce pas? Brian Mings.

— En effet, Brian était là. Il ne manquait aucune sortie.

À la mention de Brian, je remarque un changement dans la voix de la jeune femme, très léger, sûrement involontaire. Son visage également se modifie imperceptiblement, son sourire s'accentue, devient presque forcé.

— Vous pouvez développer?

— Oui, pas de problème. Il y a tellement à dire sur Brian.

— Il a intégré votre troupe à la même période qu'Anyu, non?

— Exact. Je crois que sa mère était une amie de Sally, enfin un truc comme ça.

— Vous n'en êtes pas sûre?

— Si, si, sa mère connaissait Sally Mullen et il a... il a été admis parmi nous comme les autres. Rien à signaler de ce côté-là.

Un silence gêné conclut sa phrase. Désire-t-elle que nous fassions une pause? Elle paraissait heureuse de décrire ses amis et les débuts des Coureurs, mais à mesure que les contours du groupe s'affinent et que l'on s'achemine vers la disparition de Jeffries, elle semble moins disposée à se confier. Nous interrompons l'entretien. Je la rappelle une heure plus tard.

— *Vous allez mieux?*

— Oui, désolée, ça fait tellement longtemps que... tellement longtemps que tout ceci a eu lieu. Je ne voudrais pas commettre d'erreur, ni aborder les choses de façon injuste. Je ne veux porter préjudice à personne, vous comprenez?

— *Tout à fait, je vous assure. Vous vous en êtes très bien tirée jusqu'à présent. Vous connaissez mes émissions et vous savez qu'on n'y porte aucun jugement; de ma part, en tout cas. Tout réside dans la sincérité des témoignages.*

— Je sais, oui. Mais j'ai remarqué que vos podcasts se rapportent fréquemment à des affaires de harcèlement, des gens qu'on a maltraités, comme ce type du Devon qui avait tué des élèves de son école, ou ce gars emprisonné pour avoir mis une bombe sur son lieu de travail.

— *Le harcèlement est un sujet sensible pour vous?*

— Oui, enfin, c'est-à-dire que je n'ai jamais vraiment été harcelée, mais je connais des personnes qui l'ont été.

— *Des amis?*

— Certains. Je sais que Charlie a eu quelques problèmes au lycée à cause de sa tenue, de ses cheveux, de la musique qu'il écoutait. Anyu aussi, un peu, quand on était plus jeunes. Des élèves lui demandaient si elle était chinoise, si elle vivait dans un igloo, ce genre d'idioties.

— *Vous parliez de Brian Mings avant la pause.*

— Ah oui, c'est vrai.

— *Votre père voyait en lui un suiveur, une sorte de gamin à part. Vous confirmez?*

— On était tous des gamins à part. Cela ne concernait pas uniquement Brian.

— *D'après ce que j'ai compris, Brian se sentait bien parmi vous, il avait l'impression qu'on l'acceptait.*

— Oui, évidemment, on acceptait tout le monde.

— *Son intégration n'a jamais posé... de problèmes?*

— Des problèmes de quel ordre?

— *À vous de me le dire.*

— D'accord, je vois. Brian aimait Anyu, il l'aimait beaucoup, ça sautait aux yeux. Personne n'était dupe, mais vous savez comment c'est, motus et bouche cousue. On ne voulait pas l'embêter. On se contentait de... prendre la situation comme elle était, Anyu la première.

— *Qu'en pensait-elle réellement? Quand vous en discutiez toutes les deux?*

— Elle se sentait flattée. Mais Brian n'était pas son genre, elle ne craquait pas pour lui.

— *Il me semble que vous aimeriez ajouter quelque chose, mais que vous vous retenez par égard pour Brian.*

— Eh bien, on frisait parfois le ridicule, parce qu'il pouvait toujours courir pour parvenir à ses fins. Anyu ne ressentait rien pour les garçons comme lui, c'est tout.

— *Les garçons comme lui?*

— Il était trop... comment dire... il était trop faible pour elle. C'est bizarre, à cet âge-là les filles ne s'entichent jamais des mecs gentils, des mecs doux.

Peut-être que c'est un trait de l'évolution ou de la sélection naturelle, comment savoir. Toujours est-il que les nanas préfèrent les salauds, les brutes, les chefs de meute. En grandissant, on se demande parfois ce qu'on avait dans le crâne.

— Anyu appréciait donc quelqu'un d'autre, en admettant que vous ayez abordé le sujet?

— Je crois, oui. Enfin, j'imagine.

— D'accord...

— En fait, mes souvenirs sont imprécis, cette histoire commence à dater. Et puis, au bout du compte, est-ce que c'est vraiment important?

— Probablement pas.

— Pour être honnête, je m'efforçais de tenir Brian à distance d'Anyu.

— Il était entreprenant à ce point-là?

— Non... Écoutez, je ne veux pas donner une mauvaise image de lui. La vérité est simple: Brian aimait Anyu, et ce n'était pas réciproque. Il avait du mal à l'accepter. Je me demande si ce n'est pas un comportement typiquement masculin: il pensait qu'en insistant il obtiendrait peut-être gain de cause. Mais soyons clairs: il n'a jamais versé dans le sordide ou l'inquiétant, il ne l'a jamais harcelée... Ils ont toujours accordé la priorité à l'amitié et c'est ce que je trouve beau.

— Malgré tout le désir planait, ce devait être un peu gênant, non? Est-ce que leurs rapports se sont tendus à un moment ou à un autre?

— Non, je vous le répète, la situation ne créait pas de conflit. Brian était amoureux d'Anyu et Anyu, elle... rien de plus. Ils sont passés par divers stades, plutôt cocasses. L'espace d'un week-end il la draguait, ensuite il semblait se désintéresser d'elle pendant plusieurs mois, au bout desquels il revenait à la charge. Leur petit manège n'a rien à voir avec la tragédie.

— J'essaye juste de cerner les interactions à l'intérieur du groupe. On néglige souvent la dimension affective, et il n'est pas rare que l'on passe à côté d'un fait important.

— Il n'y avait aucun fait important. Nous n'étions que des gosses.

Eva, comme ses camarades, avait quinze ans au moment de la disparition de Tom, ce qui pose de sérieux problèmes légaux concernant les auditions. En bref, je ne peux pas diffuser les enregistrements des interrogatoires. Je n'y ai même pas accès.

En revanche, j'ai pu m'entretenir avec Dorothy Whetworth, l'une des professeurs d'Eva, qui a connu la jeune fille de la cinquième à la première. Elle se souvient parfaitement de son élève. Nous nous parlons au téléphone.

— Alors, Eva Bickers...

— Oh là là, oui. Ce qui s'est produit est tellement horrible, elle était si jeune. Elle n'est pas revenue après... après le drame. On peut le comprendre. J'ai trouvé qu'elle laissait un grand vide à la fête de fin d'année. Quel gâchis!

— Donc vous la connaissiez assez bien?

— Je l'ai vue grandir, comme beaucoup. On rencontre les élèves quand ils entrent au collège, les filles ont des nattes, de larges sourires, et puis on les voit lentement se transformer en adultes. Une expérience fascinante.

— *À quoi ressemblait-elle?*

— Oh, vous savez, elle était... je crains que ce ne soit un lieu commun... elle était tout ce qu'il y a d'ordinaire. Rarement punie, peu d'incartades. Très ponctuelle et très polie. Nous nous entendions bien. Même si nous n'étions pas intimes, il existait une certaine proximité entre nous.

— *Rien de particulier, alors?*

— Rien qui me vienne à l'esprit, non. J'ai parlé plusieurs fois à son père lors des réunions, un homme charmant. On voyait qu'il élevait bien sa fille. Peut-être que ça rend cette affaire d'autant plus injuste.

— *Vous ne vous attendiez pas à de pareilles révélations concernant une adolescente comme Eva?*

— Tout juste. Chez d'autres élèves, ces tournures sont prévisibles. On repère certains comportements et, dix ans plus tard, ils se retrouvent derrière les barreaux pour vol ou agression de personnes âgées. Alors on pense: Évidemment, je le pressentais. Affreux, je sais, mais qu'est-ce qu'on peut y faire? Au sujet d'Eva, par contre, je n'ai vu aucun signe révélateur. Ou si, peut-être un détail... Il y avait... Ce n'est sans doute rien...

— *Allez-y, je vous en prie...*

— En règle générale on se confie rarement à son professeur, n'est-ce pas? Mais j'ai eu à plusieurs reprises le sentiment qu'Eva désirait me parler. Seulement on n'a jamais trouvé le temps ou l'occasion. Vous savez ce que c'est, les horaires, les classes successives, les gens qui vont et viennent...

— *Qu'aurait-elle voulu vous dire, selon vous?*

— Les adolescentes sont des créatures étonnantes: dures à l'extérieur, pressées de grandir, et d'un autre côté encore fourrées dans les jupes de leur mère. Il faut reconnaître qu'elles cachent bien leur jeu, mais... je suis mère de deux gamines et je sais quand quelque chose ne va pas.

— *Vous pensez qu'Eva allait mal?*

— Je ne peux pas être affirmative, pourtant je me souviens de ce que j'ai pensé à l'époque. La personnalité d'Eva s'était précisée en classe de seconde, elle trouvait son style: cheveux teints, beaucoup d'eye-liner, enfin, vous voyez... Je savais également qu'elle fumait. Les gosses croient toujours passer inaperçus, mais elle empestait le tabac. Je me suis retenue de la sermonner parce qu'elle se serait renfermée. Il existe autre chose que les enseignants remarquent à l'insu de leurs élèves: ce sont les commérages. Ils sont persuadés que vous n'entendez rien, alors que vous n'en perdez pas une miette. Donc... comment dire ça avec tact... Eva commençait à devenir populaire auprès de la gent masculine. Elle ne couchait pas à droite et à gauche, je tiens à le préciser! En tout cas, j'en suis sûre à quatre-vingt-dix-neuf pour cent. Néanmoins son corps prenait des formes et... vous connaissez les garçons.

— *Eva était consciente de ces changements?*

— Je crois. Les plus méchants lui lançaient des piques. Comme elle fumait, elle passait beaucoup de temps dans un coin discret dédié à cette activité, que tous les élèves pensaient secret. Les plus rebelles, évidemment, s'y réunissaient.

— *Vous m'avez pourtant décrit une élève docile, qui se tenait à l'écart des sales histoires.*

— Oui, mais c'était aussi une petite cachottière.

— Comment cette jeune fille bien sous tout rapport, issue d'une famille équilibrée, s'est-elle mise à fumer? Elle avait de mauvaises fréquentations? Ça cadre peu avec le tableau que vous avez dressé.

— Je dirais que le tableau en question présentait des nuances. J'ai eu l'impression que des éléments de sa vie privée commençaient à interférer avec sa scolarité.

— Vous connaissiez les Coureurs?

— Pas en ce temps-là, non. Avant 1996, je n'avais aucune idée de leur existence. Eva restait discrète, vous savez. Elle ressemblait à une jolie boîte hermétique, dont elle seule possédait la clef. J'ai appris qu'Anyu appartenait également au groupe, mais ce n'était pas une de mes élèves, je ne la connaissais pas.

— Eva avait son cercle d'amis chez les Coureurs. Des amis soudés, hors de l'école.

— Quand je l'ai su, j'ai mieux compris certaines choses.

— Comment ça?

— Bon, je n'ai pas envie de passer pour une vieille pie, même si j'en suis une de temps à autre, mais les problèmes amoureux sautent parfois aux yeux.

— Encore un trait qui correspond mal à la jeune fille qu'on connaît.

— On ne peut pas nier qu'elle avait la cote chez les garçons. Peut-être qu'elle l'ignorait, ou alors elle s'en moquait. Personnellement j'avais la sensation qu'elle se réservait pour quelqu'un.

— Qu'est-ce qui vous fait dire ça?

— Je vous le répète, en tant que professeur, j'entendais beaucoup d'histoires. Lorsqu'on voit les élèves tous les jours, on note les variations les plus subtiles. Je me souviens d'un moment précis concernant Eva. C'était au printemps, je ne l'oublierai jamais. Eva était en seconde. Elle m'a raconté qu'elle était partie quelques jours durant les vacances.

Si les souvenirs de Dorothy sont exacts, la sortie s'est déroulée en mai 1995, période où les Coureurs se sont rendus au mont Scarclaw. Au cours de ce séjour, ils ont rencontré Haris Novak pour la première fois. Tom Jeffries n'était pas avec eux.

— Eva rayonnait, on aurait cru qu'elle avait avalé un morceau de soleil qui palpitait à l'intérieur d'elle. Il me semble que je l'ai complimentée. «Tu as l'air heureuse», quelque chose comme ça. Elle a simplement répondu en souriant: «Je me suis beaucoup amusée, madame». Je me rappelle encore son expression de contentement pur, de béatitude. Nous n'avons pas poursuivi la discussion, mais j'ai su - on peut sans doute parler d'intuition féminine - qu'il y avait un garçon là-dessous. J'étais contente pour elle.

Lors de ma conversation suivante avec Eva, via Skype, je lui suggère d'évoquer l'excursion de 1995 au mont Scarclaw.

— Oh, je ne sais plus, on allait souvent là-bas.

— C'était aux vacances de Pâques. Charlie, Anyu, Brian et vous avez fait la connaissance de Haris. Vous vous en souvenez?

— Pas vraiment. C'est vieux, et puis on partait souvent en vadrouille. Pour autant que je sache, il ne s'est rien passé de spécial. Rien de marquant en tout cas.

— *Vous êtes sûre?*

— Votre question concerne Haris? Écoutez, je m'en veux encore, quand j'y repense. Quoi de plus normal? Haris Novak était... On aurait dû le laisser tranquille. Personne n'avait conscience de... de son handicap. On s'ennuyait, on était jeunes... Il nous a donné ce fric et...

— *Il vous a aussi montré le tunnel, n'est-ce pas?*

— C'est vrai. Un endroit étonnant, une poche de ténèbres dans les flancs du mont. La cachette est vite devenue notre repaire. On y traînait, on y fumait, Charlie nous racontait des histoires.

— *Vos visites étaient donc fréquentes?*

— Oui, on peut le dire. À quatorze ans, une planque pareille, un souterrain, c'est génial. Personne ne nous dérangeait. Qui aurait eu l'idée...

— *Je vois. Haris restait avec vous?*

— Pas beaucoup. Au début oui, mais plus rarement ensuite. Il nous apportait à manger: des morceaux de pain, des haricots froids dans un Tupperware... Des petites attentions sympas. Puis il repartait. Avec le recul, ce fonctionnement semble un peu bizarre, mais à l'époque on ne cherchait pas midi à quatorze heures.

— *Vous en avez parlé à votre père ou à Sally?*

— Je n'ai pas... Il n'y avait aucune raison d'évoquer le sujet. On n'a pas gardé le secret sciemment, c'est juste qu'on ne voyait pas l'intérêt de mettre les adultes au courant. Haris n'était ni pédophile ni pervers. Pour nous, il représentait seulement l'idiot du... enfin un type un peu simplet, vous comprenez. Mon père a piqué une de ces crises quand il a su... Après la disparition de Tom, il a pris Haris pour un... aujourd'hui, on dirait un prédateur.

— *Ce qu'il n'était pas.*

— Non, mon Dieu, non! Pour lui, on était... comme de jeunes animaux. Maintenant je me rends compte de l'impression désastreuse que ça laisse. Mais nous, on s'accommodait très bien de la situation.

— *Revenons à l'excursion de 1995. Il y a eu un autre événement notable, ce printemps-là?*

— Que voulez-vous dire?

— *Je veux simplement... Vous rencontrez Haris pour la première fois, vous vous rendez dans sa cachette... Ce sont de grandes découvertes, non?*

— «Grandes» est peut-être excessif. On explorait déjà pas mal le mont en pleine journée, on était habitués à se balader seuls, loin des adultes et des plus petits. Et puis on ne faisait pas grand-chose dans la galerie. On fumait quelques clopes, on bavardait.

— *Charlie vous racontait des histoires?*

— Oui, il était vraiment doué. Il allumait des bougies, qu'on disposait dans les cavités de la paroi, et puis il entamait ses récits, il... Bon sang, j'en ai des frissons rien que d'y penser. Il nous parlait de Nanna Varech.

— *Qui ça?*

— J'ignore si c'était un personnage de son cru ou s'il l'avait pioché dans le folklore local. Selon moi, il inventait tout, mais quelle frousse!

— *Vous voulez bien m'expliquer de quoi il retournait?*

— Oh, je ne saurais pas me débrouiller comme Charlie. Il ménageait des silences, puis il reprenait à voix basse, à peine un murmure. Il prétendait que Nanna Varech était une sorcière des marais. Les mines s'étaient effondrées à cause d'elle, et si l'on se perdait à proximité du mont elle émergerait de la fange, les dents noires, les cheveux filandreux incrustés de boue… Charlie parlait doucement, et tout à coup il produisait ce… cette espèce de cri. Je vous jure que je n'avais jamais aussi peur que dans ces moments-là. J'en ai encore des cauchemars.

— Une sacrée expérience.

— Ouais, c'est devenu notre truc. On réclamait l'histoire, alors il s'y collait. Il ajoutait un détail ici, prolongeait le suspense là. Le conte s'étirait jusqu'à ce que l'on n'attende plus qu'une chose: le cri. C'était génial! Nanna Varech est devenue notre croque-mitaine… un monstre de notre création. Quand on entendait le vent souffler, on chuchotait: «Voilà Nanna Varech…»

— Vous avez déjà entendu parler de la Bête de Belkeld?

— La quoi? Non, ça ne me dit rien. Peut-être que Charlie a fabriqué son personnage d'après elle. Il avait pris l'habitude de déconseiller aux petits d'aller se promener seuls sur le mont, sinon Nanna Varech les saisirait avec ses longs doigts, elle les entraînerait dans les marais. Une technique franchement dissuasive. Je crois que mon père approuvait la démarche.

— Cette histoire était donc une sorte de leitmotiv, un gimmick propre à Charlie?

— Il ne la racontait en totalité qu'à nous quatre, dans la galerie. C'était drôle: Brian essayait de se rapprocher d'Anyu, de passer le bras autour de ses épaules pour la protéger. Quel ange! Je crois qu'il était encore plus terrorisé qu'elle. Il tentait parfois d'imiter Charlie lorsqu'il n'était pas là. Avec moins de succès...

— Et Tom Jeffries?

— Oh non, lui, il n'était pas avec nous. Du moins pas la première fois où Charlie a montré ses talents de conteur.

À ce stade-là je voudrais ouvrir une parenthèse: les marécages se situent de l'autre côté du mont par rapport au village de Belkeld et aux mines désaffectées. Ils sont à l'ouest du Centre Woodlands et il faut marcher un bout de temps pour les atteindre. À ma connaissance, aucun des adolescents n'avait de raison valable de s'y rendre.

C'est dans ces marécages que Harry Saint Clement-Ramsay a trouvé Tom Jeffries en 1997. Je l'ai questionné au sujet de Nanna Varech et de la Bête de Belkeld lors de l'interview du premier épisode.

— Il me semble avoir entendu quelque chose à ce propos. Ça se rapportait à un cercle de pierres dressées. Je n'en suis pas certain. De nombreuses histoires de farfadets et de sorcières circulent dans la région. Augustin de Cantorbéry a fondé des abbayes sur les sites païens du Northumberland, histoire de purger le comté des anciens cultes...

— Que faisiez-vous dans les marécages avec vos amis, la nuit où vous avez trouvé Tom Jeffries?

— Je vous l'ai dit, on reconnaissait le terrain, on vadrouillait.

— Au milieu de la nuit, avec des lampes torches?

— On avait un peu bu...

Interrogeons à présent un autre professeur d'Eva Bickers, plus loquace que Harry. J'ai eu ses coordonnées grâce à Dorothy Whetworth. Il m'a demandé de ne pas divulguer son nom et de modifier sa voix. J'insère ici ses déclarations, ajoutées au montage après mon entretien avec Eva. Il confirme que le mont exerçait une grande fascination sur les adolescents.

— Eva Bickers et Anyu Kekkonen suivaient vos cours?

— Oui, elles étaient dans le même groupe en arts plastiques.

— Il semblerait qu'en 1996 vous ayez fait part à Mme Whetworth d'un fait troublant les concernant.

— Eh bien, les enseignants interprètent souvent les travaux de leurs élèves. Mettons par exemple que l'un d'eux écrive une histoire de meurtre dans une rédaction, ou qu'un autre dessine des têtes décapitées en cours de dessin, on en déduit qu'ils sont perturbés, qu'ils pourraient commettre l'irréparable. Ces analyses ont leurs limites en ce sens qu'elles font l'impasse sur une constante importante: tous les adolescents sans exception ont des tendances morbides. Le sexe et la mort les obsèdent.

— Pourtant vous avez remarqué quelque chose chez Eva et Anyu, n'est-ce pas?

— J'aimerais avoir encore leurs dessins. De très bonnes œuvres, qui toutefois... détonnaient avec le rendu habituel des filles de leur âge.

— Vous pouvez me les décrire?

— Oh oui, je m'en souviens nettement. D'abord parce que c'était leur dernier travail avant le brevet, et ensuite parce que leurs œuvres se ressemblaient énormément. Elles avaient toutes les deux dessiné un monstre ou une sorcière, enfin une créature munie de crocs et de griffes, qui sortait des flots. Ces représentations étaient tellement... en décalage pour des élèves comme elles.

— *Qu'en avez-vous pensé?*

— J'étais déconcerté. Je me suis dit qu'il s'agissait peut-être d'une plaisanterie entre elles ou d'un défi artistique.

J'aborde ce sujet avec Eva, mais elle ne semble guère réceptive, prétextant ne conserver que de vagues souvenirs de cet épisode. Comme son professeur, elle prête à ces productions un caractère vraisemblablement ludique. Ma conviction est plutôt que les jeunes filles rendaient hommage à un endroit qui les avait attirées, à une personne qui les avait charmées. Nanna Varech émanait de l'imagination fertile de Charlie. Il me paraît évident qu'Eva et Anyu l'estimaient, pour ne pas dire plus. Eva prétend qu'Anyu avait un faible pour quelqu'un. Était-ce Charlie? Les choix amoureux sont si mystérieux.

Dorothy Whetworth mentionne par ailleurs une seconde anecdote qu'il me paraît judicieux d'évoquer. Un jour, elle a constaté un autre changement chez Eva.

— C'était après les vacances de Noël, en janvier 1996. Le deuxième trimestre est souvent pénible. Il fait froid, les fêtes sont passées et les enfants manquent de perspectives. Quoi de plus normal, dans ces conditions, qu'un léger coup de déprime? Cependant Eva était... Elle ressemblait à un cœur brisé.

— *Quel contraste avec le printemps!*

— Je ne vous le fais pas dire, c'est exactement ce que j'ai pensé à l'époque. L'année précédente la jeune fille resplendissait, et là elle se comportait comme si on lui avait arraché une part d'elle-même.

Vingt ans se sont écoulés. Je ne sais pas comment parler de cette histoire à Eva. Sans doute n'était-ce pas bien grave, à l'image des dessins de Nanna Varech. Encore une dimension cachée de son existence. Il existe toutefois un lien entre ces deux événements: ils se sont produits au retour de vacances scolaires; vacances durant lesquelles la jeune fille séjournait au mont Scarclaw.

Point significatif: Tom Jeffries était absent à la première excursion en mai 1995, alors qu'il participait à la seconde au mois de décembre.

Ma dernière interview se déroule quelques jours plus tard. Afin qu'Eva puisse se préparer, je l'avertis par mail que notre entretien portera sur Tom Jeffries.

Dès le début de la discussion, elle semble plus ferme, comme si elle avait résolu d'affronter le passé, de chasser d'encombrants fantômes. Je l'interroge sur l'arrivée de Tom parmi les Coureurs. C'est là qu'elle le traite de «con» et m'explique à quel point elle le trouvait insupportable. Ce passage figure au début de l'épisode.

— *Qu'est-ce que vous n'aimiez pas chez lui?*

— Tout, absolument tout. Il était tellement prétentieux, toujours à la ramener. Il me faisait penser aux cancres provocants assis au fond de la classe. Il parlait tout le temps de joints et de cannabis, même devant les adultes. Je crois que mon père a eu une explication avec lui à ce sujet.

— *Il était tout le temps comme ça, même au début?*

— Oh oui, il avait cette attitude dès le départ. Vous savez ce qu'il a dit, après que sa mère l'a déposé chez nous pour la première fois? Il nous a toisés, un à un: Charlie, Anyu, Brian, moi, et il a ricané: «Me voilà chez les babas cool, hein? J'aime bien les babas cool: ils fument du cannabis.» Quel crétin!

— *Pourtant vous l'avez accepté parmi vous. Il s'est intégré avec une certaine facilité.*

— Ouais. Bon sang, si je pouvais revenir en arrière... J'ignore comment il s'y est pris, mais en un tournemain il est devenu le meilleur copain de Charlie. Ils se sont retrouvés comme cul et chemise, et il n'y avait pas à discuter.

— *Pourtant Charlie était votre ami depuis...*

— Depuis l'enfance, pratiquement depuis le berceau. Brusquement ce... ce type débarque et, pouf!, salut la compagnie!

— *J'ai l'impression que vous lui en voulez encore.*

— Un peu, oui! Charlie et moi, on ne s'est plus parlé depuis le drame. Pour être franche, je n'ai plus de nouvelles des autres non plus. Mais Charlie et moi, c'était du solide.

— *Que pensez-vous qu'il se soit passé entre eux? Pourquoi Charlie a-t-il sympathisé si vite avec Tom, plutôt qu'avec, disons, quelqu'un comme Brian, qui était là depuis plus longtemps?*

— Les joints, l'alcool et le reste y étaient pour beaucoup. Tom avait le don pour s'en procurer, ce qui séduisait Charlie. Il adorait tous ces trucs.

— Quand vous dites «salut la compagnie», vous l'entendez comment?

— Dans les deux sens. Non seulement on n'existait plus, mais il leur arrivait de disparaître ensemble pendant les séjours.

— Pour faire quoi?

— Fumer, se défoncer. Ça n'avait rien de scabreux. Ils partaient dans leur coin pour s'éclater à deux.

— Vous fumiez tous, non? Anyu, Brian, vous?

— Exact. Mais Tom voulait Charlie pour lui tout seul. On cherchait tous à être proches de Charlie, il avait un côté mystérieux.

Nous voyons ainsi comment l'alchimie du groupe s'est modifiée, conformément aux propos que Derek, le père d'Eva, a tenus dans le premier épisode. L'irruption de Tom Jeffries a plongé Eva, ainsi que ces camarades, dans un certain désarroi. Quelle sorte d'attraction le nouveau venu exerçait-il sur leur chef? Il est clair que le brusque désintérêt de Charlie pour Eva l'a durement affectée. Je lui demande comment les autres ont réagi à la présence de Tom.

— Anyu est restée égale à elle-même, froide et détachée. Elle a accepté la situation. Il me semble que Tom avait du mal à la cerner, alors il lui parlait rarement. Je ne me souviens pas qu'ils aient eu une seule conversation digne de ce nom.

— Et Brian?

— Plus délicat. Il était dans la même école que Tom, un établissement privé. Ils ne se fréquentaient pas, mais Tom... Tom n'était pas très sympa avec lui.

— J'ai l'impression que vous voudriez en dire plus.

— Oui, mais ça me met un peu mal à l'aise. Non, pas mal à l'aise, ça me rend plutôt triste, parce que j'ai le sentiment que j'aurais dû intervenir. Mais j'étais tellement furieuse après Tom, qui me piquait littéralement mon ami d'enfance, que sur le coup je ne me suis pas préoccupée de Brian.

— *Qu'est-ce que Tom faisait?*

— Rien, des bêtises. Par exemple en réunion, quand mon père prononçait le nom de Brian Mings, Tom disait tout fort: «Mings en string!» Bientôt les plus jeunes ont commencé à l'imiter, c'était agaçant.

— *D'autres plaisanteries de ce genre?*

— Eh bien… on savait tous que Brian avait le béguin pour Anyu. Comme je l'ai dit précédemment, il n'était pas du genre lourd, ça restait bon enfant. Quand il la suivait, il ressemblait parfois à un chiot égaré. Et Tom… Bon sang, il en faisait toute une histoire. Il sortait des réflexions devant tout le monde pour lui foutre la honte: «Réveille-toi, Brian! T'as aucune chance avec elle!» Il ne s'arrêtait jamais, il l'asticotait.

— *Brian le prenait comment?*

— Il ne réagissait pas vraiment. J'avais parfois envie de lui dire de se secouer, de répliquer, mais j'étais trop obnubilée par Tom et Charlie pour me soucier de son bien-être.

— *Vous pensez que Brian haïssait Tom?*

— Non, je ne crois pas. Si ça m'était arrivé à moi, je l'aurais détesté, je me serais tenue à l'écart. Pourtant, en dépit des taquineries incessantes, Brian essayait de plaire à Tom. Comme il avait voulu plaire à Charlie.

— *Assez étrange, non?*

— Plus pathétique qu'étrange. Brian recherchait à tout prix de la considération. À mon avis, il pensait que s'il s'assurait les faveurs de Tom il gagnerait celles de Charlie. Je me souviens d'un jour où nous étions allés fumer à la mine. On faisait tourner les joints et Brian racontait ses âneries habituelles. On avait souvent envie de lui dire de la fermer, mais on n'en faisait rien. C'était Brian, il était comme ça. Donc on était dans la galerie, peinards, et lui, il commençait à se vanter: «Je m'en allume tous les jours. Ma mère aimerait que j'arrête.» Rappelez-vous qu'on avait quatorze, quinze ans. Tom l'a regardé. «Tu ne sais même pas avaler la fumée.» Brian est devenu écarlate. L'autre avait raison, il se contentait de crapoter, absolument pas crédible.

— *Il voulait donner le change.*

— Évidemment, ce n'était pas bien méchant. Mais Tom refusait d'en rester là. Lui et Charlie se sont mis en tête d'apprendre à Brian à tirer sur le joint. Inhaler profondément, retenir sa respiration... Mon Dieu, j'ai cru que Brian allait vomir ses tripes. Il toussait, crachait, les yeux remplis de larmes. Tom et Charlie s'esclaffaient, ils n'en pouvaient plus. Brian n'a plus ouvert la bouche de toute la journée. Quand on est retournés au centre, il nous a suivis en silence.

— *Pour moi, ça ressemble un peu à du harcèlement.*

— Oui, avec le recul j'en ai conscience. Une autre fois, c'était pire. On arrivait parfois avant les adultes, quand il y avait une réunion à la salle paroissiale. On en profitait alors pour s'en griller une à l'arrière du bâtiment. Un jour, Brian est arrivé avec un nouveau manteau, une espèce de veste gothique munie de sangles dans le dos. Elle était trop grande pour lui, mais il avait envie de se démarquer. Charlie et Tom ont échangé un regard entendu, mélange de cruauté et de ruse. Un regard de loups. C'était horrible. Brian restait planté là et les deux autres se sont approchés, soi-disant pour admirer sa tenue. Ils lui ont demandé de tourner sur lui-même. Brian s'est volontiers exécuté, mais quand ils se sont mis à défaire les sangles, il a ouvert de grands yeux, il est devenu tout rouge. Soudain Charlie l'a ceinturé et plaqué au sol pendant que Tom l'attachait avec les lanières. Ensuite ils lui ont ôté ses chaussures et les ont balancées par la fenêtre. C'était pitoyable. Brian retenait ses sanglots tandis que ces crétins se marraient comme des baleines: on aurait cru qu'ils n'avaient jamais rien vu d'aussi drôle. J'ai attendu que Brian se libère et sorte chercher ses chaussures pour sermonner Charlie. Je lui ai demandé pourquoi il avait fait un truc pareil, je l'ai traité d'imbécile. Il allait se défendre, mais Tom est intervenu: «Laisse tomber, mec, allons plutôt fumer un pétard.» Et ils sont partis, m'ignorant totalement. Je ne reconnaissais plus Charlie.

— Parce qu'il était sous l'influence de Tom?

— Je pense. C'est dur à expliquer, mais Tom basait ses relations sur le pouvoir. Il avait une manière bien à lui de prendre le contrôle, d'entrer dans votre tête, de...

— D'asseoir sa domination?

— En quelque sorte, oui.

— De charmer ses interlocuteurs?

— Oui, ça convient mieux.

— Allez-y, continuez.

— Je... Écoutez, j'ignore pourquoi je vous raconte ces histoires. Tout le monde va être au courant et...

— Dites simplement les choses comme elles se sont passées, ne réfléchissez pas trop.

— Et puis merde, vous savez quoi? Ça me fait du bien de me décharger de ce fardeau. J'ai l'impression d'en avoir enfin le droit. Je garde tout ça en moi depuis si longtemps. J'ai besoin de... d'évacuer... L'hiver de la même année, quand il a neigé, on est retournés à Scarclaw...

Eva fait référence au mois de décembre 1995. Tom Jeffries participait à sa première expédition au mont Scarclaw.

— Avec les singeries de Tom et Charlie, je redoutais le pire. Ils avaient fait les imbéciles durant toutes les réunions pour préparer l'excursion.

— Comment ça?

— On aurait dit qu'ils régressaient, qu'ils avaient de nouveau douze ans. Ils n'arrêtaient pas de glousser, de chuchoter des trucs, de se pousser du coude.

— Ils avaient d'autres secrets?

— Possible, je ne sais pas. Ils préparaient peut-être un coup.

— Vous n'aviez aucune idée de leur projet, aucun indice?

Eva laisse planer un long silence. Puis elle prend une grande inspiration, comme pour se donner du courage.

— Une sensation bizarre: on aurait dit que je pressentais quelque chose. J'en avais l'intuition sans pouvoir modifier quoi que ce soit.

— Comment ça?

— Je ne sais pas, c'est dur à définir... Ça a commencé dans le minibus.

— *Celui qui vous amenait à Scarclaw?*

— Oui. Mon père passait chercher tout le monde. Et quand on est arrivés devant chez Tom, j'étais déjà prête à résister, à m'affirmer face à lui. J'imagine que je comptais surtout l'empêcher de s'accaparer Charlie. Quand il est monté dans le bus et s'est installé au fond, à côté de moi, j'ai eu l'impression qu'il avait eu une explication avec Charlie, parce qu'il était tout miel. Il ne ressemblait pas au Tom habituel.

— *Vous secouez la tête.*

— Je sais. Aujourd'hui encore j'ai du mal à croire à ma naïveté, à ma stupidité.

— *Continuez...*

— Tom me faisait donc la conversation. Il semblait réellement bienveillant, vous savez. Enfin il se comportait comme un être civilisé. D'une certaine manière, je savais ce qu'il essayait de faire, je le savais pertinemment: il préparait le terrain. Mais je n'avais que quinze ans. Comment imaginer?

— *Préparer le terrain? Voilà un pressentiment bien sinistre.*

— Eh bien, je vous le redis, j'étais jeune, je manquais d'expérience. Avec les garçons, s'entend.

— *Et vos amis, Anyu, Brian, Charlie, ils avaient remarqué un changement chez Tom?*

— Charlie se préoccupait uniquement de convaincre mon père de mettre une de ses effroyables compilations dans le vieil autoradio du minibus. Tom et moi, on discutait à l'arrière, tandis qu'Anyu et Brian effectuaient un petit numéro de chaises musicales. Brian s'asseyait à côté d'Anyu, qui changeait de place pour se rapprocher de Charlie, et ainsi de suite.

— *Vous vous souvenez de votre conversation avec Tom?*

— C'était surtout moi qui parlais. Des propos sans importance. Tom avait sa tactique: il me laissait causer, il feignait de m'écouter. Expérience curieuse, d'ailleurs, parce que je comprenais mieux ce que ressentait Brian.

— *C'est-à-dire?*

— Ce besoin de plaire, d'impressionner l'autre et de lui prouver je ne sais quoi. Étonnant comme certaines personnes ont un don pour susciter ce type de réactions. Bref, Tom avait amené du cannabis. Charlie et lui en avaient déjà consommé pas mal. Moi, je m'étais contentée d'une ou deux taffes. Tom s'enthousiasmait, il m'expliquait comment il avait confectionné un bang artisanal avec l'aide de Charlie: ils avaient fixé un sac plastique sur une demi-bouteille en plastique, équipée d'une petite grille métallique pour chauffer le cannabis. Le sac retenait la fumée, qu'on pouvait ensuite inhaler.

— *Tom et Charlie avaient bricolé ce système spécialement pour la soirée au Centre?*

— Exactement.

— *Vous vous souvenez du déroulement de cette soirée?*

— J'ai passé ma vie entière à essayer de l'oublier. Et maintenant je ressasse ces événements comme si je participais à une catharsis ou à une thérapie. Ce soir-là, le premier soir, on s'est vraiment mis la tête à l'envers.

— *Avec le cannabis de Tom?*

— Oui, et avec de l'alcool. Anyu et moi, on avait apporté plusieurs bouteilles. Charlie aussi, une quantité phénoménale de vodka. On avait tout planqué à l'extérieur, dans un gros sac à dos noir appartenant à Brian. Étant donné qu'on était les plus âgés, on bénéficiait d'un dortoir particulier. Au fond de la pièce, il y avait une vieille fenêtre à la peinture écaillée, qui donnait sur une sorte de perron esquinté à l'arrière du bâtiment, à deux pas de la forêt. Pour récupérer le sac à dos, il suffisait de sauter par la fenêtre, de ramper sous le perron. Nous l'avions déjà fait l'été précédent, quand nous isolions la partie inférieure du bâtiment. En temps normal, on gardait le matériel à l'extérieur. Et la fenêtre restait fermée au cas où mon père, Sally ou n'importe qui d'autre entrerait à l'improviste.

— Vous pensez qu'ils vous auraient fouillés en cas de soupçon?

— Oh oui. Après le drame, les gens ont pris mon père pour une espèce de vieux hippy irresponsable, mais rien n'était plus faux. Nous, on redoutait surtout de trahir sa confiance. Tout le monde, moi la première, éprouvait un immense respect pour lui.

— Et Sally?

— Sally aussi, bien entendu. On n'était pas des rebelles. La simple perspective d'être démasqués nous mortifiait. Pour l'alcool... Ils n'étaient pas idiots, ils se doutaient qu'on buvait, mais préféraient fermer les yeux. Par contre, mon père nous aurait tous ramenés illico à la maison s'il avait découvert qu'on fumait des joints. Il aurait été furieux après moi, j'en suis sûre. Aucun de nous n'ignorait qu'un tel écart de conduite aurait eu de sérieuses conséquences.

Pourtant, ce qui me contrariait le plus, c'était que Charlie paraissait désormais indifférent à tout, y compris à mon père.

— *Je crois deviner ce qui vous est arrivé ce soir-là… avec Tom.*

— Oui. Il a été tellement sournois. J'en ai encore des frissons. Il a même été sympa avec Brian.

— *Cette soudaine gentillesse n'a pas éveillé votre méfiance?*

— Dans n'importe quel autre contexte, je me serais méfiée, bien sûr. Mais pas en compagnie des Coureurs, pas au mont Scarclaw… Nous étions au-dessus de ça. Et ce petit salopard en a profité.

À ce moment précis je remarque qu'Eva ne regarde pas dans ma direction mais baisse les yeux sur son giron. Ce qu'elle se prépare à dire l'afflige. Je me demande si elle a conscience de la dimension contradictoire de son discours. Tout à l'heure elle déclarait que Tom «préparait le terrain», comme si elle avait su depuis le début où il voulait en venir, et que d'une certaine manière elle l'y encourageait. Une part d'elle-même, une part dont elle niera toujours l'existence, l'incitait au consentement, instillant en elle un regret éternel. Avec le recul cette ambivalence me touche: à l'adolescence, il arrive parfois que l'on sache ce qu'on désire sans pouvoir l'assumer. On a conscience de prendre une mauvaise décision, mais on se laisse quand même entraîner. En été, par exemple, les jeunes s'adonnent au saut de falaise: certains hésitent; d'autres, comme Eva, se jettent tout simplement dans le vide. En grandissant on devient plus prudent. Les plongeons se raréfient, et finalement on renonce.

— *Prenez votre temps.*

— Eh bien, en début de soirée, nous autres, les aînés, avons fait la vaisselle avant de nous rendre au dortoir. On était installés au bout du bâtiment de façon à ne pas déranger les petits. Je me souviens encore que nous nous sommes éclipsés sans bruit, tandis que mon père et Sally distribuaient les chocolats chauds aux plus jeunes. Je serais volontiers restée parmi eux, assis en cercle dans la salle commune. Mon bol de chocolat fumant à la main, j'aurais écouté mon père raconter des blagues idiotes. Mais au lieu de ça j'ai suivi mes copains et on a commencé à boire. J'ai essayé le bang, Tom m'a fait une soufflette. J'étais déjà bourrée. Pas inconsciente ou délirante, je savais encore ce que je faisais, mais la réalité se déformait, l'environnement perdait sa consistance. Des images me reviennent en mémoire, parcellaires, floues.

— *Inutile d'entrer dans les détails.*

— Vous avez raison, de toute manière je ne me rappelle pas tout. Le dortoir, typique des années 1970, se composait de lits superposés. Tom et moi, on avait pris un de ceux du haut. Il y avait des panneaux en bois sur les côtés et le tout formait comme des penderies horizontales, ouvertes sur le dessus. Tom s'est pratiquement effondré sur moi. Je me souviens que je fixais les cloisons pendant qu'il s'activait, je lisais les graffitis, peu concernée. Je n'étais pas vraiment là. Quand il a terminé, il m'a juste dit qu'il sortait fumer. La seconde d'après il descendait l'échelle et disparaissait.

— *C'était donc une relation consentie?*

— Oui, en effet. Mais aujourd'hui je donnerais tout pour effacer ce moment. Salaud de Tom Jeffries...

Les autres étaient dehors ou sommeillaient. J'entendais des allées et venues par la fenêtre, des bruits de pas dans la neige. Je suis restée longtemps éveillée, allongée sur la couchette, alors que le dortoir palpitait, crépitait et chavirait autour de moi. J'aurais voulu avoir mon père près de moi... Juste mon père...

Ces souvenirs sont de toute évidence pénibles pour Eva. L'enquête n'avait pas mis au jour cette aventure sexuelle. Les policiers avaient demandé à Anyu et à Eva si l'une d'elles entretenait des relations avec Tom Jeffries, et les deux jeunes filles avaient répondu par un non catégorique.

Bien que manifestement bernée, Eva n'a jamais blâmé quiconque. Sans doute était-elle consciente d'avoir, au moins en partie, souhaité coucher avec Tom, sans quoi elle n'aurait pas cédé à ses avances. La question de son libre arbitre reste néanmoins difficile à trancher. Tom Jeffries, en revanche, savait ce qu'il faisait.

Les erreurs, les mauvais choix appartiennent à l'adolescence, on pourrait même dire qu'ils aident à mûrir. Peut-être Eva considère-t-elle les événements de décembre 1995 sous cet angle.

Je décide de l'interroger sur le jour suivant, où ils ont rencontré Haris Novak.

— Le lendemain, c'était horrible, je me sentais super mal. En général, on n'a pas la gueule de bois quand on est jeune. Là, tout se mélangeait, et puis j'avais très peur.

— *Peur de qui? De Tom Jeffries?*

— Non, pas à proprement parler, mais l'idée qu'il raconte ce que nous avions fait me terrorisait, je redoutais que les gens pensent... qu'ils me prennent pour une fille facile. Je me souviens que Brian a tenté à plusieurs reprises d'engager le dialogue quand on descendait à Belkeld. Ça partait d'une bonne intention, vous savez, il me demandait si j'allais bien. Moi, je répondais: «Pas de problème, tout baigne.» Mon air guilleret le rassurait, il a fini par passer à autre chose.

— *Comment ont évolué vos rapports avec Tom?*

— L'ambiance était bizarre. Il ne disait rien mais il m'adressait des regards en coin un peu flippants, du style moqueur. Je n'arrivais pas à déterminer s'il voulait être séduisant ou méprisant. L'angoisse. À ce moment-là je regrettais plus que jamais notre nuit, j'étais à la limite de la nausée chaque fois que je posais les yeux sur lui.

— *Donc vous êtes allés à Belkeld.*

— Oui, de l'autre côté du mont. Mon père et les plus petits construisaient un igloo près du Centre. Avec son tempérament manuel, il se régalait. Il nous a à peine prêté attention: «Oui, oui, allez-y. Revenez pour cinq heures, c'est tout.» En chemin Tom et Charlie continuaient leur petit numéro complice. Ils riaient sous cape, faisaient des messes basses. Je virais parano. Peut-être que les effets du cannabis ne s'étaient pas dissipés: j'avais l'impression qu'ils parlaient de moi, qu'ils comparaient leurs impressions...

— *Et Brian? Et Anyu?*

— Brian lui portait son sac, je crois. Il voulait peut-être paraître galant ou un truc dans le genre. En fait, il se ridiculisait. Je me rappelle qu'il avait exactement les mêmes bottes que Charlie. Pendant ce temps, moi, je les accompagnais en silence, j'étais ailleurs, vous comprenez?

— *Évidemment. Dites-moi, vous vous souvenez de l'incident avec Haris au cimetière?*

— Oh oui. Quelle histoire! Tom et Charlie voulaient y aller pour fumer des joints. C'était accessible, Belkeld est un petit village et ils se croyaient intouchables. Il n'y avait pas un chat et... Eh bien, ils avaient quatorze ans.

— *Vous avez encore consommé du cannabis?*

— Moi, non. Anyu peut-être et Brian sûrement. Je me souviens qu'on a allumé des cigarettes. On se planquait derrière l'église, assis sur une espèce de monument funéraire... Enfin, on traînait.

— *Alors Haris est arrivé?*

— Il me semble. On allait partir lorsqu'il a débarqué à l'improviste, ainsi qu'il en avait l'habitude.

— *Tom ne l'avait jamais rencontré, n'est-ce pas?*

— En effet. Et il s'est comporté comme on pouvait s'y attendre de sa part, c'est-à-dire comme un abruti: il a commencé à se moquer de lui. Charlie riait et Brian l'imitait, mais sans conviction.

— *Comment avez-vous réagi, Anyu et vous?*

— Anyu était... très calme, presque en retrait. À la limite, elle les ignorait. Quant à moi, je... Eh bien, j'avais tellement peur de contrarier Tom, tellement peur qu'il ébruite notre affaire, que je me suis tue. Ajoutez à cela que je n'étais pas au mieux de ma forme. Je ne sais si le malaise était physique ou mental, mais la façon dont Tom m'avait quittée... Je repense souvent à l'épisode du cimetière. Plus qu'à ma nuit avec ce crétin. Les scènes défilent dans ma tête, comme celles d'un film, quand j'ai du mal à dormir.

— *Que s'est-il passé au juste?*

— On a simplement... Les garçons se sont laissé emporter. Tom a donné un peu de résine de cannabis à Haris, il lui a suggéré de la manger. Et Brian, cet imbécile, a choisi cet instant pour tenter d'impressionner Tom et Charlie. La trouvaille de génie.

— *Vraiment?*

— Je dis «trouvaille de génie», en réalité c'était une idée affreuse. Il a encouragé Charlie à raconter l'histoire de Nanna Varech. Je me rappelle avoir pensé: Oh non! Quel plan foireux! Brian avait une attitude tellement suppliante. Tom et Charlie ont échangé leurs regards de loups et puis ils se sont mis à rire.

— *J'imagine que Brian rayonnait.*

— Pathétique, hein? Charlie était assez défoncé, mais je vous jure que dans ce cimetière, à l'ombre de l'église, avec la neige et les tombes croulantes, il s'est surpassé. On crevait tous littéralement de trouille, alors qu'on connaissait le récit par cœur. Il décrivait la manière dont la créature déambulait dans les marais, il détaillait la peau blafarde et ridée, les dents noires... Ses cheveux ressemblaient à des algues, d'où le nom de Nanna Varech. Elle émergeait de son repaire marécageux, saisissait les imprudents pour les emporter. Le cauchemar. Je m'apercevais que le shit commençait à faire effet sur Haris, son menton tremblait. Tom ricanait, et Brian, qui ricanait aussi, n'avait qu'admiration pour les deux sadiques. C'était super malsain. J'aimerais tant gommer cet épisode de ma mémoire. Peut-être que ces souvenirs sont une forme de châtiment, une punition pour ma passivité.

Eva me confie sa douleur de n'être pas intervenue, surtout après ce qui s'est passé ensuite. Terrorisé et drogué, Haris s'est enfui du cimetière sous une pluie de boules de neige. Il en a oublié son bonnet et ses gants. Selon Eva, les garçons ont entrepris peu après de sculpter un bonhomme de neige passablement grivois.

La version de Haris diffère: il est allé voir les chauves-souris ou bien s'est rendu au magasin, et c'est à son retour qu'il a essuyé les tirs. Si la vérité demeure sans doute perdue dans les brumes de la sotte adolescence et des produits psychotropes, l'essentiel subsiste et subsistera toujours: personne ne s'est élevé contre le traitement cruel réservé à Haris.

Celui-ci n'a jamais révélé à quiconque - pas plus à la police qu'à sa mère - que Charlie lui avait raconté ce jour-là l'histoire de Nanna Varech. Ce silence s'explique. Pour reprendre les propos de sa cousine, Haris se protège des traumatismes subis. L'idée qu'une créature assimilée à la Bête de Belkeld hante le mont cadre avec cette stratégie défensive. L'expérience choquante du cimetière a-t-elle donné corps à un faux souvenir d'enfance, à la matérialisation d'un monstre en pleine forêt?

Reprenons avec Eva Bickers. La dernière partie de notre entrevue porte sur le séjour de l'été 1996, au cours duquel Tom Jeffries s'est volatilisé.

— C'est dur parce que j'ai expliqué tant de fois à la police, à mon père, à qui voulait l'entendre, ce dont je me souvenais. Après toutes ces années ma mémoire flanche un peu, comme si j'avais épuisé toutes les ressources de la réalité à force de témoigner.

— Ne changeons rien: commençons par le voyage en minibus et le début du séjour à Scarclaw.

— D'accord. C'était un trajet habituel pour les Coureurs: mon père conduisait en chantant de vieilles chansons du Yorkshire, Charlie insistait pour mettre sa fichue cassette, et Brian poursuivait Anyu de ses assiduités. Rien qui sorte de l'ordinaire.

— Et Tom?

— Comme je l'ai dit: rien de notable. Il était assis avec Charlie. J'imagine qu'il parlait encore de fumette.

— Il ne jouait pas au gentleman, cette fois?

— Non, bien entendu. Il avait eu ce qu'il désirait. Mais vous voulez connaître la chose la plus troublante de ce séjour? Eh bien, on n'avait jamais effectué une excursion aussi normale, aussi dénuée d'événements mémorables. Enfin, jusqu'à la disparition de Tom.

— Je sais que vous avez déjà répété cette histoire à satiété, mais, si vous le voulez bien, éclaircissons auparavant quelques points.

— Je vous écoute.

— Si l'on excepte votre père et Sally, vous n'étiez que cinq: Charlie, Anyu, Brian, Tom et vous?

— C'est ça. Les autres étaient malades pour la plupart. D'ailleurs on a failli annuler, mais comme notre bande adorait Scarclaw...

— Comment vous décririez la première soirée au sein du groupe, comparée par exemple à celle de décembre 1995?

— Pas très différente. Charlie et Tom se sont encore mis la tête à l'envers. Il y avait quand même quelques petits changements. Charlie avait eu des problèmes à l'école, il avait écopé de plusieurs renvois et sa consommation de cannabis s'était considérablement accrue.

— *Vous étiez encore proches?*

— Oui et non. Notre complicité restait intacte quand Tom ne traînait pas dans les parages. Mais dès qu'il était là je préférais m'éloigner.

— *Est-ce que Tom a encore tenté de se rapprocher de vous ou bien...*

— Pour coucher de nouveau avec moi? Non. Peut-être qu'il l'envisageait, mais de mon côté, c'était clair: ça ne se reproduirait jamais.

— *Donc, cette première soirée...*

— Je me souviens de la température caniculaire. Il faisait chaud, très chaud. Au début, on a préféré rester avec mon père et Sally, plutôt que de se faire suer au dortoir. On a passé un moment sympa, au calme.

— *Alors vous n'avez ni bu ni fumé?*

— Pas moi, en tout cas. Ni Anyu, ni Brian. Au demeurant, celui-ci était moins capricieux qu'à l'accoutumée. On a eu une chouette conversation. Je crois que Tom et Charlie fumaient. Ils sont allés faire un tour en forêt. En temps normal, Brian leur aurait emboîté le pas, il les aurait suivis, mais cette fois-là il a renoncé.

— *Tom l'embêtait toujours?*

— Non, plus vraiment. Du moins pas comme avant. Je me souviens que Brian avait un gros bouton sur le menton, un vilain spot bien mûr. À un moment donné, Tom l'a fait remarquer à tout le monde, histoire de le rabaisser. Je me souviens aussi que Charlie en avait marre qu'il le copie. En fait, je crois qu'ils se lassaient de lui. Anyu et moi, on s'est couchées tôt. Les autres n'ont sûrement pas tardé à nous imiter. Il me semble qu'on était tous crevés.

— *Vous avez croisé Haris le lendemain, non?*

— Oh oui, mon Dieu, j'appréhendais cette rencontre, parce qu'on l'avait tellement malmené la fois précédente. Je n'y pensais plus, mais les images me sont revenues quand on l'a vu: Tom qui lui donnait une boulette, les garçons qui lui lançaient des boules de neige... Je marchais devant avec Anyu. On voulait rentrer tôt parce qu'il fallait préparer le dîner. Les trois autres lambinaient avec leurs joints. J'ignore ce qu'ils se sont raconté, avec Haris. On aurait dit que celui-ci avait tout oublié de ses mésaventures. On ne l'a pas vu longtemps: juste deux trois mots et il est parti de son côté, plutôt pressé je dois dire.

— *Il a parlé à Tom?*

— Aucune idée, c'est assez flou. Peut-être. Ils avaient leur attirail dans le gros sac de Brian. Ce pauvre Haris le trimbalait jusque chez lui. J'avais tout le temps peur qu'il vende la mèche et que sa mère appelle les flics. On aurait été dans de beaux draps. Mais ça ne s'est jamais produit.

— *Et le soir?*

— On est rentrés au dortoir après manger. Quelques verres, un petit joint. Comme on n'était que cinq avec deux adultes, on y allait mollo. On avait trop peur de se faire prendre.

— *Quelques verres et un joint, très bien. Et puis quoi? Vous êtes allés à la mine?*

— Non. La soirée s'est arrêtée là. On est allés se coucher. Le lendemain matin, Tom avait disparu. Envolé.

— *Est-ce qu'il vous avait prévenus qu'il allait s'absenter? Il avait les idées claires ou il paraissait confus?*

— Une des particularités de Tom, c'est qu'il n'était jamais confus, jamais pété. Il laissait ça à d'autres. On aurait cru Charles Manson ou un manipulateur de cet acabit, toujours égal à lui-même: un vrai connard.

— *Vous pensez qu'il lui est arrivé quoi? Vous avez une théorie à ce sujet?*

— Franchement, je n'en sais rien.

— *Vous aviez des souvenirs relativement nets du mois de décembre. Cette nuit... La nuit où Tom a disparu semble, comment dire... lacunaire en comparaison. De quoi avez-vous parlé avant de dormir?*

— De trucs d'ado, rien d'important, j'imagine.

— *Est-ce que Charlie ou Anyu ont eu un comportement inhabituel?*

— Je ne sais pas.

— *À votre avis, Brian Mings pourrait être mêlé à la disparition de Tom?*

— Ce serait logique, non? Tout le désigne: un gamin pauvre, une tête de turc qui guette l'occasion de se venger. Toute cette colère emmagasinée. On pourrait effectivement croire qu'il est passé à l'acte, mais c'est impossible.

— *Ah bon?*

— Oui. La nuit de la disparition... Brian était avec moi.

Peu après cette révélation, Eva choisit de mettre un terme à l'entretien. Elle me rappelle qu'elle a passé en revue les dernières heures un nombre incalculable de fois, aussi bien avec la police que dans sa tête. Je la comprends. La brièveté avec laquelle elle a abordé cet été 1996 demeure néanmoins révélatrice, surtout si on la compare avec le compte rendu détaillé de l'hiver précédent au mont Scarclaw.

On conçoit mieux ainsi le changement d'humeur de la jeune fille après les vacances de Noël, changement constaté par son ancien professeur.

Quelles conclusions pouvons-nous tirer de cette entrevue, si tant est qu'il soit possible d'établir un diagnostic?

Tout d'abord, l'influence de Charlie Armstrong sur Eva Bickers et, dans une moindre mesure, sur Anyu Kekkonen – influence due à son caractère ou à l'imaginaire qu'il véhiculait – était manifeste.

Ensuite, nous avons découvert une facette de la personnalité de Tom Jeffries dont les journaux n'avaient pas parlé à l'époque du drame: un garçon manipulateur, sans cesse dans le contrôle de soi et des autres.

Il existe encore, toutefois, de nombreux points à éclaircir. Premièrement, si Eva Bickers a vécu une expérience déplaisante en décembre 1995 (son aventure dans le dortoir avec Tom Jeffries), comment interpréter l'exaltation du printemps précédent? Eva est demeurée évasive en dépit de mon insistance: elle persiste à dire qu'elle ne se souvient de rien de particulier. J'ignore si je dois la croire.

Deuxièmement, quid du sac à dos de Brian et de l'arrangement des garçons avec Novak?

Inutile de pousser Eva dans ses retranchements. Ne voulant pas conclure notre entretien sur une note négative, j'accepte de ne plus la relancer. Une sage décision.

Dans l'épisode suivant, j'interrogerai un autre membre des Coureurs. Nous en apprendrons plus sur la dynamique de groupe à l'œuvre au cours des vingt-quatre heures précédant la disparition de Tom Jeffries.

C'était Scott King pour Six Versions.

Vous avez écouté notre troisième épisode.

À bientôt pour la suite.

BELKELD

2017

Suspendu par des anneaux au panneau original sur lequel est écrit *Bienvenue à Belkeld*, un écriteau supplémentaire indique: *Finaliste au concours 2013 des Villes et Villages fleuris*. Pour marquer le coup, on a disposé de part et d'autre deux jardinières où subsistent des pensées un peu fanées.

J'imagine avec plaisir les membres du jury en visite dans cette petite localité perdue, je songe aux pétunias en pots accrochés à tous les lampadaires, aux œillets dressés sur les pelouses impeccablement tondues. Un festival de couleurs pour oublier l'année 1996.

Pour oublier Tom Jeffries.

À présent, les jardinières manquent de superbe, les haies en bord de route ne sont plus très bien taillées, et des herbes folles étouffent les pissenlits.

Je ressens le poids de la culpabilité tandis que je passe devant le panneau de bienvenue, mon bonnet enfoncé sur ma tête baissée.

Les rues du village sont désertes. Je devine pourtant des dizaines d'yeux qui m'observent derrière les rideaux tirés. Personne ne me reconnaîtra. Et quand bien même cela se produirait, les événements de 1996 ne relèvent pas plus de ma responsabilité que de celle des habitants.

Peut-être suis-je simplement inquiet des reproches qu'on pourrait m'adresser après la diffusion de l'émission: je n'aurais pas dû déterrer le passé. Scott King et *Six Versions* ont ressuscité de vieux fantômes.

D'après ce que je sais, le troisième épisode a battu des records d'audience. Les journaux ont publié de nouveaux articles. On raconte même que l'animateur va accorder des interviews. J'en doute.

J'ai l'impression d'avoir aidé à façonner une bombe.

Deux ou trois voitures croisent ma route. Je fixe mes pieds. Les bottes incrustées de boue progressent sur le trottoir. L'église Sainte-Sophie apparaît, encombrante, à flanc de montagne. Je constate qu'une chaîne antivol de couleur bleue en condamne l'entrée.

Je poursuis ma route.

Le bâtiment ouvrira ses portes plus tard dans la semaine, pour commémorer les événements tragiques qui ont endeuillé la commune. Les habitants tailleront leurs haies, nettoieront les stores et astiqueront les petits chevaux à bascule sur les rebords des fenêtres. Certains d'entre eux raconteront leurs souvenirs au supplément dominical du *Guardian*. Les plus virulents blâmeront les Coureurs, la police, et surtout mon père, dans les colonnes des tabloïds.

Le cimetière pourtant calme de Sainte-Sophie paye son écot au drame: on a enlevé les bancs et on a scotché sur la grille un message demandant aux visiteurs de respecter les lieux.

Je m'éloigne sans accorder un regard aux sépultures et me dirige vers la petite place commerçante. Le monument aux morts érigé en son centre figure un soldat de pierre. Le militaire incline son visage sur une brassée de coquelicots à ses pieds. Je m'arrête à cet endroit, dans une attitude appropriée, feignant de lire les noms gravés sur la plaque funéraire.

Haris Novak ne sera pas présent à la commémoration. Ni lui ni aucun protagoniste direct. Même si les journalistes commenteront la cérémonie avec de grands élans compassionnels, ils ne rangeront pas leurs couteaux. La population, quant à elle, endurera patiemment les flashs des appareils photo et le modeste tumulte médiatique.

Je ne peux pas m'éterniser. L'heure tourne et les premiers passants font leur apparition. Chacun vaque à ses occupations dans les échoppes. Circulation d'anoraks et de visages fatigués. Belkeld possède encore sa propre boucherie. Je traverse la place. L'office de tourisme fermé voisine avec une animalerie et un serrurier. Étonnant comme les boutiques subsistent.

J'ai appris que le village a un surcroît de visiteurs depuis la diffusion de *Six Versions*. Des amateurs de sensations fortes et des détectives en herbe, je suppose. Le même genre de tordus qui se renseignent pour louer le Relais de chasse.

L'épisode avec la Bête de Belkeld n'a pas fait une bonne publicité à la petite agglomération. Je parie que certains se lanceront bientôt dans la vente de tee-shirts. La vitrine de l'office de tourisme présente déjà plusieurs livres, florilège hâtif d'ouvrages médiocres: *Mythes et Légendes*, *Châteaux hantés de Grande-Bretagne*...

Le mont Scarclaw a les honneurs de deux ou trois couvertures, sous forme de photos Internet pixellisées ou de mauvais montages Photoshop. Je réprime un mouvement d'agacement. Les éditeurs auraient peut-être pu me demander l'autorisation.

Je continue à marcher. En lisière du village, j'aperçois un banc de guingois contre le mur en crépi d'un restaurant népalais. Plus loin, c'est la campagne, vierge de constructions. Je m'installe sur le banc et commande un café. Lorsque j'ai fini, je pars avec le sentiment d'avoir rendu quelque chose à cet endroit. Ce village changé à jamais.

Je me suis renseigné sur Anne Hope, la présumée sorcière qui a maudit Belkeld, et je me suis heurté aux mêmes impasses que Scott King. Quoiqu'un peu hermétique à ces histoires de damnation et de pratiques occultes, j'ai été marqué par plusieurs passages de l'épisode. Je pense par exemple au «long homme noir des ajoncs», sujet de vénération supposé des sorcières.

Le souvenir de ce que nous avons vu cette nuit-là au mont m'a réveillé bien des fois en pleine nuit. Est-ce que je crois au diable? Pas forcément, et je suis sûr que la créature que nous avons poursuivie sous la pluie, dans la boue et le noir, n'appartenait pas au règne de Satan.

En deux secondes nous avons organisé une réunion de crise.

Le temps de fermer les portes pour atténuer le vacarme des chiens, et de se rassembler au bout du couloir à angle droit, dans le prolongement du dortoir.

Tomo a pris la parole: «On a tous vu la même chose, non?»

Il avait de nouveau ce regard d'enfant perdu, les yeux ronds, suppliants. J'évitais d'observer ses mains, de crainte de les voir trembler. Une petite voix sarcastique me proposait de jouer à l'imbécile, de lui demander de quoi il parlait. Il aurait été le seul à avoir aperçu la forme noire à l'extérieur; cette silhouette qui s'est enfuie après nous avoir dévisagés.

Justin semblait très nerveux. «C'était quoi, bordel?»

Pour ma part, j'avais la bouche remplie de ciment, impossible de prononcer le moindre mot. Justin nous considérait et sa lèvre inférieure frémissait. On aurait cru qu'il allait se mettre à pleurer. J'ignorais comment j'aurais réagi s'il avait éclaté en sanglots.

Tomo serra les poings. «Si c'est une blague...»

Nous ne répondîmes pas. Justin savait aussi bien que moi que ce n'était pas une plaisanterie.

Si nous avions vécu ça aujourd'hui, nous aurions tous les trois dégainé nos portables, et obtenu sans délai du secours.

«Où tu as mis le fusil?» dis-je avec une voix qui ne m'appartenait pas.

Tomo désigna le dortoir d'un signe de tête. Les chiens continuaient de s'agiter. La forme noire s'était éclipsée. Avait-elle seulement existé?

«Alors on est d'accord, geignit Tomo, on l'a vue tous les trois?»

J'évitai son regard et celui de Justin.

«Venez», dit Tomo.

Nous le suivîmes dans le dortoir, genoux fléchis comme des soldats en mission. Mon pouls me martelait les tympans, mais j'étais bizarrement lucide. L'adrénaline chassait les torpeurs de l'alcool. Justin progressait sur mes talons. Je ne voulais pas me retourner vers lui, redoutant de lire sur son visage le reflet de ma propre peur. Il fallait tenir bon.

Le gros du matériel d'éclairage était resté dans le coffre de la Jaguar, mais le fusil reposait effectivement dans son étui étanche en haut de l'un des lits superposés, à côté du sac de couchage de Tomo. Celui-ci ôta l'arme de sa protection aussi facilement que s'il avait tiré un sabre au clair.

«Il est chargé?» demandai-je.

Tomo baissa les yeux sur le fusil, étrange outil entre ses mains, et acquiesça imperceptiblement.

Qu'il soit chargé ou non importait peu. La vision du canon suffirait à effrayer la créature à l'extérieur, quelle qu'elle fût.

Tomo ajouta, comme s'il lisait dans mes pensées: «Emmenons les chiens. Personne ne déconnera avec eux.»

Les deux lévriers nous tournaient autour. Tomo tressaillit quand le museau de l'un d'eux effleura sa main.

Un bruit attira notre attention. Nous nous retournâmes pour voir Justin ramper sur l'une des couchettes du bas, avant de s'allonger dos à nous, en position fœtale. L'alcool répandu au sol avait trempé ses semelles.

«Justin, pour l'amour du ciel...» Je ne finis pas ma phrase.

Les chiens recommençaient à grogner. Par-dessus le vacarme de la pluie, nous perçûmes des raclements, des éclaboussures, comme si quelqu'un se déplaçait le long du bâtiment.

Tourné vers Tomo, je fis de mon mieux pour ne pas bredouiller.

«C'était quoi, ce que tu récitais tout à l'heure?

— Hein?»

Tomo cala son fusil sous son bras, s'empara des laisses des chiens.

«La comptine, c'était quoi?»

J'avais brusquement l'impression de participer malgré moi à un canular particulièrement sophistiqué. Je scrutai la salle, à la recherche d'une caméra cachée. Je ne vis dans les coins du dortoir que des toiles d'araignées et des moutons de poussière.

«Sage!» grogna Tomo. Les animaux gémissaient à présent, trop nerveux pour se tenir tranquilles. Mon ami tremblait.

«Laisse-moi faire», proposai-je, soulagé de trouver comment m'occuper. Je me baissai et les chiens vinrent me flairer le visage. Je sentis leur haleine bestiale. Essayant de faire abstraction de Tomo et de son arme, j'attachai les laisses avant de me redresser.

Tomo se livra à quelques manipulations avec la culasse.

«Je tiens cette chanson de mon père.» Peut-être cherchait-il à ôter le cran de sûreté? Les chiens tiraient sur leurs liens. «Un vieil air populaire, je crois.

— Sur Scarclaw?»

Il secoua la tête.

«Pas que je sache. Il la fredonnait quand j'étais gosse. Cette connerie me fichait une trouille pas possible...»

Il me sembla détecter un autre accent dans sa voix. Peut-être la région des Midlands.

«"Maman, est-ce papa que je vois venir? Il est plus grand que dans mon souvenir."»

À ces mots, Justin déplia son corps et s'extirpa du lit. Les chiens aboyèrent quand il vint se poster à quelques centimètres de Tomo, les yeux étincelants, les traits empourprés.

«Arrête ça», menaça-t-il, la mâchoire contractée. Leurs nez se touchaient presque. «Ferme-la, tu entends?»

Tomo leva les mains en signe de reddition.

«Pardon, Justin, je voulais simplement...

— Il n'y a rien là dehors. Pas de fantôme, pas de foutu... Enfin, rien, c'est compris?» Il se tourna ensuite vers moi. «C'est compris?»

J'approuvai promptement.

Légèrement calmé, il reprit: «Après tout, on est chez toi, Harry.» Il désigna la fenêtre. «Et on dirait qu'un connard veut jouer au plus malin.» Je lisais une détermination inhabituelle dans ses yeux. «Alors vous allez rester plantés là ou vous comptez réagir?»

Tomo et moi échangeâmes un regard. Hochements de tête.

«Les torches sont dans la bagnole», fit Tomo.

Justin: «Alors on attend quoi?»

Sentant les préparatifs, les chiens tirèrent de plus belle sur les laisses.

«Passe-moi le whisky, dis-je à Justin.

— Voilà qui est mieux.»

Il me tapa dans le dos, fourra la bouteille entre mes mains. L'alcool avait tiédi. La première rasade me brûla le gosier et je manquai tout recracher. Oui, bon Dieu, on était chez moi.

«Passe-la-moi», ordonna Tomo. Et il but à son tour.

Le mal existe, et il existe ici, parmi nous. Nous érigeons des monuments en l'honneur des disparus, nous y gravons les noms de ceux qui ont donné leur vie pour endiguer le mal.

Nous n'oublions pas.

ÉPISODE 4 : NANNA VARECH

— C'est une nuit glaciale au mont Scarclaw, une nuit sombre. Le vent gémit dans les branches des vieux arbres, au cœur de la forêt où se blottissent les moutons transis, comme des pelotes de laine humide. Le givre couronne les feuilles, le clair de lune baigne les frondaisons d'une clarté spectrale. Les rameaux les plus bas caressent le sol gelé, semblables à des doigts atrophiés sur la peau d'un cadavre.

Les dernières lumières du village s'éteignent. On s'enfonce dans une obscurité silencieuse et éternelle. Un nuage passe devant la lune, et alors on détecte des mouvements proches.

Une respiration dans les lacets de la brume, un bruit de feuilles mortes piétinées, des branches qui craquent... Ce n'est pas un homme, pas davantage un randonneur lesté d'un sac à dos et de chaussures de marche, mais un garçon en fuite. Chaque enjambée est une torture. Le froid mord cruellement ses pieds nus.

Il poursuit néanmoins son ascension, toujours plus haut, tandis que les ombres l'enveloppent, l'égarent. Est-il déjà venu ici? Oui... non... peut-être... Les arbres inflexibles et moqueurs se ressemblent tous. Il s'immobilise, reprend son souffle.

Il n'entend que les battements de son cœur et le vent dans les feuillages.

Encore un pas.

Crac!

Son pied vient de traverser une couche de glace. Il s'enfonce jusqu'à la cheville dans l'eau trouble. Quelle poisse! Les marais! Précisément l'endroit contre lequel on l'avait mis en garde. À ce qu'on dit, personne ne ressort vivant de ce coin.

L'obscurité, le froid, les entrailles tordues par la peur, c'en est trop. Il trébuche.

Crac! Crac!

De l'eau jusqu'à la taille, il sent à présent le froid s'insinuer dans ses os. La boue aspire ses pieds. Il laisse échapper un gémissement, avec la nuit pour seul témoin.

Il doit s'extirper de ce piège, car il sait quelle créature rôde sous terre, il connaît les rumeurs. Le nuage s'éloigne, la lune se dessine. Dans la faible clarté il aperçoit un rocher émergé, un asile, un refuge au cœur des marécages.

Il force sur ses jambes... Avancer encore, progresser à travers les eaux glaciales. Maintenant il atteint le rocher, il l'escalade, libérant ses membres inférieurs de la fange.

Merci, mon Dieu, merci...

Il explore du regard la nuit silencieuse. L'étendue liquide le cerne, il devine des arbres au loin. Quel calme! Chut... Quelle tranquillité!

AAARGH!

La voilà à un mètre ou deux de lui, qui se dégage de la couche de glace, les cheveux mêlés d'algues! Sa peau écailleuse, sa pâleur rappellent le ventre d'un poisson mort. Ses yeux noirs brillent d'une folie atroce.

Nanna Varech, la sorcière des marais! Elle l'a trouvé, oui, elle l'a trouvé et elle vient le chercher.

Elle replie ses doigts immondes, fait cliqueter ses ongles grisâtres et ébréchés, aussi longs que des serres. Clic, clac. Son horrible bouche s'ouvre. Une bouffée d'air putride s'en échappe.

AAARGH!

Les mains moites de la créature se referment sur lui, les chicots s'enfoncent dans sa chair, les mains puissantes le font tomber du rocher, l'entraînent, l'aspirent dans l'onde stagnante... Une dernière image s'imprime dans son esprit: celle d'un feu de cheminée, la douceur d'un foyer...

Ouais, je dirais que ça s'est passé comme ça.

Bienvenue dans Six Versions, *je suis Scott King.*

Durant six semaines nous reviendrons sur la tragédie du mont Scarclaw. Six manières de voir les choses, six versions différentes.

J'ai déjà sollicité quatre personnes au cours des épisodes précédents. Trois d'entre elles étaient présentes à Scarclaw durant le mois d'août 1996, le moment où Tom Jeffries, quinze ans, a disparu. Son corps a été retrouvé un an plus tard dans les marécages du mont.

J'ai interviewé Derek Bickers, responsable du groupe informel d'adolescents auquel appartenait Tom Jeffries. Ce groupe effectuait des séjours réguliers à Scarclaw. J'ai aussi parlé à Harry Saint Clement-Ramsay, fils du propriétaire du domaine sur lequel on a retrouvé la dépouille. Je me suis ensuite entretenu avec Haris Novak, un habitant du village voisin, Belkeld, qui a rencontré Tom

Jeffries et ses amis plusieurs fois. Dans le précédent numéro j'ai discuté avec la fille de Derek Bickers, Eva. Elle connaissait assez bien Tom Jeffries.

Ces différents témoignages m'ont permis de dresser un premier portrait du défunt, tel qu'il était perçu par ses camarades et par certains adultes. J'ai pu également me faire une idée de la dynamique à l'œuvre dans le groupe d'adolescents. Ces aspects feront peut-être ressortir des éléments négligés ou rejetés à l'époque de l'enquête. Ou peut-être pas.

— Ouais, l'histoire de Nanna Varech se déroulait comme ça. Je brodais un peu de cette manière. Putain, ça faisait des années que je ne l'avais pas racontée... des années que je n'y avais même plus pensé. La mémoire est un truc fascinant, pas vrai?

La voix que vous entendez est celle de Charlie Armstrong. C'est de sa bouche que vous avez précédemment découvert la légende de Nanna Varech, la sorcière des marais. Charlie a aujourd'hui trente-cinq ans.

Au moment des faits, les adolescents aussi bien que les adultes considéraient Charlie comme le leader du groupe. On peut même dire qu'il faisait l'objet d'un profond respect: on l'estimait, on suivait son exemple.

Charlie avait beaucoup d'importance dans la vie de ses camarades.

— Oh, je ne sais pas, je n'y ai jamais fait attention.

— Ils avaient pourtant une haute opinion de vous, vous vous en doutiez, non?

— Je… C'est étrange, parce que j'étais tellement à la ramasse à l'époque. Aucune jugeote. Un petit gars plein de colère, de rancœur, de noirceur. Vraiment bizarre. Cette prétendue adulation me laisse perplexe… Ça paraît tellement… irréel.

Charlie habite aujourd'hui dans une grande ville dont il m'a demandé de ne pas révéler le nom. Il dirige un débit de boissons franchisé: un travail en décalage avec l'image que l'on avait de lui à l'adolescence. Contrairement à Eva, il ne connaît pas mon émission et n'a jamais entendu parler de moi. Cependant, l'idée du podcast ne le rebute pas, ce qui est un bon point. Nous communiquons par téléphone, en général tard le soir, après qu'il a terminé sa journée de travail. La plupart du temps il rentre assez fatigué. Cherchant à se rappeler tel ou tel détail, il avoue plus d'une fois ne pas avoir l'énergie de replonger dans le passé.

— D'après ce que je sais de vous, Charlie, j'aurais cru que vous occuperiez une profession… plus créative.

— Ah oui? Comme quoi?

— Romancier, peut-être?

— Ha, ha! Je n'ai rien écrit depuis la terminale, mon vieux. Vous connaissez le refrain: les gens changent, les choses évoluent, bla-bla-bla…

— Donc vous avez changé depuis les événements du mont Scarclaw?

— Depuis 1996? Bien sûr, mon vieux, bien sûr. Comme tout le monde. Je ne suis plus le gamin en colère que j'étais. Le trip rebelle aux cheveux longs, c'est bon quand on est jeune. Ensuite il faut grandir, ou bien… ou bien on reste confiné dans le passé.

— *Vous avez encore des contacts avec le reste de la bande?*

— Aucun. Je crois qu'il y en a qui m'ont ajouté en ami sur Facebook. Bon sang, j'ai la mémoire en vrac. Brian, oui, il me semble que Brian Mings m'a mis sur sa liste. J'ai même failli lui écrire «Comment ça va, mon vieux? Qu'est-ce que tu deviens?», une connerie de ce genre. Mais j'étais occupé, et après c'était trop tard. Il a fermé son compte, d'ailleurs, enfin je crois. Il a déconnecté ou alors il m'a supprimé, je ne sais plus. S'il m'a retiré de sa liste, je ne lui en veux pas.

— *Et Eva Bickers? Anyu Kekkonen? Vous avez des nouvelles?*

— Non. Je vous le répète, j'ai mûri, je suis passé à autre chose. De leur côté, elles ont sûrement des gosses, une famille, enfin vous voyez.

— *On m'a dit qu'Anyu et sa mère étaient retournées au Canada, dans la région du Labrador.*

— Ah oui? D'accord, mais si elles ont fait ça, c'est un peu dommage.

— *Pourquoi?*

— Elles sont parties sans dire au revoir.

— *Peut-être qu'elles avaient besoin elles aussi de passer à autre chose?*

— Possible.

— *J'aimerais qu'on parle de l'année 1995, si vous voulez bien.*

— Oh, putain, je ne connais même pas la date actuelle. 1995, c'est...

— *Un an avant la disparition de Tom.*

— Ouais, d'accord. Mes souvenirs ne valent rien, mon vieux. J'ai une mémoire de poisson rouge.

Franchement, on dirait qu'un type est entré dans ma tête et a embarqué toutes les images du passé. Ou bien qu'il les a mélangées. Mais je vais m'appliquer.

— *Merci.*

— Tant qu'on y est… Ça va vous paraître bizarre, mon vieux… mais on ne se serait pas déjà rencontrés quelque part?

— *Qu'est-ce qui vous fait penser ça?*

— J'hésite… Quelque chose dans votre voix, à l'instant. Ah, bon sang, vous voyez ce que je veux dire? On s'est sûrement croisés et je n'ai pas imprimé. Bon sang.

Le charisme de Charlie agit immédiatement. Il suscite un attrait naturel, on a envie de lui plaire. Cette démarche n'a rien de calculé, au contraire, tout semble spontané.

Il se décrit comme un ancien adolescent à la dérive. De larges pans de sa jeunesse ont disparu de son esprit. Il se souvient par exemple de la marque de sa chaîne stéréo mais pas de son album préféré; du goût de certaines friandises mais pas de son école maternelle. Il impute ces trous de mémoire aux excès de cannabis durant l'adolescence. Tom ne jouait d'ailleurs qu'un rôle marginal dans sa consommation, puisque les abus résultaient aussi, selon lui, de ses difficultés scolaires.

— Je détestais l'école, mon vieux. Je lui vouais une haine absolue. On surnommait le proviseur le Grand Stratéguerre. Toujours sur notre dos, avec sa tronche fripée… enfin, surtout sur *mon* dos. Il en avait après mes cheveux, après mes fringues, après mes boucles d'oreilles, une vraie teigne. Il n'aimait pas que je sorte du rang. J'aurais pu apprécier certaines matières, comme l'anglais. Mais cette connasse de prof se débrouillait pour tout gâcher. Je ne me souviens même pas comment elle s'appelait. Voilà sans doute pourquoi je me retrouve aujourd'hui à bosser pour *[nom masqué]*, ha, ha!

Parler avec Charlie constitue une expérience singulière. La fatigue impacte la conversation. Je commence aussi à soupçonner l'alcool. Il dirige un bar, il rentre tard... Comment lui en vouloir? Il passe sans cesse du coq à l'âne, les souvenirs paraissent s'effacer à mesure qu'il les convoque. Certains épisodes n'entraînent qu'un faible assentiment, d'autres ravivent des images précises. Le drame du mont Scarclaw se teinte à ses yeux de fatalisme, comme si, appartenant au passé, il ne méritait plus vraiment qu'on y revienne.

L'entretien est difficile, car nous devons opérer maints détours avant d'aborder l'essentiel.

— À l'école, ils me voyaient comme un hyperactif. Comment on dit aujourd'hui? Trouble de déficit de l'attention? Impossible de me concentrer. Mes facultés de mémorisation ressemblent à des vagues sur un massif corallien: les pensées refluent aussitôt qu'elles se forment.

— *Nous parlions du lycée. En 1995, vous étiez en seconde?*

— À peu près, oui. J'étais futé, et je pigeais bien ce qu'on me demandait. Mais j'avais tellement d'énergie en moi, tellement d'impulsions... Je me retrouvais toujours mêlé à des bagarres avec les voyous de mon lycée. Aujourd'hui, on dirait des racailles, vous voyez. Le genre qui vous traite de tapette et vous pique votre argent de poche. Je ne me laissais pas faire, et ils ont vite arrêté de me chercher. Une sorte de respect mutuel s'est établi, et je me suis mis à fumer avec eux, à me défoncer derrière l'atelier durant la pause de midi.

— *Vous n'aviez pas froid aux yeux.*

— Et comment! C'étaient juste des gamins. Et puis je traînais aussi avec des gars plus âgés, des gars de l'extérieur. Ils écoutaient leur musique, fumaient leur dope... Je n'allais pas me laisser impressionner par les petites terreurs du bahut.

L'allusion aux «gars de l'extérieur» m'interpelle, car ni Derek ni Eva n'y ont fait référence. Tenter de retrouver ces individus sera vain, je le comprends vite. Charlie ne semble pas disposé à me donner plus d'indications. Quand je l'interroge, il me répond simplement que leur identité importe peu. À mesure que notre discussion se poursuit, j'ai l'impression qu'il ne se souvient pas bien d'eux. À moins qu'un incident ou une brouille n'ait causé leur séparation.

— *Dans quelles circonstances avez-vous rencontré ces «gars de l'extérieur»?*

— Au parc municipal. C'était bizarre. Ils étaient installés sur l'aire de jeu, avec leurs cigarettes, leurs postes de radio. Je racontais à mes parents... Je leur racontais que j'allais jouer au foot, et puis j'allais me marrer avec eux.

— *Les Coureurs connaissaient leur existence?*

— Je ne sais pas, je n'ai pas l'impression. Peut-être que j'ai laissé échapper une phrase ou deux, mais...

je l'ai sans doute fait sur le ton de la conversation, comme si ce n'était pas important. Il s'agissait d'une bande qui glandait au parc, et moi j'étais en quelque sorte une pièce rapportée, le benjamin du groupe. Ils m'ont appris à fumer, et tout le reste. Ça m'a été utile parce que, de retour à l'école, je passais pour un caïd auprès des voyous du lycée. Je savais fumer, trouver du cannabis...

— *Quel âge aviez-vous? Quatorze, quinze ans?*

— Oui. Mais je fréquentais le parc à douze ans. C'est bizarre, quand j'y pense, parce que d'une certaine manière je me sentais plus proche des petites frappes du bahut que des Coureurs. Comprenez-moi bien: j'avais mes meilleurs amis parmi les Coureurs, mais j'éprouvais des complexes en leur compagnie.

— *Pourtant vous n'étiez pas à votre place non plus avec les mauvais garçons de l'école?*

— C'est vrai. J'étais davantage moi-même chez les Coureurs, sans faire complètement partie du groupe. La sensation d'avoir quelque chose à prouver ne me quittait jamais. J'étais le gamin aux cheveux longs, fan de *death metal*, qui frayait tantôt avec la racaille du lycée, tantôt avec des gosses totalement différents, scolarisés ailleurs. Aucun des groupes ne me convenait. J'étais tellement paumé.

— *Étonnant, ce sentiment d'inconfort avec les Coureurs.*

— Je ne sais pas comment définir cette impression. Je n'étais pas un étranger, mais... Ils avaient tous des vies sympas, de chouettes perspectives, et moi, j'étais comme un intrus parmi eux.

— *«De chouettes perspectives»? Vous voulez parler de leurs parcours scolaires?*

— Non, oui, enfin d'une certaine manière. C'étaient des gens épatants, très cool. Eva Bickers, par exemple... Je la considérais comme ma meilleure amie. Sans elle, j'aurais... j'ignore ce qui me serait arrivé. Rien de bon sans doute. Anyu Kekkonen aussi, elle... Au fait, vous avez dit qu'elle avait déménagé, non?

— *J'espérais que vous pourriez me le confirmer.*

— Eh non. J'aimerais bien, remarquez, mais je me suis vite éloigné d'eux après le drame, parce que je savais qu'on m'accuserait. Je voulais... les épargner.

L'explication de Charlie mérite qu'on s'y attarde: quand il parle de «vies sympas», il donne à penser qu'il menait de son côté une existence peu reluisante. Cependant, pour autant que je sache, son foyer ressemblait à celui de ses camarades. Les Bickers et les Armstrong partaient souvent en vacances ensemble. Au regard d'une telle proximité, il paraît difficilement envisageable que des anomalies familiales soient passées inaperçues.

Ceci nous amène à un point intéressant: pourquoi Charlie a-t-il choisi, sur son temps libre, de fréquenter les mystérieux «gars de l'extérieur»?

— *Revenons un peu sur le quotidien des Coureurs, vous voulez bien? Qu'est-ce qui vous fait dire qu'ils menaient des existences spécialement agréables?*

— Ils semblaient raccord. Pas moi.

— *Comment ça?*

— Prenons un exemple... Quand Eva et moi, on était en vacances, il m'arrivait souvent d'observer ses parents. Je voyais leur bonheur et je sentais monter en moi une colère, une fureur, une jalousie intenses.

— Vous n'étiez pas heureux?

— Jamais. Pas une seule fois dans ma vie. J'ai toujours eu l'impression de chercher quelque chose, d'attendre qu'un événement se produise... C'est difficile à décrire. Et lorsque Tom a disparu, j'ai cru un moment toucher au but, j'ai pensé que la tragédie correspondait à ce que j'attendais...

— Vous attendiez que quelqu'un meure?

— Non, oui, je ne sais pas... j'ai du mal à l'expliquer.

Charlie et moi terminons ici notre premier entretien. Il est fatigué, il a trop bu, et ses propos deviennent confus. Il se disperse trop. Poursuivre l'interview dans ces conditions ne présente pas un grand intérêt. Je peux néanmoins conclure de cet échange que Charlie était un gamin déphasé, plein de rancœur. Chez un garçon de quinze ans, ces sentiments ne sont pas inhabituels. Pourquoi y voir une signification cachée? Après tout, Charlie n'était sans doute qu'un adolescent comme les autres. Sa famille n'a pas répondu à mes demandes d'interview. Je vous laisse interpréter ce refus à votre guise. Certains excluent de déterrer le passé, d'autres ont envie de tranquillité.

Je réécoute ma conversation avec Derek Bickers, à la recherche d'un détail révélateur concernant Charlie. Un extrait de notre discussion, que j'avais écarté du montage final, attire mon attention.

— L'ambiance était un peu spéciale, comme à chaque fois que les réunions de la salle paroissiale comptaient peu de participants. Cette fois-là, il n'y avait que Charlie parmi les plus grands.

— *Et les autres ?*

— Ils avaient peut-être des devoirs, ou alors ils n'étaient pas motivés, ils avaient prévu autre chose… Comment savoir ? Charlie paraissait franchement contrarié d'être seul en compagnie des gamins et des adultes. Je l'avais dispensé d'assister à la séance mais il voulait quand même rester. Finalement, il n'a pas bougé de la salle, et vous savez quoi ? Il a été formidable avec les petits. Au bout d'un moment, ils grimpaient sur son dos, se pendaient à ses bras… Ils rayonnaient et nous, les adultes, on regardait ce spectacle avec étonnement. Il fallait voir cet ado ténébreux, avec son tee-shirt *Iron Maiden* et ses cheveux longs, retomber en enfance.

— *Cela ne lui ressemblait pas ?*

— Je n'irai pas jusque-là, parce qu'il passerait pour… enfin vous voyez. Mais je suis sûr qu'en présence de ses amis il ne se serait pas lâché ainsi. Peu avant la fin de la réunion, il s'est absenté pour aller fumer une cigarette. J'ai décidé d'aller le remercier, de lui dire tout le bien qu'on pensait de lui. Quand je suis sorti par la porte de derrière, je l'ai vu assis près des poubelles, les yeux dans le vague, les écouteurs sur les oreilles… La nuit était tombée, il faisait noir, et j'ai eu l'impression qu'il pleurait. Mes souvenirs sont imprécis, mais je me rappelle ma tentation de le serrer dans mes bras, de le consoler… Il avait l'air si triste… complètement déboussolé. Je n'ai pas osé l'approcher. Aujourd'hui je le regrette.

Que nous dit cette anecdote? Que Charlie ressentait douloureusement la perte de son enfance? Qu'il éprouvait de la nostalgie pour un temps de l'innocence que, peut-être, il n'avait pas vécu? Cet état d'esprit coïncide mal avec ce que nous savons de son foyer.

Je projetais d'évoquer cet épisode à l'entretien suivant, mais j'ai finalement renoncé, de crainte de me montrer trop indiscret. Même si Charlie ne se souvenait pas de cette soirée, la démarche manquerait d'élégance. Je décide plutôt de l'interroger sur sa vie familiale dans les années 1990.

— J'avais une existence normale, mon vieux, rien à signaler. Je ne vois pas où vous voulez en venir. Vous croyez que mes parents me battaient? Qu'ils abusaient de moi? Vous pensez que j'ai tué Tom Jeffries à cause de maltraitances, c'est ça?

— *Doucement, je ne vous reproche rien.*

— Je sais. C'est juste que... À l'époque déjà, je prévoyais qu'on m'accuserait, j'attendais que quelqu'un s'exclame: «C'est sûrement Charlie, tout le désigne!»

— *Pourquoi un tel pressentiment? Tom et vous étiez amis, n'est-ce pas?*

— Je ne sais pas. J'imagine qu'on peut dire oui. Je connaissais sa réputation de crétin fini, que je trouvais parfois justifiée. On fumait ensemble, on déconnait, mais ça n'allait pas beaucoup plus loin. Personnellement, je me défonçais avec pas mal de gens. Désolé, je m'égare, vous parliez de...

— *Je me demandais pourquoi vous étiez persuadé qu'on s'en prendrait à vous.*

— Parce que j'étais le rebelle de service. Pensez donc! Un camé avec les cheveux longs, un fan de *metal* tendance macabre... J'étais sûr qu'ils allaient me tomber dessus.

— *Et c'est ce qui s'est passé?*

— J'ai du mal à fixer les images. Cette période est vague. Je me souviens que les flics m'ont interrogé, qu'ils se sont jetés sur mes cassettes de Morbid Angel et de Darkthrone comme s'ils avaient mis la main sur un contrat entre le diable et moi, un contrat écrit avec mon propre sang... L'un d'eux a voulu être drôle, il a essayé de me charrier pour que je perde mon calme: «On dirait que tu viens d'un cimetière, mon gars.» Ils m'ont posé des questions sur les sacrifices d'animaux et tout le bazar. Est-ce que j'avais attaqué des moutons? Ils me faisaient pitié.

Arrêtons-nous une seconde. Dans l'épisode de la semaine dernière, Haris Novak déclarait que la Bête de Belkeld dévorait les moutons. Cette anecdote m'est revenue en mémoire durant le montage de l'émission, quand j'ai voulu atténuer le souffle sur l'enregistrement et que j'ai réécouté la bande. Après qu'à son tour Charlie eut mentionné cette histoire, j'ai étudié les rapports de police relatifs à des faits divers analogues dans la région. En février 1996, un groupe d'alpinistes a découvert une carcasse de mouton au mont Scarclaw. Selon le rapport, l'animal avait été mutilé. Je n'ai pas plus d'informations, mais s'il s'agissait de blessures naturelles, pourquoi asticoter Charlie six mois plus tard? D'autant plus qu'en février il ne séjournait pas au mont. Je lui demande ce qu'il en pense.

— Je n'en sais fichtre rien. Beaucoup de gens me prenaient pour un sataniste à cause de la musique

que j'écoutais. Vraiment pitoyable. Est-ce que les fans de country sont tous suicidaires? Bien sûr que non! Je crois qu'ils essayaient de me déstabiliser, de me faire perdre les pédales pour que je passe aux aveux. Ils étaient convaincus d'avoir un coupable. C'est vrai que j'étais sur la défensive, mais en réalité je m'inquiétais pour Tom. Je me demandais ce qu'il lui était arrivé, et je ressentais une culpabilité horrible, lourde comme une chape de plomb. En fait, j'avais l'impression d'avoir réellement commis une faute, d'être responsable de sa disparition, sans savoir comment. En fin de compte, ils se sont rabattus sur Haris, pour le mouton, pas vrai?

— *Ah bon? J'ignorais.*

— Peut-être que je me trompe, alors. Peut-être qu'ils n'étaient même pas au courant.

— *Au courant de quoi?*

— Eh bien, ça remonte à 1995, quand on a croisé Haris pour la première fois. Il nous avait raconté qu'il ramenait chez lui tous les animaux morts d'une chute sur les pentes du mont. Il les enterrait dans son jardin ou quelque chose dans ce goût-là.

Selon Charlie, Novak trouvait régulièrement des charognes à Scarclaw: des ovins qui s'étaient cassé les pattes, des lapins, des oiseaux. Apparemment il rapportait les cadavres chez sa mère, avant de les ensevelir. Pour révélatrice qu'elle soit, cette manie prouve-t-elle autre chose que la bizarrerie de Haris? Je suis d'ailleurs surpris que personne n'ait écrit là-dessus en 1996. Les bergers avaient sûrement remarqué que des bêtes de leurs troupeaux disparaissaient. J'imagine sans peine l'usage que les journaux à sensation auraient fait de cette information. Pour ma part, j'aurais aimé savoir ça quand j'ai parlé à Haris. Bien sûr, répétons-le, cela n'a pas forcément de pertinence dans l'affaire qui nous occupe. Supposons un instant que Haris ait découvert le corps de Tom Jeffries. Il n'est pas idiot: il en aurait parlé à quelqu'un. Imaginons pourtant qu'il ne l'ait pas fait et qu'il ait enterré le corps chez sa mère. Pourquoi le remettre dans les marais un an plus tard? Décidément, ce scénario ne tient pas la route.

Charlie confirme que, la nuit de la disparition, Tom, Eva, Anyu, Brian et lui avaient bu et fumé de la drogue. Il soutient qu'il ne se rappelle pas grand-chose, que sa mémoire défaille. Il se souvient néanmoins d'être sorti en trombe après un accès de colère. C'était une chaude nuit d'été, mais les adolescents préféraient rester au dortoir. Ils passaient par la fenêtre pour vagabonder dans les bois alentour, fumer leurs joints... Les enquêteurs ont ainsi découvert de nombreuses empreintes de pas, de même que des mégots, ce qui semble attester qu'aucun des adolescents ne s'est éloigné du Centre, sauf Tom.

Notons toutefois que l'investigation n'a pas permis d'être affirmatif à cent pour cent. Les experts dépêchés sur place ont avoué qu'avec un minimum de précaution quelqu'un aurait pu accompagner Tom dans son excursion. En raison de l'épaisseur de la végétation, il était impossible, un an plus tard, de retracer l'itinéraire menant à l'endroit où on avait trouvé le *corps. Les scientifiques ne sont formels que sur un point: toutes les traces recueillies l'ont été aux abords du Centre.*

— *Alors vous êtes sorti en coup de vent?*

— Oui... je crois.

— *Pourquoi?*

— Une bêtise d'ado, j'imagine. Un truc stupide, je ne sais plus. Peut-être une fille.

Charlie se montre très évasif. Il est incapable de dire pourquoi, où et combien de temps il s'est absenté. Eva Bickers, couchée tôt, n'a pas mentionné l'incident.

Une «bêtise d'ado» pour «peut-être une fille», cela signifie habituellement deux choses: soit la fille en question a refusé vos avances, soit elle a accepté celles de quelqu'un d'autre. Charlie et Eva entretenaient une forte complicité, et la jeune fille, on s'en souvient, prétendait être avec Brian Mings le soir de la disparition. Doit-on y déceler l'origine du mouvement d'humeur de Charlie? Une fois encore, une partie de moi incline à voir Charlie ainsi qu'il était perçu par les autres. Et cette partie est réticente à l'interroger. De quoi ai-je donc peur?

Je me rends bien compte que mes questions l'embarrassent. Il n'arrête pas de me demander à quoi rime notre discussion. Il insiste en outre sur le fait qu'il m'a déjà rencontré quelque part.

Je décide de lui accorder un temps de repos. Lorsque nous reprenons contact, il semble plus serein. Afin de le ménager, je le questionne sur les séjours antérieurs à celui de l'été 1996.

— Vous allez devoir me rafraîchir la mémoire…

— D'accord, alors au printemps, quand vous êtes allé à Scarclaw avec les Coureurs…

— On se rendait souvent là-bas. Désolé, mon vieux, mais tout se mélange dans mon esprit.

— La première fois que vous avez rencontré Haris Novak…

— Ah oui, OK. Je vais essayer.

— Haris voulait vous donner de l'argent.

— Oui, oui, je me souviens de ça. On était… On n'avait jamais vu un type comme lui. Une espèce de handicapé mental. Désolé, je ne connais pas le terme technique…

— Disons qu'il avait des difficultés assez complexes. Mais ne nous éloignons pas du sujet, puisque la mémoire vous revient. Donc ce jour-là, Haris vous a montré un endroit spécial…

— Ouais, mon vieux. C'est là qu'Eva et moi on a… enfin vous voyez.

— Vous avez couché ensemble?

— Oui, pour la première fois. On était allés se balader en milieu d'après-midi, on avait fumé et… Oh, la vache, c'était inoubliable… Et pourtant ça m'était sorti de l'esprit, dites donc.

Nous savons maintenant pourquoi Eva Bickers était si joyeuse à la reprise des cours. Tout s'explique. D'après nos échanges, elle paraissait très attachée à Charlie. Peut-être a-t-elle toujours éprouvé des sentiments pour lui. Je demande à Charlie ce qu'il ressentait pour elle.

— Ah, mon vieux, je ne sais vraiment pas. J'étais tellement à la masse en ce temps-là. Je crois… Je ne voyais pas pourquoi elle s'intéressait à quelqu'un comme moi. Pourquoi, hein? J'étais juste un paumé.

— *Votre aventure s'est poursuivie?*

— Non... C'était bizarre. À cet âge, vous savez comment c'est. J'ignorais ce qu'elle attendait de moi... sans doute que je lui dise un truc... enfin l'histoire est tombée à l'eau.

— *Comment vous avez encaissé, avec tous les soucis que vous aviez? C'était dur?*

— Oui. Peut-être. Il faut comprendre que c'était mon amie, presque une sœur pour moi. Je n'avais pas... Il n'y avait pas d'attirance sexuelle. Pas comme avec les autres filles.

— *Vous êtes retourné au Centre l'été suivant, pour effectuer des travaux d'isolation?*

— Ouais, je m'en souviens vaguement. Je portais une combinaison blanche et j'ai rampé sous le bâtiment. Il y avait des araignées démentes, tout le monde flippait.

— *Entre Eva et vous, c'était tendu?*

— Pas que je sache. Il me semble que... qu'on s'était tous les deux fait une raison, et qu'on n'en parlait plus. On était jeunes, vous savez comment c'est.

— *Vous auriez été contrarié si Eva... était sortie avec quelqu'un d'autre? Peut-être que vous auriez pu quitter le Centre comme vous l'avez fait la dernière nuit, quand vous êtes parti furieux?*

— Eva, c'était mon amie. Une excellente amie. Je vous l'ai dit, je la considérais presque comme une sœur, je la protégeais. Mais à cette époque-là... j'avais d'autres priorités. J'étais beaucoup plus motivé par la défonce. Triste constat, hein?

— Attendez un peu, je crains d'avoir perdu le fil. Revenons au printemps 1995, quand vous avez fait la connaissance de Haris. Il vous a montré la mine?

— En effet.

— Et cette galerie est devenue votre repaire, pour ainsi dire votre tanière?

— Une tanière, le mot reflète bien la réalité. Au fond, on était encore des gamins. On piquait des bougies au Centre, on les allumait dans la galerie. Nos réunions clandestines ne duraient jamais très longtemps, parce que les responsables nous auraient remonté les bretelles en cas d'absence prolongée. On se contentait de fumer, de boire, enfin on s'occupait.

— Haris avait trouvé votre attirail, non?

— Oh, bon Dieu, oui, c'est vrai! Mais c'était plus tard, beaucoup plus tard. Ça me revient maintenant: on voulait lui confier le sac de Brian. Je suis sûr qu'on a renoncé. On n'était pas bêtes à ce point, ce plan craignait. Une idée de Tom, sans doute.

— Haris m'a pourtant dit qu'il gardait votre sac.

— Hein? Carrément? Oh là là... J'ai toujours cru que c'était un projet en l'air.

— Haris a aussi dit que vous lui aviez raconté une histoire. Un conte de sorcière...

— La sorcière du marais, Nanna Varech. Voilà un truc que je n'ai pas oublié! Seigneur, ça fait des siècles que je n'ai pas pensé à cette légende.

— Et à moi, vous voulez bien la raconter?

Charlie s'exécute. Sa démonstration correspond au passage que vous avez entendu en début d'émission. Un conte à faire peur, d'origine populaire. Il ne sait plus où il l'a entendu pour la première fois. Cette information, comme beaucoup d'autres, s'est perdue dans les brumes de son esprit. Il refuse de donner à son récit une portée excessive, malgré les circonstances dans lesquelles on a retrouvé la dépouille de Tom Jeffries.

— Tout le monde connaissait cette histoire. Les Coureurs, du plus petit au plus grand, les adultes... personne n'en ignorait l'existence. Elle appartenait au folklore, rien de plus.

Nous restons un moment sans parler. Aucun de nous ne désire rappeler que Tom Jeffries a été retrouvé dans les marais, la tête sous l'eau, à l'endroit même où Nanna Varech est censée rôder.

La fiction rejoint la réalité.

Charlie rompt finalement le silence.

— Vous savez qu'un jour on a cru l'apercevoir?

— *Vraiment?*

— La galerie souterraine. Tom et moi, on s'y rendait assez souvent. Rien que nous deux.

— *Pourquoi?*

— Les autres me prenaient parfois la tête. Tom était... D'un certain côté il ressemblait aux petites frappes de mon école. Il possédait une certaine noirceur, et puis il avait de la personnalité.

— *Je ne vous suis pas.*

— Comment dire... Les filles étaient égales à elles-mêmes. Et Brian faisait tout ce qu'il pouvait pour être comme moi: mêmes vêtements, même coupe de cheveux... Il s'était aussi mis au... comment on appelait ça?... au Coca Light. Il en prenait sans arrêt parce que c'était ce que je buvais. Je l'entendais parfois répéter aux plus petits des phrases que j'avais prononcées, raconter des anecdotes qui m'étaient arrivées à moi. Qu'est-ce qu'il m'agaçait, putain! Si j'avais prétendu adorer les morts, il m'aurait suivi. J'avais besoin de m'aérer, vous comprenez? J'étais parfois excédé.

— *À cause des filles également?*

— Bonne question. J'avais quelquefois envie de discuter avec Anyu, mais Eva était toujours dans nos pattes, elle parlait sans arrêt. Tom, au contraire... Avec lui, pas de salades: il voulait juste se défoncer et se marrer... Désolé, j'en étais où? Ah oui, Tom et moi, on squattait l'entrée de la galerie. Ce devait être en hiver parce qu'il y avait de la neige. On fumait dans le froid, contemplant les pentes du mont en contrebas, et à cet instant-là, mon vieux... Rien que d'y repenser, j'en ai la chair de poule. On l'a vue... cette chose. On... Bon sang, à cette époque-là on en aurait mis notre main au feu.

— *Vous avez vu quoi, exactement?*

— Nanna Varech. On a vu Nanna Varech, cette créature horrible, cette forme voûtée, bancale... Elle escaladait le mont, au loin.

— *Vraiment? Qu'est-ce qui vous a fait croire que c'était elle, et pas un randonneur, un promeneur égaré ou même Haris?*

— Peut-être qu'on avait trop fumé, mais cette apparition n'avait rien d'humain. Sa façon de se déplacer... Vous savez, quand une araignée vous file les jetons en courant par terre avec ses pattes trop longues. Et puis elle avait... bon Dieu, sa chevelure ressemblait à... Je ne sais pas à quoi elle ressemblait.

— *Mais Nanna Varech est un personnage fictif, c'est une histoire que vous avez inventée.*

— Oui, c'est-à-dire...

— *Je ne comprends pas.*

— Je... J'ignore si je l'ai inventée.

— *Qu'est-ce que vous racontez?*

— J'ai l'impression d'avoir mentionné quelque chose... qui existait déjà, qui reflétait une réalité antérieure...

— *Vous voulez parler de la Bête de Belkeld?*

— Oh, j'aime bien ce nom, mon vieux, ça claque!

— *Non, à l'époque... Vous connaissiez cette légende?*

— Vous voulez dire qu'il s'agit d'une vraie légende? Vous êtes sérieux? La Bête de Belkeld? Ce... C'est dément!

— *Voilà pourquoi je vous demande si vous étiez au courant.*

— Non, jamais de la vie. J'ai peut-être entendu... une référence qui serait restée dans mon subconscient, mais je... Merde, pas moyen de me rappeler.

Tout ceci est frustrant. Charlie est frustrant. Mais je ne suis pas hypnotiseur, je ne peux pas le forcer à recouvrer la mémoire. L'histoire de Nanna Varech ne semble pas follement originale, elle a les apparences d'un conte populaire. Pourtant, même au bout d'une semaine d'interview, Charlie reste incapable d'en situer l'origine et répète sans cesse: «Peut-être que je l'ai inventée.» Possible, mais il est permis d'en douter.

Charlie Armstrong est de loin le personnage le plus exaspérant que j'aie rencontré jusqu'alors. Il répond comme s'il procédait à son propre travail de censure, ne me permettant d'accéder à la vérité qu'en des points précis. Cette attitude résulte sans doute d'un mécanisme de défense, mais il y a tellement d'aspects que j'aimerais approfondir, tellement de questions soulevées par nos entretiens.

Ses jeunes années, par exemple, offrent des angles d'approche intéressants. Nul doute que son adolescence a été marquée par la rébellion, mais ce trait de caractère serait réducteur: souvenons-nous des marginaux dans le parc, des exclusions répétées, de ses accointances avec les brutes du lycée, de son sentiment de n'appartenir à aucun groupe. Charlie possède une personnalité complexe, c'est certain. Malgré le temps passé en sa compagnie et ses efforts pour correspondre au modèle du travailleur sans histoires, je sens qu'il dissimule quelque chose. J'adorerais m'asseoir avec lui et tirer ces éléments au clair, cependant nous manquons de temps. Je consacre notre dernière interview aux moments clefs de 1996.

Charlie semble plus calme. Résigné, en quelque sorte. Les soucis professionnels et les souvenirs l'accaparent. Je le sens soulagé quand je l'informe que nos discussions touchent à leur fin.

— Je sais que c'est dur, mais j'aimerais revenir sur certains événements avec vous. Dites-moi simplement ce dont vous vous souvenez, d'accord?

— Pas de problème, mon vieux. Je vais vraiment faire de mon mieux, je n'ai rien à cacher. C'est juste que... franchement, je galère.

— Revenons à décembre 1995. Nanna Varech, Tom et vous.

— Ouais. J'y ai réfléchi, et j'ai des doutes...

— *À propos de quoi?*

— À propos du fait qu'on l'ait effectivement vue. Je veux dire, Tom et moi on était déchirés, en vrille complète, alors peut-être qu'on a eu une hallucination. L'histoire de la galerie, je l'ai racontée à tellement de monde...

— *Vous avez d'autres souvenirs de ce week-end? La bataille de boules de neige?*

— Je me rappelle que Derek et les petits construisaient un putain d'igloo. Il devait y avoir beaucoup de poudreuse pour se lancer dans une opération pareille. Je ne sais pas comment ils s'y sont pris.

— *Mais vous étiez parti avec les autres?*

— Ouais, mon vieux. On avait quinze ans, on voulait faire nos trucs. On se croyait plus ou moins adultes.

— *Les relations entre vous cinq m'intéressent. Cette dimension n'a pas vraiment été explorée au cours de l'enquête.*

— Non, vous avez raison. La police ne s'est pas préoccupée de cet aspect. Ils étaient plutôt en mode: «Qui d'entre vous a tué le gosse? Est-ce que vous connaissez quelqu'un qui en voulait à Tom?» Ils n'en démordaient pas. Tom avait une sale réputation, ils le savaient, mais ça n'est pas allé beaucoup plus loin.

— *Alors il avait des ennemis?*

— Pas à ma connaissance. Tom était un gars difficile, il se comportait parfois comme un connard, ce n'était pas un secret.

— *Et vous l'acceptiez comme il était.*

— C'est ça. On était du genre sympa. Pas du tout méprisants. On aurait toléré à peu près n'importe qui.

— *Comment était-il durant ce séjour à Scarclaw ? Il y a eu un problème avec Haris Novak, je crois ?*

— Oui, en effet.

— *Vous voulez bien… ?*

— C'était une histoire débile, vraiment. Une blague de potaches.

— *Haris était vulnérable. Un adulte handicapé.*

— Aujourd'hui je suis au courant, merci. Mais on ne l'a pas brutalisé ni rien. Il a juste reçu quelques boules de neige, bon Dieu. On était des gamins.

— *Je ne cherche pas à vous culpabiliser, j'énonce simplement les faits.*

— Je sais. Désolé.

— *J'ai quand même l'impression que vous regrettez ce qui s'est passé, que vous vous en voulez.*

— Ouais, c'est bien vu. On a été nuls, mais je regrette surtout que personne ne nous ait arrêtés, qu'aucun de nous n'ait mis le holà.

— *Vous pensez que l'un d'entre vous serait intervenu si Tom n'avait pas été là ?*

— En toute honnêteté, les choses n'auraient pas été aussi loin. Tom et moi on s'entraînait mutuellement, vous voyez. On ressemblait aux cancres du fond de la classe, qui se lancent des défis.

— *Qui vous aurait stoppés ? Eva, Anyu, Brian ?*

— Eva, sûrement.

— *Pourtant elle n'a rien dit.*

— Non, effectivement.

— *Pourquoi, selon vous ?*

— Comme je vous l'ai dit, on savait tous que Tom était une tête de nœud. Mais j'imagine qu'on continuait de l'emmener avec nous parce qu'il nous procurait du cannabis. Quant à Eva, elle… La situation a dérapé.

— Elle a couché avec Tom pendant le séjour.

— Ouais. J'étais furieux parce que... Enfin, je ne la désirais pas, mais j'avais le sentiment que... je ne sais pas comment dire... qu'elle me trahissait, en quelque sorte. Je l'avais mauvaise.

Sous un certain angle je comprends son point de vue. Avant l'arrivée de Tom Jeffries, il occupait la position dominante et personne ne contestait son leadership. Dans la nature, le mâle alpha entretient des relations exclusives avec les femelles de la meute, et il détruit toute descendance porteuse d'un autre patrimoine génétique que le sien. La colère de Charlie vis-à-vis de l'infidélité d'Eva est logique, même s'il prétend que leur aventure ne signifiait rien. Il a cédé à une sorte d'instinct primaire. Quoi qu'il en soit, ces péripéties apportent-elles un nouvel éclairage sur le meurtre de Tom Jeffries? Probablement pas. Il nous manque encore des éléments.

Charlie m'explique que son rang était d'autant plus menacé que le comportement des autres s'altérait en présence de Tom.

— Brian acceptait tout de la part de Tom. Celui-ci le mettait plus bas que terre et Brian essayait encore de lui plaire.

— Comme il le faisait avec vous.

— Oui, peut-être.

— J'ai cru comprendre que vous préfériez rester avec Tom plutôt qu'avec Brian, sans l'aimer beaucoup toutefois.

— On peut dire ça. Mais Tom avait... un tempérament spécial. Même si vous ne l'aimiez pas, vous ne pouviez pas vous empêcher d'être attiré. Brian, lui, était simplement énervant.

— *Ils venaient de la même école, non?*

— Effectivement. Sauf qu'ils se situaient aux antipodes de la hiérarchie relationnelle. Je crois qu'ils ne s'adressaient pas la parole. Au sein des Coureurs non plus, ils ne communiquaient pratiquement pas.

— *Est-ce que Tom parlait de lui?*

— Rarement. Il le prenait pour un bouffon, un imbécile. Une espèce d'insecte gênant.

— *Est-ce qu'il le charriait, le taquinait quand les Coureurs étaient ensemble?*

— Rien de méchant. Il se fichait de lui comme on le faisait tous. Pour rigoler.

— *Comme la fois où vous l'avez attaché avec les lanières de son manteau avant de balancer ses chaussures par la fenêtre?*

Profond silence. J'entends Charlie respirer.

— Ah oui, c'est une vieille histoire. J'avais oublié. C'est vrai que pour le coup on n'avait pas été très cool.

— *D'autres anecdotes?*

— Des broutilles. Par exemple, Tom avait l'habitude de l'arnaquer. Il lui vendait quelques grammes de cannabis au prix fort... Mon vieux, il faut dire que Brian, c'était la victime toute désignée.

— *Ça vous ennuyait?*

— Un peu... Cette victime, ç'aurait pu être moi. Brian en pinçait pour Anyu, mais il s'y prenait comme un manche, il n'avait aucun savoir-faire. Il la suivait partout, un vrai toutou à sa mémère. Impossible d'avoir une conversation sérieuse avec elle parce qu'il était toujours en train de s'incruster. Ou alors il se contentait de rester assis et d'acquiescer à tout ce que vous racontiez. Quelle plaie!

— Personne ne disait rien, pourtant.

— Nous, non. Mais Tom n'avait aucun scrupule. Il balançait un truc dès que ça lui chantait. Je me souviens d'un jour où on buvait à Scarclaw… Je n'ai pas été témoin de la scène, mais Tom a juré qu'il avait vu Brian remplir la bouteille d'Anyu, comme s'il rajoutait de la vodka pendant qu'elle regardait ailleurs.

— Ah bon?

— C'est ce qu'il prétendait en tout cas, et devant tout le monde. Quand il a vendu la mèche, Brian est devenu écarlate, il a nié. C'était super lourd.

— Comment a réagi Anyu?

— Ha! Elle nous battait tous à plates coutures question alcool. Une tolérance innée ou quelque chose dans le genre. Vous… Vous croyez que mon commentaire est raciste? Loin de moi cette idée. Bref, ce jour-là, elle a juste pris sa bouteille et a continué à boire comme si de rien n'était.

— Vous pensez que Brian avait vraiment rajouté de la vodka?

— Je n'en sais fichtre rien. Possible. Il était salement amoureux.

— C'était quand? En décembre?

— Non, parce qu'on était tous à l'extérieur, pas loin du dortoir, sous les arbres. Il faisait bon, il ne neigeait pas. C'était peut-être le soir où… Ouais, le soir où c'est arrivé.

— Où Tom a disparu?

— C'est ça.

— *Vous vous souvenez du reste de la soirée?*

— Question délicate. Presque tout s'est effacé de ma mémoire après le... avec l'enquête et tout le bazar...

Avant de laisser Charlie poursuivre, j'aimerais attirer votre attention sur un point concernant la manœuvre de Brian et la dénonciation de Tom. Cet événement somme toute mineur, s'il s'est réellement produit, nous dévoile un aspect sournois, une facette calculatrice que nous ne soupçonnions guère chez Brian. Il éclaire aussi Tom d'un jour nouveau: essayait-il de protéger Anyu?

A contrario, un mensonge de Tom renforcerait sa réputation déjà déplorable.

— La fois où on est allés chercher des bricoles à Belkeld tous les cinq, on a croisé Haris sur le chemin du retour. Il ne s'est pas arrêté. J'étais dans le coaltar presque tout le week-end, alors mes infos ne valent pas grand-chose.

— *Et le soir, quand Tom a disparu?*

— Comme je l'ai dit à la police, à sa famille, à tout le monde: je n'en ai gardé que de vagues souvenirs.

— *Essayez quand même.*

— C'était une nuit comme les autres, je crois. On n'était pas plus défoncés qu'à l'accoutumée. Je me rappelle la fatigue, ça oui. J'étais vraiment crevé. Je n'arrêtais pas de regarder l'heure, de me dire qu'il était super tôt. Peut-être que finalement on avait un peu trop forcé la dose.

— *Il y a eu l'épisode avec Brian, et la boisson d'Anyu.*

— Plus j'y pense, plus je me dis que Tom racontait des bobards, qu'il essayait juste d'emmerder Brian.

Anyu n'était pas dans un état pire que le nôtre. Quoi qu'il en soit, si je ne me trompe pas, aucun de nous n'a fait long feu. Et quand on s'est réveillés le lendemain matin, Tom avait... il s'était volatilisé.

— *Vous vous souvenez qui l'a remarqué en premier?*

— Non. On reprenait tous nos esprits difficilement, on était vaseux, et quelqu'un a vu le lit vide. Il me semble qu'on a tous remarqué son absence à peu près en même temps. C'était bizarre parce qu'il était vachement tôt, genre six heures. Les responsables ont appelé la police et... vous connaissez la suite.

Un détail me frappe: nous avons cinq adolescents qui boivent, qui fument... Pardon pour le cliché, mais les fêtards se lèvent rarement à l'aube. Eux, ils étaient debout à six heures. Je demande à Charlie s'il a une explication.

— Bonne question. Je n'en ai pas la moindre idée. Peut-être qu'on s'était couchés trop tôt? Mais je ne vois pas comment Tom aurait pu sortir alors qu'on roupillait tous dans le dortoir. À moins d'être carrément dans les pommes et de reprendre conscience ensuite. Satanée mémoire...

Charlie marque un point: quelque chose cloche dans le déroulement de la soirée. La police scientifique n'a pas pu déterminer si Tom avait quitté le Centre seul ou accompagné. Trop de boue, trop d'humidité. Et comme nous ne sommes pas dans une série télévisée, elle n'a jamais pu donner la moindre indication sur l'heure du décès.

Je n'en ai pas terminé avec Charlie.

— Y a-t-il eu d'autres «aventures sentimentales» au cours de la soirée?

— Pas que je sache. Et pas en ce qui me concerne, en tout cas.

Encore une discordance entre les témoignages. Eva Bickers a déclaré avoir eu des relations avec Brian Mings cette nuit-là. Elle n'a pas insisté, et peut-être vaut-il mieux éviter le sujet avec Charlie. J'opte pour la prudence.

— Est-ce qu'autre chose aurait pu se produire durant la nuit?

— Avec moi?

— Avec n'importe qui.

— Je n'en sais rien. Possible. Ma mémoire me joue des tours.

— Est-ce qu'un événement précis aurait pu vous amener à quitter brusquement le dortoir? Le comportement d'une des filles?

— Ça me rend dingue, vous savez, quand je n'arrive pas à me souvenir des trucs. Je me rappelle une crispation sur la nuque, un élan de fureur, et puis l'obscurité, les arbres... Il me semble que j'en ai escaladé un. Perché en haut, avec mes écouteurs sur les oreilles, j'ai fumé en attendant que ça passe, enfin je crois. Mais peut-être que je n'étais même pas en colère. Peut-être que j'espérais simplement qu'on vienne me chercher.

— Qui ça?

— Je ne sais pas, mon vieux. Quelqu'un...

— Je vais vous poser une question que je pose à tous ceux qui étaient présents cette nuit-là: que pensez-vous qu'il soit arrivé à Tom Jeffries?

— Holà, ce... c'est difficile de répondre. Je ne veux pas me lancer dans des théories hasardeuses parce que je n'ai absolument aucune piste de réflexion, je ne peux vraiment pas me prononcer.

— À défaut d'une théorie, on pourrait formuler une hypothèse, une vague supposition.

— Je sèche. La situation paraissait irréelle. On a ouvert les yeux, et il n'était plus là. On aurait dit qu'un bruit ou un mouvement nous avait tous alertés en même temps, genre une prise de conscience collective... je n'en sais rien... le pressentiment qu'il avait disparu... Il faudrait du culot pour bâtir un raisonnement là-dessus. J'ai retourné le problème un milliard de fois, bien avant de vous parler. J'y repense même quand je dors, putain, comme un rêve récurrent. Peut-être qu'en fin de compte la solution est toute simple, ce qui rendrait l'affaire d'autant plus absurde. Il se serait éloigné en étant bourré, et il se serait paumé dans les bois. Ensuite, il aurait eu un malaise ou je ne sais quoi...

— Vous ne semblez pas très convaincu.

— Doux euphémisme. Mais vous avez une autre théorie? Qu'est-ce qui aurait pu se passer? Nanna Varech? Un serial killer mystérieux? Nous sommes tous innocents, j'en mettrais ma main à couper. Sauf si l'un d'entre nous cache quelque chose.

— J'ai encore deux personnes à interviewer. Ce sera délicat, peut-être impossible.

— Ouais, eh bien, écoutez, si vous retrouvez Anyu, dites-lui que... dites-lui bonjour de ma part, d'accord?

— D'accord.

Évidemment l'hypothèse de Charlie n'est pas très solide. Pourtant elle correspond aux conclusions officielles de l'enquête. Elle semble convenir à tout le monde et personne encore n'a entrepris de la contester. Pour être honnête, cet entretien me laisse un peu sur ma faim. Je m'attendais à récolter plus de renseignements. On peut malgré tout noter quelques axes intéressants.

La vie personnelle de Charlie, d'abord. Ni Derek, ni Eva Bickers n'y ont fait allusion. Discrétion d'autant plus surprenante qu'il paraissait en butte à certaines difficultés familiales. Peut-être est-ce un détail sans importance: Charlie ne fait pas mystère de son adolescence turbulente.

Sa relation avec Tom, ensuite. Celui-ci semblait détrôner Charlie, ou du moins tenter de lui ravir sa place de mâle alpha. Je pense qu'en réalité Charlie ignorait comment se comporter avec Tom. Il le considérait comme un ami, et s'en défiait tout autant. Charlie et Eva ont tous deux souligné le tempérament manipulateur de Tom.

Enfin la vision de Nanna Varech sur les flancs du mont. J'incline à penser qu'il s'agissait d'une hallucination, un effet de la drogue sur des esprits imaginatifs. À moins que Tom et Charlie n'aient juste aperçu Haris Novak sur les pentes escarpées, occupé à récupérer un animal mort.

Finalement, que pouvons-nous conclure du témoignage de Charlie? D'une part, il possédait moins d'assurance que je ne l'imaginais. À l'époque des faits, il ne comprenait pas son rôle de leader au sein du groupe, il agissait comme un individu incapable de trouver sa place. De tous les adolescents, il se révélait finalement le plus fragile.

D'un point de vue objectif, cette fragilité même le rendait susceptible d'agresser Tom Jeffries, mais l'argument n'a pas beaucoup de valeur car il repose sur de pures conjectures. Quelle raison aurait-il eue de passer à l'acte, en dehors d'une «bêtise d'ado», pour reprendre ses termes?

Dans l'épisode suivant nous entendrons les deux derniers membres des Coureurs. Peut-être ouvriront-ils de nouvelles perspectives sur la nuit de la disparition.

C'était Scott King pour Six Versions.

Vous avez écouté notre quatrième épisode.

À bientôt pour la suite.

LE MONT SCARCLAW

2017

Je laisse Belkeld derrière moi et rebrousse chemin en direction du mont.

Ma propriété.

Je m'écarte du sentier pour gravir l'éminence à contresens. Bien que je sois sur mes terres, la végétation épaisse instille en moi un frisson étrange, sinistre. Je m'attends à entendre un cri d'avertissement à chaque pas, qu'on me supplie de revenir, qu'on m'incite à reprendre mes esprits.

Aucune voix ne se fait entendre.

Cent mètres d'ascension et je suis hors d'haleine. Les poumons me brûlent. Le vent coupant et glacé qui dévale les flancs me cingle le visage. Les ajoncs se raréfient en hauteur.

J'ai dans mon sac un bâton de marche que mon père avait acheté et jamais utilisé. La dragonne autour du poignet, je commence à progresser en m'aidant du bâton. Au bout d'un moment, j'entre dans l'ombre du mont. Mes semelles clapotent, l'eau ruisselle entre les herbes.

Encore ce frisson sinistre. J'ai quitté les austères contreforts du mont pour l'obscurité spectrale des sommets. Il faudrait que quelqu'un m'ordonne d'arrêter, de faire demi-tour. Qu'on me prévienne du danger.

Je suis content de sentir le bâton dans ma main, tige de métal à l'extrémité effilée. Je m'enfonce dans les marécages. L'air se fait plus vif. L'odeur d'ozone de la pluie rend l'atmosphère presque palpable.

La semaine dernière, le *Telegraph* a publié une tribune sur *Six Versions*, et plus particulièrement sur Scott King. En général, j'essaye de ne pas lire les articles, mais j'ai survolé celui-ci à la recherche d'une réflexion désobligeante sur le Relais de chasse, d'un commentaire négatif sur mon père ou sur moi. Rien de tel. Le quotidien parlait de l'émission en termes favorables, vantait son format et soulignait l'impact que ces vieilles affaires avaient sur l'opinion. Le titre annonçait la couleur: «Déterrer les morts». Dès le deuxième paragraphe j'étais envahi d'un horrible sentiment de culpabilité, mes joues s'empourpraient comme si j'avais encore quelque révélation à faire. Comme si j'étais en mesure de changer le passé.

J'aurais pu parler à la police de la créature qu'on poursuivait cette nuit-là, les autres aussi auraient pu la mentionner. J'aurais pu, également, me confier à Scott King, mais pour quel résultat? Une chasse au monstre sur la propriété familiale?

Tomo, Justin et moi avions passé un accord. Aucun de nous ne divulguerait ce qu'il avait vu cette nuit-là, du moins tant que l'issue des investigations n'en dépendrait pas.

Un encadré évoquait la possibilité d'une contre-enquête menée par le *Telegraph*. Je m'étais demandé ce qu'en pensaient les parents de Tom Jeffries. Ni sa mère ni son père n'avaient fait de déclaration depuis la diffusion de *Six Versions*. Scott King affirmait que son travail consistait à sortir les cadavres de leur placard. Je détectais un sourire dans sa voix lorsqu'il employait cette formule.

Je longe le mont à la recherche de prises, rochers ou souches d'arbres. L'accès est plus court, mais plus ardu. Entre Belkeld et le Relais s'étend le territoire de Scarclaw, que j'ai la prétention de posséder.

L'étape suivante de mon voyage à travers le temps s'esquisse.

S'il avait continué à pleuvoir, je suis sûr que nous serions restés au Centre Woodlands, mais l'averse s'était apaisée. Nous pataugeâmes donc dans la boue pour rejoindre la voiture de Tomo. La lumière du coffre ressortait dans la nuit. J'étais chargé de tenir les chiens. Ils devenaient dingues, et plus d'une fois je faillis tomber.

«Ils ont flairé une piste», indiqua Tomo. Mon ami avait retrouvé son sang-froid. Il tenait fermement son fusil et avait remonté la fermeture de sa parka noire North Face jusqu'au menton. Les mots qu'il prononçait sonnaient comme des répliques de films.

Les laisses des chiens me cisaillaient le poignet. «Je ne vais pas pouvoir les retenir très longtemps.» Ma voix semblait appartenir à quelqu'un d'autre.

Je prenais conscience de la situation.

Aucun de nous n'avait jamais été confronté à des circonstances analogues. Nous avions toujours bénéficié de protections, de relations. À présent que nous étions livrés à nous-mêmes, nous agissions comme des acteurs de cinéma, suivant les consignes de scénaristes qui n'avaient jamais rien vécu. Nous parlions de choses que nous n'avions jamais faites.

«Paré.»

Tomo et Justin se tournèrent vers moi, tous deux munis d'une torche. Je devinai l'attente sur les ombres mouvantes de leurs visages.

Je m'adressai davantage aux chiens qu'à mes compagnons: «Allons-y.»

L'un des lévriers me tira en avant avec un gémissement, cherchant à pénétrer le lacis de végétation qui bordait le chemin. La proie l'attirait.

Je m'enfonçai dans les bois sans un mot de plus pour mes camarades. Les chiens haletaient, raclaient le sol. Les lampes jetaient une clarté chirurgicale sur la scène, tandis que le vent et la pluie nous malmenaient. Ce que mon père m'avait dit la fois où il était venu pour les ultimes préparatifs du Relais de chasse, je ne leur en parlai pas. Il avait cru voir quelque chose sur la montagne.

Même si j'avais voulu leur répéter l'histoire, j'en aurais été incapable.

Lorsque la famille remarque une anomalie, un changement dans les habitudes, l'oubli d'un visage, je crois que c'est un signe avant-coureur. Pourtant les choses ne se sont pas déroulées ainsi pour mon père. Il n'a jamais été distrait, la raison a toujours guidé son existence, parfois de façon excessive. À l'image des animaux qui sentent avant l'orage l'altération subtile de l'atmosphère, j'ai souvent pensé que la vision rapportée du mont Scarclaw constituait les prémices de sa maladie.

Je contourne le marais plus rapidement que prévu. Désormais je ne suis plus très loin de l'endroit où ils ont retrouvé… où *on* a retrouvé le corps, du moins ce qu'il en restait. En lisière de la forêt, trois cents mètres en contrebas. J'enfouis les images dans un coin secret de mon âme, là où reposent déjà l'anecdote de mon père et la forme obscure que nous avions aperçue par la fenêtre du Centre Woodlands. Le diable, «le long homme noir des ajoncs», Nanna Varech, la maladie d'Alzheimer: ce sont des noms que nous donnons à nos peurs, rien de plus. Mais si cette tendance est un trait constitutif de l'humanité, je me demande bien à quoi elle sert.

Avec mille précautions, je me fraye un chemin dans la zone la plus dense. Les tiges des plantes mouillées trempent mon pantalon. J'ai l'impression de marcher sur un tapis d'orties. La boue en elle-même ne m'incommode pas, mais la possibilité de me tordre une cheville sur le sol meuble et glissant n'est guère plaisante. Dans ce lieu reculé, personne n'entendrait mes appels au secours.

Je m'arrête près d'un aulne qui vit ses dernières années. Ses racines émergent de la terre marécageuse. Je trouve refuge sur l'une d'elles, les mains agrippées aux maigres inflorescences subsistantes. La dernière fois que je suis venu, j'ai contemplé le crâne grimaçant d'un ovin mort depuis longtemps. Je l'ai imaginé en train de se débattre pour s'extraire du bourbier. L'une de ses pattes s'était sans doute coincée dans les racines d'un arbre; peut-être celui sur lequel je suis maintenant perché. Il a essayé de fuir, sa laine s'est imbibée d'eau saumâtre, ses bêlements se sont éteints. Il a perdu connaissance, puis il est mort.

Je m'adosse au tronc humide, les yeux plissés. Ce que je cherche m'apparaît immédiatement, dressé au-dessus de la surface liquide tel un doigt squelettique de géant, un doigt couvert de mousse et de lierre. Une cheminée accompagnée des vestiges d'un mur solitaire: voilà ce qu'il reste de l'ancienne salle des machines, fleuron du cœur industriel de la région, autrefois vivace, lorsque l'on pompait l'eau des mines souterraines.

«Qu'est-ce qui leur prend?»

L'averse avait repris, le vent balayait la forêt, s'engouffrait avec une telle violence dans les feuillages que nous devions crier pour nous faire comprendre.

Tomo éclairait les sous-bois avec sa torche. On ne voyait plus les chiens, mais on entendait leurs aboiements.

«Ils ont trouvé quelque chose!» brailla-t-il.

Lui et Justin ne parvenaient pas à stabiliser les faisceaux lumineux, les rayons jumeaux dansaient dans la végétation.

«Ils sont vers le bâtiment en ruine, là-bas.» Tomo désigna un point obscur dans la nuit. Ses mots étaient à peine audibles, perdus dans le vacarme des bourrasques et l'agitation des branchages.

Je me retrouvai en possession de l'arme sans savoir ni comment ni pourquoi. Mes bras tremblaient, accablés par le froid et le poids du fusil. Un coup faillit partir au moment où l'un des chiens, revenant vers nous, surgit des broussailles. «Bon Dieu!»

C'était limite. Mon index engourdi appuyait encore sur la queue de détente alors que le lévrier s'ébrouait, les poils hérissés, devant nos yeux stupéfaits.

Tomo cria: «C'est là qu'elle vit, c'est là...!»

Nous ne lui prêtions plus attention.

Il se tut, suivit notre regard. Le chien venait de lâcher quelque chose à nos pieds.

Il remuait la queue, la gueule ouverte.

Nous, on ne pouvait plus bouger.

Je n'oublierai jamais cette silhouette ténébreuse, celle qu'on avait vue par la fenêtre du Centre Woodlands presque vingt ans auparavant. Nous n'en avons jamais reparlé, nous n'avons jamais tenté de la nommer, et je m'en félicite. Bien sûr, on aurait pu vider notre sac au moment de l'enquête, dire aux flics que le meurtrier de Tom nous avait attirés dans les marais, comme il l'avait peut-être fait pour Tom lui-même. Mais à quoi ça nous aurait avancés? Qui nous aurait crus? Pensez donc! Un monstre, une ombre, qui épiait par une fenêtre trois gosses de riches imbibés d'alcool.

Ce que nous avons trouvé cette nuit-là a fini par devenir plus important que la raison pour laquelle nous étions dehors. Je suis sûr que la famille de Tom Jeffries ne me contredirait pas sur ce point.

— Il existe un explorateur français qui s'appelait Jacques Cartier... Il décrivait ce territoire comme... je cite ses mots: «vide et déprimant». Sympa, non? Même le capitaine Cook trouvait l'endroit «incroyablement misérable». C'était avant que le commerce des fourrures et les missionnaires ne terminent le saccage. Chez nous, on a coutume de plaisanter: «Dieu a créé le Labrador en six jours. Le septième, il lui a jeté des pierres.» Vue d'Angleterre, la perspective est sans doute différente, mais c'est dans l'ordre des choses, non? Je n'attends aucune excuse. Et puis la distance offre aux Britanniques une certaine sécurité, non? Je pourrais toujours agiter les bras et crier: «Hé, je suis là!» Personne ne me répondrait.

Vous écoutez Anyu Kekkonen. Sa mère, Eska, a repris son nom de jeune fille, Noggasak, après qu'elles sont retournées à Carewright, une réserve établie sur la côte sud du Labrador, au Canada. Anyu a des ancêtres inuits du côté de sa mère et finlandais du côté de son père, un pêcheur aujourd'hui décédé. Jari Kekkonen et Eska Noggasak se sont installés en Angleterre quand Anyu était toute petite. C'est là que Jari a connu Derek Bickers, avant de mourir, un an plus tard. Anyu a intégré les Coureurs à l'âge de douze ans.

— J'ai une certaine capacité d'adaptation, vous voyez. C'est dans mes gênes, je viens du Nord. Et je supporte très bien le froid.

— *Pour information, j'aimerais signaler à nos auditeurs qu'il fait moins dix là où vous vous trouvez actuellement.*

— Normal pour un mois de janvier dans la région.

— *Vous êtes partie vraiment loin, Anyu.*

— Ouais, mais c'est assez chouette. Je m'y plais.

Bienvenue dans Six Versions, *je suis Scott King.*

Durant six semaines nous reviendrons sur la tragédie du mont Scarclaw. Six manières de voir les choses, six versions différentes.

Dans cet avant-dernier épisode nous interrogeons la recrue la plus énigmatique des Coureurs, une invitée très difficile à localiser.

Anyu Kekkonen participait à l'excursion d'août 1996, en compagnie de Charlie Armstrong, Eva Bickers et Brian Mings. Lors de cette sortie, Tom Jeffries, quinze ans, s'est volatilisé du Centre Woodlands, sur le mont Scarclaw.

Au cours des quatre épisodes précédents je me suis entretenu avec deux des adolescents proches de Jeffries. Ceux-ci étaient présents au Centre la nuit de la disparition. Il ressort de mes conversations que Charlie Armstrong occupait tacitement la place de leader. On le respectait. Les membres moins estimés du groupe, comme Mings, suivaient son exemple. Tom Jeffries, quoique du même âge que les autres, est arrivé plus tard chez les Coureurs. Il a presque immédiatement établi un rapport d'égalité avec Charlie. Ce dernier et Eva ont décrit un individu manipulateur. Tom avait une façon bien à lui de se concilier les bonnes âmes, de les influencer, mais ni Charlie ni Eva n'accordaient d'importance à ce défaut.

Les échanges avec nos invités nous ont par ailleurs révélé un autre aspect des interactions du groupe, un fait plus préoccupant: au cours des séjours successifs au mont Scarclaw, Eva Bickers a eu une brève aventure avec Charlie, mais aussi avec Tom. La jeune fille paraissait éprouver des sentiments pour Charlie, même si celui-ci cherchait davantage une sœur qu'une amante. Leur liaison éphémère a, semble-t-il, enchanté Eva, alors qu'au contraire elle s'en voulait énormément d'avoir couché avec Tom. Notons que la nuit de la disparition la jeune fille affirme que Brian Mings était «avec elle».

De celui-ci, nous savons qu'Anyu ne le laissait pas indifférent, et qu'il subissait les brimades occasionnelles de Tom et de Charlie. Le dernier soir, tous les adolescents avaient fumé du cannabis et bu de l'alcool. Aucun d'eux ne s'est éloigné du Centre, excepté Charlie. Le leader a précipitamment quitté le dortoir sous le coup d'une contrariété, pour revenir quelque temps après, une fois calmé.

Quand les Coureurs se sont réveillés le lendemain matin, aux alentours de six heures, Tom n'était plus là.

Bienvenue dans Six Versions. *Voici notre cinquième histoire.*

D'après les propos que nous avons recueillis jusqu'à présent, Anyu Kekkonen ne semble jouer qu'un rôle secondaire dans l'affaire Tom Jeffries. La jeune fille jouissait de toute évidence d'une grande estime de ses camarades, elle passait pour être le cerveau du groupe. Nous n'ignorons pas, en outre, que Brian Mings s'était épris d'elle. Sa place dans la tragédie qui nous occupe n'est toutefois pas entièrement établie.

Quand je la retrouve enfin, elle reste calme, réservée, comme si elle savait depuis longtemps que ce jour viendrait. Que je suivrais sa piste, que je découvrirais comment la contacter. Étant donné les descriptions des autres, je ne suis guère surpris par ses manières. Elle demeure imperturbable quand je lui demande par Skype d'évoquer l'été 1996, et elle me répond sans agacement ni hostilité.

Elle a toujours été fière de ses origines. Les Coureurs lui ont donné l'opportunité, ainsi qu'à sa mère, de s'intégrer alors qu'elles traversaient une passe difficile. Je doute cependant que la filiation d'Anyu ait un rapport quelconque avec ce qui s'est passé en 1996. Il me paraît en revanche pertinent de comprendre comment la jeune fille conçoit les événements.

— J'ai tant de questions à vous poser, Anyu. Vos camarades m'ont déjà beaucoup parlé de l'année 1996, mais j'ai le sentiment d'avoir encore de profondes lacunes. Pour être honnête, j'hésite sur la façon de débuter cet entretien.

— En ce qui me concerne, je n'ai pas énormément repensé à cette année-là.

Anyu m'intrigue. Est-ce la distance qu'elle affecte? Elle dégage une sérénité presque surnaturelle, les événements semblent ne pas avoir de prise sur elle. Sa physionomie frappe d'emblée, et je comprends sans peine que Brian ait pu tomber amoureux d'elle. Sa particularité s'exprime aussi dans sa manière de parler. Il faut un peu de temps pour s'y habituer. Son discours ne marque aucune hésitation, pas de «heu», de «hum» ni de mouvements de tête. Elle se contente de vous regarder et d'attendre que vous ayez fini. Au début, c'est un peu déstabilisant. Mais quand elle sourit, son visage rayonne et l'expression de joie trahit son âge véritable.

— Avec vos camarades, en général, on a commencé par le commencement, c'est-à-dire par le moment où ils sont entrés dans le groupe des Coureurs. Ensuite on a remonté le fil jusqu'au dernier soir... Cette partie du récit est toujours la plus courte.

— Pas étonnant. C'était sans doute l'épisode le moins mouvementé du séjour. Le moins excitant et pourtant le plus tragique. On a bu, on a fumé, on est allés se coucher, et au matin... plus personne.

— Eva et Charlie m'ont presque raconté la même histoire. Au fait, Charlie vous salue.

— Oh, d'accord. Salut, Charlie.

— Vous rougissez?

— Oui. Je ne m'en cache pas, même après tout ce temps. Je devrais sans doute dire: «Désolée, Charlie.»

— Je ne suis pas sûr de comprendre...

— Il ne vous a rien dit? Quel ange! C'est délicat de sa part, s'il a gardé le silence.

— *Navré, Anyu, mais je ne vous suis plus.*

— Ce n'est rien, vraiment. Je l'aimais. Tout le monde s'en doutait, je crois.

— *Franchement, personne ne m'en a parlé.*

— D'accord. Alors peut-être que Charlie lui-même n'a jamais rien soupçonné.

— *Donc, vous l'aimiez?*

— Oui. Et durant toutes ces années, j'ai rougi à cette simple pensée, je me suis reproché d'avoir donné l'image d'une gamine désespérée. Dire qu'il n'a jamais rien su, quelle déception!

À mesure que nous parlons, je me rends compte qu'Anyu me captive, on pourrait presque dire qu'elle m'ensorcelle. Quelles que soient ses réflexions, je devine qu'elles seront empreintes d'une belle sagesse. Quand je lui fais part de mon impression, elle m'assure que je ne suis pas le premier à éprouver un certain trouble. Autrefois, quand elle vivait en Angleterre, les jugements contrastés qu'elle suscitait l'agaçaient. On la prenait soit pour une bêcheuse insensible, soit pour une espèce de majesté en exil. Au Labrador, elle m'assure que tout est plus simple, les gens ne se perdent pas en vains bavardages. Je présume que son retour au pays, le rythme de la réserve lui ont facilité l'existence.

— À l'école, certains élèves me trouvaient malpolie ou trop froide. Les profs, eux, croyaient tenir un petit prodige. Ils m'appelaient l'Eskimo... Les élèves, pas les profs.

— *Oui, j'avais...*

— Vous savez ce que signifie ce mot? On peut le traduire approximativement par «avaleur de chair», ou «mangeur de viande crue». Quand j'étais en sixième ou en cinquième, je rentrais souvent du collège en pleurant. Ma mère restait tellement calme. «Quel mal y a-t-il à employer ce terme? disait-elle. On se nourrit tous de chair, non? Le thon, dans une boîte, il est cru, n'est-ce pas? Nos ancêtres mangeaient du phoque pour avoir des vitamines.» Après de pareilles leçons, les moqueries ne m'atteignaient plus. Je sais que certains trouvent encore le terme insultant. Plus moi. J'en suis même fière. Fière de ce que ma culture représente. Alors, quand on me demandait si j'habitais un igloo, je répliquais que pour cela il aurait fallu de la neige. Au bout d'un moment, les gamins ont arrêté de m'asticoter. Je ne les amusais plus.

J'ai parlé à certaines personnes qui ont connu Anyu à cette époque-là: des enseignants, des amis de la famille, des parents d'élèves. Tous m'ont tenu le même discours, teinté de respect: la jeune fille était un modèle de pondération, une énigme vivante. La femme que j'ai aujourd'hui sur mon écran prend cette information avec scepticisme. Elle secoue la tête, un sourire illumine ses traits.

— Si j'étais restée en Angleterre, je crois que j'aurais changé, je me serais adaptée. Quand j'étais plus jeune, j'avais encore un peu tendance à me rebeller: je buvais, je fumais avec les autres. Ma mère n'a jamais essayé de me dissuader. Elle me conseillait de faire mes propres choix, tout en me rappelant qu'elle était là si j'avais besoin d'elle. J'appréciais cette philosophie. Les adultes devraient être plus ouverts avec leurs enfants, en particulier les Occidentaux.

— *Durant l'émission j'ai appris beaucoup de choses sur ceux dont vous étiez proche, ceux qui fréquentaient Tom Jeffries. J'aimerais connaître votre opinion sur l'expédition du mont Scarclaw. Quelles étaient les relations à l'intérieur du groupe?*

— Je veux bien parler de ce dont je me souviens, mais c'est une vieille histoire. Ma vie a bien changé, depuis.

— *J'apprécie votre franchise.*

— Vous voulez commencer par quoi?

— *Eva Bickers était votre amie, n'est-ce pas?*

— Tout à fait. Une très bonne copine. On faisait la paire, pour ainsi dire. D'aussi loin que je me souvienne, on se sentait plus matures que les autres. Loin de moi l'idée de paraître prétentieuse, mais on avait conscience d'une certaine supériorité par rapport aux filles de notre âge.

— *Sur quels critères?*

— Eh bien, on partait du postulat que nos camarades, une fois chez eux, se contentaient de regarder la télé et de relire leurs cours, alors que nous avions nos excursions, nos week-ends au grand air...

— *J'ai l'impression que la plupart des Coureurs partageaient ce sentiment, ou bien voyaient dans ces expéditions une occasion de fuir leur quotidien.*

— C'était aussi mon cas, dans une certaine mesure. Après la mort de mon père, ma mère est rentrée dans sa bulle. On était venus en Angleterre en quête d'une nouvelle existence, mais elle n'arrivait pas à s'acclimater. Impossible pour elle de trouver sa place.

— Elle n'était pas gênée de vous voir partir chez les Coureurs?

— Au contraire, elle m'y encourageait. Le fait qu'ils privilégient les activités d'extérieur, la campagne, la nature, lui plaisait.

— Elle n'a jamais voulu participer?

— Non. Je crois qu'un jour elle a fait un essai. Elle est venue en randonnée, à Scarclaw ou ailleurs, je ne me souviens plus. Au lieu de se promener, elle est restée à contempler le paysage. Je l'entends encore glousser toute seule en inuktitut. Le Labrador lui manquait terriblement.

— Vous deviez être un peu en porte-à-faux, non?

— Comment ça?

— Toujours tiraillée par l'éventualité de partir.

— Possible. Je n'y ai jamais pensé, mais c'est une réflexion intéressante.

— Cela expliquerait peut-être pourquoi il ne s'est rien passé entre vous et Charlie. Il aurait suffi d'un pas dans sa direction pour… initier une relation. Sans doute un renoncement inconscient de votre part.

— Analyse pertinente. Probablement exacte d'un certain point de vue. Je me mettais souvent en retrait avec lui. Je m'asseyais, je l'écoutais. Il se confiait à moi sans que ce soit vraiment réciproque. On buvait ensemble, on fumait… Est-ce qu'il aurait fallu un signal plus explicite? Davantage d'ouverture, de franchise? Plus d'assurance? Facile à dire quand l'adolescence est derrière soi. Mais lorsqu'on a quinze ans, qu'on ne possède aucune confiance en soi, qu'on a tout le temps peur de gaffer…

— Vous étiez pourtant proches, non? Il aurait eu la dent si dure que ça?

— On entretenait un lien d'amitié et je pense qu'il était indulgent, mais cela ne m'aidait pas. La jeunesse est tellement... Enfin, oui, Charlie et moi étions proches. Assez pour qu'il me parle de sa sœur. Un sujet délicat pour lui.

— *Sa sœur?*

— Vous ignoriez qu'il avait une sœur cadette?

— *Une sœur tout court.*

— Avec l'enquête et depuis le temps, j'aurais cru que l'information avait circulé. Personne n'est au courant?

— *Pas moi, en tout cas. À quelle occasion vous a-t-il parlé d'elle?*

— On était allés faire des travaux d'isolation à Scarclaw, en petit comité. Juste Eva, Charlie et moi. On donnait un coup de main au père d'Eva. Il fallait se glisser sous le plancher, fixer les plaques de polystyrène. Cette opération nous enthousiasmait parce que ça signifiait qu'on pourrait venir en hiver. Sans isolation, le Centre Woodlands s'avérait plus froid qu'un congélateur. Les aménagements nous permettaient également d'exprimer notre gratitude pour un lieu où nous avions tant de bons souvenirs. Une façon de se l'approprier.

— *Je comprends.*

— Pour en revenir à Charlie, celui-ci s'éclipsait parfois. Quand il avait bu ou, plus souvent, quand il avait fumé. Il prenait la tangente, il se retirait dans son monde. Les contemplations dans lesquelles il s'absorbait n'étaient pas loin de me rappeler les médiations nostalgiques de ma mère. Je brûlais d'envie de lui demander à quoi il pensait. Je savais qu'il allait mal, et je savais aussi qu'en se confiant il se soulagerait d'un fardeau. La parole libère toujours.

— Donc il vous a fait une révélation durant ce séjour, en 1995?

— Je ne suis pas sûre de la date. Mais oui, on fumait à l'entrée de la mine abandonnée. Personne ne connaissait l'existence de ce repaire, sauf nous et...

— Haris Novak. Nous parlerons de lui plus tard, si vous voulez bien. Restons concentrés sur Charlie.

— Donc on était là, lui et moi. Il était triste, en colère. On aurait dit qu'un gros nuage le surplombait, le menaçait. Je lui racontais une histoire et lui, il a craqué.

— Quelle histoire?

— Une vieille légende que ma grand-mère répétait à ma mère quand elle était petite. Deux vilains garçons, des cousins qui n'écoutent pas leurs aînés, qui refusent d'obéir à leurs parents, vont se promener sur un rivage où on leur a interdit d'aller. C'est un endroit maudit, un endroit défendu. Quelque chose guette dans l'eau. Les enfants qui désobéissent sont des proies faciles pour le Qalupalik.

— Le quoi?

— Le Qalupalik, une créature marine qui possède de longs cheveux noirs, des ongles démesurés, et une peau aux reflets verts comme celle d'un requin. On l'entend parfois cogner sous la glace.

Eh oui, moi aussi j'ai remarqué l'analogie avec l'histoire de Nanna Varech. J'ai également découvert l'existence d'une autre légende locale: celle-ci se rapporte à une créature qui vivrait dans le lac Blother, non loin de Scarclaw. Cette créature d'allure maléfique aurait aussi une peau verte et attirerait les enfants imprudents sous l'eau. Il est intéressant de constater combien les contes à vocation pédagogique transcendent les cultures. Mais revenons à l'explication d'Anyu.

— On raconte que le Qalupalik emprisonne les enfants dans sa poche ventrale, puis il les emmène et les maintient dans leur prime jeunesse pour conserver son aspect. Dans mon histoire la créature enlève l'un des cousins, prénommé Angutii. L'autre cousin se précipite au village pour avertir le père d'Angutii. Celui-ci emprunte un kayak et parcourt les étendues glacées pendant des jours et des jours, jusqu'à ce qu'il retrouve son fils. Ils entreprennent alors de regagner leur village. Le retour est long mais ils parviennent à destination et reprennent une vie normale. Les cousins savent désormais que le Qalupalik les surveille, et qu'ils doivent écouter leurs parents.

— *Vous dites que Charlie a «craqué» quand il a entendu votre histoire?*

— Oui, il a commencé à trembler, à sangloter. J'étais désemparée. Je l'ai pris dans mes bras pour le consoler, je l'ai laissé parler. Il m'a alors appris que sa sœur cadette, Lydia, était restée seule avec lui un jour où leurs parents étaient allés faire des courses au supermarché. Il avait cinq ans, elle, deux. Elle s'est éloignée. Il conservait un souvenir confus des événements. Il faisait beau, ils étaient dans un jardin. Il l'a quittée des yeux une seconde, et l'instant d'après elle avait disparu.

— *Seigneur.*

— Un drame terrible. Terrible. On ne l'a jamais retrouvée.

— *Pauvre gosse.*

— Cette disparition a dévasté la famille, brisé des liens. Son père et sa mère sont restés ensemble pour le bien du garçon, mais leur quotidien en a pâti: de longues plages de silence se sont installées, des jours et des nuits sans un mot, et Charlie a été livré à lui-même, avec ses jouets pour unique compagnie. Il aurait préféré un divorce. Il se sentait responsable de ce qui arrivait. Il avait également l'impression que ses parents le blâmaient sans lui adresser aucun reproche. Quel fardeau, quelle culpabilité écrasante!

— *Cet accident explique peut-être son comportement, son tempérament?*

— Je crois, oui. Après ça, je comprenais mieux son attitude, pourquoi il fumait, pourquoi il buvait. Il voulait juste apaiser la douleur.

— *Charlie a repris votre histoire, n'est-ce pas? Il a remplacé le Qalupalik par Nanna Varech, et ensuite il a colporté la légende.*

— Sur le moment j'ai eu du mal à suivre son cheminement, mais à présent c'est plus clair. Il essayait de surmonter le passé, de se l'approprier. Selon moi, il faisait un pas vers la guérison chaque fois qu'il invoquait Nanna Varech.

Les propos d'Anyu sont éclairants. Toutefois, personne n'a fait allusion à Lydia: ni les membres des Coureurs, ni Charlie lui-même. La dimension intime du drame justifie sans doute leur discrétion. Il me semble pourtant que ce sombre épisode explicite les motivations de Charlie. Mais quel enseignement en tirer? Sommes-nous en train de chercher des preuves à charge contre Charlie? Encore faudrait-il qu'il ait eu un mobile. Et puis avons-nous le droit d'établir un lien entre son traumatisme et la mort de Jeffries? Que Charlie ait été l'élément le plus instable du groupe, soit, mais que ses errances le transforment en coupable, voilà un pas que l'on ne peut franchir.

J'interroge Anyu au sujet de Tom Jeffries.

— Oh, je ne le supportais pas. Dès qu'il a intégré les Coureurs, j'ai éprouvé une répulsion instinctive.

— *Eva aussi. Du moins au début.*

— Oui, on en parlait, elle et moi. Mais de façon superficielle, en mode bavardage. On le trouvait toutes les deux complètement stupide. Un salaud de première. Vous savez qu'un jour il a essayé son petit jeu avec moi?

— *Ah bon?*

— Il venait d'arriver parmi nous. Une des premières réunions. J'attendais Eva derrière la salle paroissiale et il m'a proposé une cigarette. Une Regal. Il fumait toujours des Regal. Je détestais ces clopes, et puis Tom dégageait un sale truc... En sa présence il valait mieux ne pas dévoiler ses faiblesses. Si vous cédiez, il en profitait immédiatement. Alors on se tenait là côte à côte, avec nos cigarettes. Aucun de nous ne parlait, parce qu'on n'avait vraiment pas d'atomes crochus. Mais à un moment donné il a engagé la conversation sur le fait d'avaler la fumée, une espèce de comparaison avec les fellations... On avait quatorze ans. Je crois que je ne savais même pas ce qu'était une fellation.

— *Il vous a fait des avances?*

— Il s'est penché vers moi, il a marmonné près de mon oreille qu'on était seuls, que si je voulais essayer… J'en avais la nausée.

— *Qu'avez-vous fait?*

— J'ai gardé mon air impénétrable. À peine un haussement de sourcils. C'est marrant, parce que si quelqu'un tentait ce coup-là aujourd'hui je crierais.

— *Et Tom, comment a-t-il réagi?*

— J'ai été étonnée parce que dans un premier temps il a paru totalement désarçonné, comme s'il n'avait jamais imaginé qu'on puisse lui résister. Et quand il a compris qu'il n'arriverait à rien avec moi, il a laissé éclater sa colère. L'espace d'une seconde j'ai cru qu'il allait me frapper.

— *À ce point-là?*

— Une expérience épouvantable. À la suite de cet épisode on ne s'est plus adressé la parole, du moins pas dans mon souvenir. Plus un mot. Il me faisait horreur.

— *Que pensez-vous qu'il lui soit arrivé, la dernière nuit à Scarclaw?*

— Aucune idée. J'ai un peu honte de penser ça, mais d'une certaine manière il récoltait ce qu'il avait semé.

— *C'est ce qui s'appelle une opinion tranchée. On pourrait même dire sévère, non?*

— Quand on s'est aperçus de sa disparition, quand on a lancé les recherches et tout le reste, j'ai ressenti une telle exaspération…

— *Ah bon?*

— Cette hypocrisie autour de sa personnalité: il devenait soudain un mec sympa, apprécié de tous, qui avait certes quelques défauts mais possédait un bon fond. Tom n'était pas un mec sympa, loin de là. D'accord, je n'allais pas jusqu'à penser que c'était bien fait pour lui, seulement il ne méritait pas les lauriers qu'on lui tressait à l'époque.

— *Il était si détestable que ça ? Les autres Coureurs semblent plus indulgents.*

— C'est compréhensible. Mais nous ne sommes pas dans la même situation. Je suis loin, j'ai plus de recul. Je suppose que vous avez entendu parler de l'agression du sans-abri ?

Pour rappel, l'incident auquel Anyu fait référence s'est déroulé en 1993. Tom et deux gosses plus âgés que lui ont été interpellés pour avoir jeté des pièces de monnaie sur un clochard. Aucune poursuite n'a été engagée contre Tom, qui a bénéficié de son statut de mineur.

— Il s'en est vanté à la deuxième ou à la troisième réunion, durant une pause à l'arrière de la salle paroissiale.

— *Sa mère désirait justement qu'il intègre le groupe pour éviter de s'engager sur une mauvaise pente.*

— Possible. En tout cas, il n'était pas disposé à s'amender. Il nous a révélé des détails qui faisaient froid dans le dos. Avec ses deux copains *[nous tairons leurs noms car ils ont purgé leur peine et sont étrangers à sa disparition]*, il a fait bien plus que balancer quelques projectiles…

— *Comment ça ?*

— Tom nourrissait une fascination pour le feu. Lui et ses potes brûlaient des trucs dans la rue, jetaient des feux d'artifice dans les jardins, des bêtises comme ça. Il nous a dit qu'un jour il avait envoyé des pétards dans un restaurant chinois. Les choses se sont gâtées quand ils ont commencé à allumer des pétards près des types qui dormaient dans la rue. Ils leur faisaient peur, avant de s'enfuir. Ensuite ils ont tenté de mettre le feu à des sacs de couchage. Tom ne regrettait pas du tout ses actes, au contraire. Il riait aux larmes quand il nous en parlait.

Je crois comprendre pourquoi nous avons tant tardé à découvrir cet aspect de Jeffries. La dimension méprisable du personnage n'est pas de celles qu'on étale partout. Aucune mention ne figure sur son casier, rien d'officiel ne corrobore ses agissements, alors qui irait salir sa mémoire? Certainement pas sa mère. Et Tom choisissait ses interlocuteurs avec discernement.

Anyu et moi cherchons longuement à définir l'attrait que Tom exerçait sur Charlie. Nous parvenons à la même conclusion: la nature manipulatrice de Jeffries lui permettait d'exploiter les faiblesses de ses camarades. Anyu est la troisième à signaler ce trait de caractère. Elle souligne également que l'admiration de Charlie pour Tom n'était pas réciproque. Dans une certaine mesure, cette réflexion explique les réticences d'Eva. Alors qu'elle était sûrement consciente de la dimension perverse de Tom, elle a néanmoins couché avec lui. Nous savons combien elle regrette ce moment d'égarement: elle était jeune, elle avait trop bu, trop fumé. La honte devait être d'autant plus forte que Tom, nous venons de le voir, se révélait capable des pires vantardises. Nul doute que la culpabilité est encore très présente aujourd'hui.

En revanche, le silence de Charlie semble plus difficile à expliquer. On ne peut exclure un oubli de sa part, à moins qu'il ne soit gêné d'avoir eu pour ami un individu si détestable. Mais une interrogation demeure: pourquoi les quatre adolescents toléraient-ils Tom Jeffries? Je pose la question à Anyu.

— Je crois qu'on touche au nœud du problème: la tolérance qui nous animait. Tom avait très bien compris que nous n'étions pas du genre à lui tourner le dos, à l'envoyer paître, même au détriment de notre propre intérêt. Mais si l'un de nous était capable de taper du poing sur la table, c'était Charlie. Avec le recul, je crois que Tom a vite identifié l'obstacle et que, dès lors, il a consacré tous ses efforts à gagner la sympathie de l'intéressé. Il a si finement manœuvré que même lorsqu'il nous racontait ses histoires horribles - et je ne suis pas innocente, j'ai aussi ma part de responsabilité -, nous nous en accommodions. Personne ne savait comment riposter. Cela faisait partie de notre éducation: nous étions accoutumés à la générosité, à l'indulgence.

— J'ai l'impression que vous dites des choses que vous avez sur le cœur depuis longtemps.

— Depuis presque vingt ans. Je me souviens encore des louanges de la presse, de l'émotion causée par la mort de Tom. Tout le monde pensait qu'il était formidable. Il n'y avait pas de place pour les voix discordantes. Je ne pouvais pas me permettre de déclencher un scandale, ni de balancer ma version aux journalistes. Vous m'imaginez déclarer: «Tom Jeffries était une ordure et nous le haïssions tous»? Vous devinez les conséquences...

— *Les soupçons se seraient portés sur vous.*

— Exactement.

— *Alors... pourquoi maintenant? Qu'est-ce qui vous fait croire que vous pouvez tout me raconter?*

— La notoriété relative de votre émission. Vous avez beaucoup d'auditeurs, vous êtes populaire mais - excusez-moi de vous le dire - votre renommée ne s'étend pas au niveau mondial.

— *Pas encore, en effet.*

— Je sens que le moment est venu, je veux révéler l'imposture. «Regardez comment était ce type en réalité, regardez par exemple comment il se comportait avec Brian...»

— *Les autres m'en ont déjà parlé, sans vraiment insister. Il ressort d'après leurs propos que les moqueries, assez inoffensives, avaient surtout pour but d'établir Tom dans le rôle de pitre en chef. Qu'en pensez-vous?*

— Non, il s'agissait d'autre chose. En fait, à moins d'adopter le point de vue de la victime, on ne saisit pas comment les petites taquineries peuvent blesser. La perception générale du harcèlement repose sur de vieux clichés ou des répliques éculées du type «File-moi ton argent de poche», ou «Vise comme tu es moche», qu'on retrouve sur Internet. En vérité, Tom agissait en expert, il adoptait une technique quasi professionnelle...

— *«Professionnelle»? C'est la première fois que j'entends ce terme appliqué au harcèlement.*

— Quand j'étais plus jeune, j'ai eu affaire à ce genre de spécialistes, qui utilisent les procédés les plus fourbes - surnoms, commentaires sarcastiques, rires sous cape - pour parvenir à leurs fins.

Ils déploient une vraie science, comme ceux qui ont recours au supplice des huit couteaux ou à la torture de la goutte d'eau. Les professionnels vous brisent un individu avec une méticulosité diabolique.

— *Ce comportement paraît... assez radical.*

— Il l'est. Vous pensez sans doute que j'exagère, mais je peux vous assurer que dans ma jeunesse, à l'école, on m'a bien fait comprendre que j'étais différente. Pas en m'attaquant ouvertement, mais avec des réflexions sournoises, des ricanements, tous les moyens détournés par lesquels les gosses vous stigmatisent. J'ai eu droit à tout.

— *Et Tom avait ce type de comportement avec Brian? Il me paraissait plus rentre-dedans.*

— La subtilité est là. Il savait qu'en agissant trop franchement il provoquerait notre hostilité. Il a donc opté pour une stratégie d'usure. Un véritable expert, je vous dis.

— *Parlez-moi un peu de Brian. Son manque de personnalité semble faire l'unanimité.*

— Cela ne m'étonne pas. Il était loin d'être un modèle de charisme.

— *C'est dur, ça.*

— Peut-être, mais honnête. Bon, je sais que Brian m'aimait. Il a éprouvé des sentiments pour moi dès le début, je m'en suis aperçue. Sa manière de me regarder ne laissait planer aucun doute.

— *Et vous en pensiez quoi?*

— Pour être franche, j'ai d'abord été surprise. J'étais tellement habituée à me sentir étrangère, peu engageante. Les Coureurs m'ont aidée à m'accepter, Brian aussi. La considération qu'il me portait, pour ce qu'elle valait, me procurait de l'estime.

— *Ah oui?*

— Hum, mais c'est arrivé seulement après que j'ai compris à quel point il m'avait aimée. Pas très cool, hein? L'attirance qu'il ressentait n'était pas réciproque, il n'était pas du tout mon type. Il m'a envoyé une carte pour la Saint-Valentin. Derek ou quelqu'un d'autre avait dû lui donner mon adresse. Il l'avait faite lui-même: du papier noir, une inscription au marqueur jaune. Adorable.

— *Les autres étaient au courant?*

— Pas pour la carte. Jamais de la vie. Ils l'auraient chambré. On savait ce qu'il éprouvait, sans en faire tout un plat. Voilà ce qui était super dans notre groupe. Et Brian n'insistait pas lourdement. Il n'a jamais tenté de me coincer, de me voler un baiser ou quoi que ce soit. Il se contentait d'être persévérant, disponible. Moi, ça me convenait, je me montrais simplement bienveillante.

— *Il ne s'est jamais déclaré?*

— Non. Je me débrouillais pour ne pas me retrouver seule avec lui et pour éviter les situations gênantes, les situations qui auraient pu mener à une conversation désagréable. Brian n'avait rien d'un prédateur comme Tom. Il était juste un peu triste.

— *Votre cœur battait plutôt pour Charlie?*

— Oui. Pauvre Brian. Je crois qu'il ne s'en rendait même pas compte, ou alors il gardait tout pour lui. Convoiter l'inaccessible, c'est typique de l'adolescence. Cette réflexion peut d'ailleurs prêter à sourire, parce que je me reconnaissais pas mal en lui. Son attitude d'amoureux transi ressemblait à la mienne.

— Vous avez envoyé une carte à Charlie pour la Saint-Valentin?

— Non, j'étais bien trop froussarde. Parfois, quand il s'éclipsait, j'avais envie de le suivre, de le serrer contre moi. D'une certaine manière j'admirais Brian pour sa pugnacité, pour son courage. Il faut au moins lui concéder ces qualités.

— Mais vous et Charlie n'avez jamais...

— Non, jamais.

J'envisage un moment de donner les coordonnées de Charlie à Anyu, mais décide finalement de m'abstenir. S'ils veulent se retrouver un jour, ils sauront bien le faire sans moi. Restons plutôt sur Brian Mings.

— Il était harcelé? Je veux dire Brian.

— Par Tom, sans conteste, et par Charlie dans une certaine mesure.

— Vraiment?

— J'aimerais vous dire le contraire, prétendre que rien de tout cela n'est arrivé. En fin de compte, la tendance sadique de Charlie m'a peut-être retenue de dévoiler mes sentiments, je ne sais pas. Mais on ne peut nier que, même avant l'apparition de Tom, il n'était pas très sympa avec Brian.

— Pour quelles raisons, selon vous?

— Brian recherchait trop notre amitié. Les ados sont cruels avec ce type d'individu. Plus vous désirez leur plaire, plus ils vous repoussent. J'ignore pourquoi ils se comportent ainsi, mais c'est une loi immuable. En plus, Brian vivait une période difficile à l'école. Je crois qu'il s'y faisait également martyriser. Bien qu'il ne se soit jamais plaint, les brimades s'inscrivaient en quelque sorte sur son front.

— *Vous pensez donc que le harcèlement s'est reproduit au sein de votre groupe, pourtant tolérant?*

— On touche à une attitude universelle, il me semble. J'ai du mal à expliquer pourquoi, mais Brian avait le don d'excéder son entourage. Il n'avait aucune personnalité, il copiait tout. De Charlie, il empruntait le style vestimentaire, les postures, jusqu'au moindre détail. Charlie en devenait dingue. J'aurais voulu que quelqu'un explique à Brian qu'il avait parfaitement le droit d'être lui-même. Les autres l'auraient davantage respecté.

— *Personne n'a pris la peine de lui donner des conseils?*

— Une fois encore, à l'adolescence on manque de recul, de distance. Les choses sont ou blanches ou noires. Notre groupe, malgré sa bienveillance, n'échappait pas à ce travers.

— *Alors que se passait-il pour lui au sein des Coureurs?*

— Je me souviens que Charlie l'appelait «la Chose».

— *Pardon?*

— La Chose, comme dans *The Thing*. C'est un vieux film, mais vous devez le connaître, on a à peu près le même âge. Charlie adorait le remake, il aimait l'idée de cet extraterrestre capable de prendre l'apparence de n'importe qui. Un jour il a dit que Brian ressemblait à cette créature, qu'elle l'imitait. Il a ajouté que Brian était sa Chose et que j'étais celle d'Eva. Je n'oublierai jamais ces mots. Ils m'ont blessée plus cruellement que toutes les autres moqueries.

— *C'était quand?*

— Au début, dans les premiers temps. Brian et moi venions d'intégrer la bande. J'ai d'ailleurs failli ne plus y retourner après cette histoire.

— *Ça s'arrêtait là? Charlie donnait des surnoms?*

— Des surnoms tellement appropriés. Je suis certaine qu'il plaisantait sans réfléchir, mais il visait juste. Imaginez un peu: une créature qui déteste tellement sa forme d'origine qu'elle se métamorphose en tout ce qu'elle rencontre. Comment représenter Brian - et moi par la même occasion - avec plus d'exactitude?

— *Néanmoins vous avez été globalement épargnée au sein des Coureurs?*

— C'est vrai. Je me suis endurcie après cette première raillerie. J'ai décidé que je n'accepterais plus ces vannes et je m'y suis tenue. Brian, par contre...

— *Il a continué à encaisser?*

— Les choses ont empiré quand Tom s'est joint à nous. Et Brian a tendu le bâton pour se faire battre.

— *J'ai entendu parler d'un événement fâcheux avec un manteau...*

— Oh oui, mon Dieu, j'avais oublié. Ça me revient, maintenant. Fatigué d'être appelé la Chose, Brian avait décidé d'assumer son propre style vestimentaire. Il s'est pointé à la réunion dans une espèce de veste gothique. Des sangles qui pendouillaient partout, des pinces en métal dans le dos. Qui sait où il avait déniché cet accoutrement ridicule? Charlie et Tom se sont jetés sur lui comme des chiens de meute, ils lui ont attaché les bras et les jambes avec les sangles, avant de balancer ses chaussures par la fenêtre. J'étais outrée.

— À cause de leur comportement?

— Pas uniquement. Aussi parce que Brian ne réagissait pas. Il se laissait faire sans protester ni se débattre. Il acceptait l'humiliation. Quel spectacle lamentable! Je crois qu'après cet épisode Eva a essayé d'avoir une explication avec Charlie. Sa tentative est tombée à l'eau, bien sûr, parce que Tom a débarqué. Les garçons ne se sont pas excusés. J'ai encore en tête l'image de Brian, assis pieds et poings liés comme un idiot, en chaussettes. Des chaussettes Taz, je ne sais pas si vous vous souvenez de ce vieux dessin animé. Il avait l'air tellement misérable, comme un enfant perdu. Un crève-cœur.

Le récit de cette mésaventure correspond à celui d'Eva Bickers, et ce n'est pas une chose dont les Coureurs - adolescents bienveillants - étaient coutumiers. Faut-il blâmer l'influence de Tom Jeffries? Selon Anyu, Brian Mings subissait de nombreuses brimades de la part des deux garçons. Elle se rappelle avec tristesse la façon dont Brian a perdu tout amour-propre, et se demande aujourd'hui encore pourquoi personne n'est intervenu.

Elle souligne que Brian n'endurait pas un feu constant de la part de ses camarades. Le plus souvent, Tom et Charlie l'ignoraient. Mais il n'en allait pas toujours ainsi.

— Avant Tom, Charlie et Brian s'entendaient tout de même assez bien.

— Assez bien?

— Je ne sais pas, peut-être que je m'avance un peu. Mais Charlie tolérait Brian. Ce respect s'est évanoui quand Tom est entré en scène.

Anyu a assisté à la lente déconfiture de Brian. Il s'échinait à plaire à ses tortionnaires, il voulait à toute force qu'on l'accepte. Dans les semaines précédant la disparition, Tom et Charlie faisaient de plus en plus bande à part. Anyu, comme Eva, s'en irritait.

— Je ne suis pas sûre que Brian soit l'unique responsable de leur éloignement. Comme je l'ai précisé, il n'était jamais lourd, simplement persévérant. Il n'abandonnait pas. Et comme il rêvait d'avoir Charlie pour lui tout seul, Tom accentuait cette tendance opiniâtre. Quant aux deux garçons, ils s'éclipsaient dans l'ancienne mine que Novak leur avait montrée. Ils fumaient du cannabis, ils écoutaient de la musique...

— *Voici peut-être l'occasion de parler de Haris Novak.*

— Oui, d'accord. Encore une relation que Tom a bousillée.

— *La première fois que vous avez rencontré Haris, c'était...*

— En 1995, quand il nous a fait découvrir la galerie désaffectée. Je peux vous le dire maintenant, et je n'en suis pas fière, Haris m'effrayait un peu.

— *Ah bon?*

— Je sais que ce n'est pas politiquement correct, seulement il était tellement bizarre, tellement loin de ce que nous connaissions alors. Aujourd'hui je sais qu'il est atteint de troubles autistiques, que certaines informations lui échappent, mais quand même. Il avait une de ces manières de s'exprimer... On aurait dit un robot défectueux. Je manque peut-être d'humanité, mais c'était ce que je ressentais à l'époque. Il me fichait la trouille.

— Tom, lui, n'en avait pas peur.

— Exactement. Il a été ignoble avec lui, méchant comme pas deux. Il a procédé à la Jeffries: il s'est engouffré dans une brèche pour établir sa domination. Pourtant, c'est Brian qui m'a le plus désarçonnée. Après le drame, j'ai rompu tout contact avec lui.

— Brian?

— Oui. On s'était rendus à Scarclaw, en 1995 ou 1996...

— La bataille de boules de neige?

— C'est ça. Vous en avez entendu parler, évidemment.

— Selon mes informations, Tom a donné une boulette de cannabis à Haris. Après qu'il a ingurgité la drogue, Charlie lui a raconté la légende de Nanna Varech, ce qui l'a terrorisé. Ensuite Tom a commencé à lui envoyer des boules de neige, c'est ça?

— En partie. En partie seulement.

Voilà qui est intéressant. Rappelons-nous qu'Anyu et Eska sont retournées au Labrador peu après qu'on a établi la cause accidentelle de la mort de Tom Jeffries. Pour autant que je sache, elles n'ont maintenu le contact avec aucun des anciens membres des Coureurs. Peut-être est-ce dû à l'éloignement. À moins qu'il ne s'agisse d'une tout autre raison...

— Que s'est-il passé? Commençons par le minibus qui est venu vous chercher. Tom et Charlie sont montés ensemble, n'est-ce pas?

— Oui. Tom m'énervait, je le trouvais envahissant. Comme il était assis à côté d'Eva quand je suis entrée dans le bus, j'ai dû m'installer à l'arrière avec Brian.

J'essayais de lire un numéro de *Vox*, le magazine du rock indépendant. Brian n'arrêtait pas de regarder par-dessus mon épaule, de tenter d'engager la conversation. Eva m'agaçait encore plus, parce que je voyais le manège de Tom, qui la flattait. Je me souviens que je pensais: C'est aussi simple que ça? Quelques compliments de la part d'un sinistre crétin et on se laisse avoir?

— *Vous pensez qu'Eva s'intéressait à Tom?*

— Quand même pas. Mais elle se montrait complaisante, si vous voyez ce que je veux dire. Elle ne le repoussait pas.

— *Elle a couché avec lui cette nuit-là.*

— Oui, effectivement. Pas vraiment l'idée du siècle, c'est sûr, mais on était sérieusement défoncés. Tom avait confectionné un bang artisanal. Brian insistait pour me faire une soufflette, comme Tom avec Eva. Il pensait sûrement que cela reviendrait presque à m'embrasser.

— *Vous n'étiez pas seuls durant cette excursion. Il y avait des participants plus jeunes, non? Ils ne vous dérangeaient pas?*

— À vrai dire, leur présence a joué en notre faveur. Derek, Sally et les autres adultes étaient trop occupés à préparer les chocolats chauds et à faire la vaisselle pour se soucier de nous. Et puis on avait le sac à dos de Brian...

— *Continuez...*

— Brian possédait un grand sac à dos, modèle randonnée. Il l'avait apporté la première fois où on était allés à Scarclaw. Charlie l'avait tellement chambré qu'on n'avait plus revu le sac pendant un moment. Charlie et Tom avaient néanmoins convaincu Brian de le réutiliser pour cette occasion, arguant que l'opacité et l'étanchéité de la toile serviraient leurs intérêts.

— *Quels intérêts?*

— Planquer des trucs. De la gnole, le bang artisanal... Brian fourrait la besace sous le plancher du Centre. Le sac était si robuste qu'il résistait aux pires conditions climatiques. Si Derek et Sally avaient eu l'idée de fouiller le dortoir, ils n'auraient rien trouvé. Brian était ravi de rendre service. Tom, le plus mince d'entre nous, pouvait même se glisser dans le bagage en se contorsionnant, ce qui amusait beaucoup Brian. Il recherchait avec tant d'avidité la complicité des deux autres. À un moment donné, ils ont confié le sac à Haris. Une idée de Tom, je crois.

— *Ensuite il y a eu l'incident des boules de neige.*

— J'étais vraiment remontée après Eva. Je pouvais à peine croiser son regard. Quand on est allés au cimetière de Belkeld, Brian resplendissait: Tom et Charlie semblaient enfin le traiter sur un pied d'égalité. Ils lui ont fait porter tout le matériel sans qu'il y voie d'objection. Il exultait comme un gamin.

— *Donc vous vous êtes rendus au village...*

— Oui. La bande fumait des joints, j'avais l'impression de ne plus exister. Tout à coup, voilà que Haris se pointe. Super, j'ai pensé, il ne manquait plus que lui... Et c'est Brian, surexcité, qui a suggéré à Tom de filer du cannabis à Haris. Quel imbécile! C'est aussi lui qui a incité Charlie à raconter l'histoire de Nanna Varech. Je me souviens qu'il jubilait. «Attendez un peu que la boulette fasse effet!» Charlie a balancé son récit, mais tout venait de Brian. Tom a lancé les boules de neige.

Cette version contredit les déclarations d'Eva Bickers. Celle-ci accuse Tom, et Tom seulement, d'avoir donné la drogue à Haris. Quand j'en parle à Anyu, elle secoue la tête.

— Non, mille fois non. Je pense que c'est ce que tout le monde aimerait croire. Et puis ça correspondait au tableau. Mais la réalité est différente. Je vais vous dire le fond du problème: Brian essayait d'impressionner les deux autres. Vous auriez dû voir son visage lorsque Tom et Charlie ont commencé à rire. Si j'avais été moins furieuse après Eva, je me serais associée à elle pour mettre fin à ces âneries. Elle m'a lancé un regard, et moi, je me suis détournée, je me suis faite toute petite, invisible, comme à l'école. Minable, hein? On aurait dû s'interposer. Je n'arrête pas de me dire qu'on avait seulement quinze ans, qu'on était immatures et pas très futées...

Cette interview nous apprend beaucoup de choses, mais dévoile aussi de nombreuses incertitudes: des «et si?», des «avec le recul». En général, les adolescents ont mauvaise presse, mais je pense qu'il faut parfois faire le tri pour comprendre la réalité dans sa complexité.

Prenons par exemple la mésaventure de Haris: un événement charnière que ni les journaux ni les enquêteurs ne se sont donné la peine d'examiner avec suffisamment d'attention. Pourquoi, d'ailleurs, s'y seraient-ils attardés? Les médias voyaient en Haris un coupable idéal, alors qu'il bénéficiait d'un alibi solide. Brian, lui, dévoré par son envie de plaire, aurait vendu père et mère pour obtenir un peu de considération de la part de Tom et de Charlie. Que l'idée de droguer une personne vulnérable, avant de lui lancer des boules de neige, émane de l'un ou de l'autre ne présente aucun intérêt. Seul le résultat importe. Les acteurs de cette sinistre comédie agissaient pour des motifs égoïstes – désir de pouvoir pour l'un, besoin d'intégration pour l'autre –, et non par pure malveillance. Haris Novak, à ce qu'il semble, n'était qu'un prétexte, un pion sur un échiquier. Ceux qui n'ont jamais parlé aux protagonistes de cette histoire verront dans l'acte de ces adolescents une plaisanterie cruelle, méchante et irréfléchie.

Je ne minimise pas la responsabilité de Brian, de Tom ou de Charlie, et ils auraient pu se dispenser de cette vilaine farce. Même les deux filles ne sont pas innocentes, du fait de leur passivité. La honte d'avoir couché avec Tom dissuadait Eva, tandis que la colère aveuglait Anyu.

Tous ces paramètres ont impacté la dynamique du groupe et, par conséquent, le comportement de chacun. Ce sont précisément ces éléments que nous devons trier si nous voulons comprendre ce qui est arrivé à Tom Jeffries l'été suivant.

J'aimerais à présent qu'Anyu m'aide à éclaircir un point mentionné par Eva. Cette dernière et Charlie ont relaté à l'identique l'épisode malheureux de décembre 1995. La mauvaise blague paraît être à l'origine, c'est du moins mon sentiment, des anecdotes de Haris sur la Bête de Belkeld. Si je m'étonne qu'Anyu ait désigné Brian Mings comme instigateur de l'affaire, je dois cependant convenir que l'idée, pour saugrenue qu'elle soit, comporte une certaine logique. Néanmoins, je désire obtenir des précisions sur ce qui a suivi.

— Après l'incident des boules de neige, le soir venu, est-ce que les relations ont changé entre les Coureurs?

— Vous voulez dire au sein de notre groupe? Non, on est plus ou moins passés à autre chose. Effrayant, n'est-ce pas? On a bu notre thé, on a fait la vaisselle, et on est retournés au dortoir pour continuer à boire et se défoncer. Mes souvenirs sont assez flous.

— Il y a pourtant eu un événement intrigant, la nuit de la disparition. On a soupçonné Brian d'avoir mis quelque chose dans votre boisson.

— Brian? Impossible. Il n'aurait jamais touché à mon verre.

— Tom prétendait l'avoir vu.

— Il racontait n'importe quoi. Brian ne se serait jamais amusé à ça avec moi, je peux vous le certifier.

— Il semble pourtant que Tom se soit fait un plaisir de le dénoncer devant tout le monde.

— Tom était coutumier de ces manœuvres. Il essayait de déstabiliser Brian, quoi qu'il fasse. Sur la fin, le pauvre n'osait même plus dire un mot, esquisser un geste en ma présence. Une raison de plus pour détester Tom.

Anyu Kekkonen nous dévoile une dimension insoupçonnée d'elle-même. Elle n'était pas particulièrement heureuse avec les autres et Eva, sa meilleure amie, l'avait agacée au plus haut point en couchant avec Tom Jeffries. Je ne lui ai pas parlé de l'aventure entre Eva et Charlie, partant du principe qu'elle en ignorait l'existence.

Quoi qu'il en soit, nous sommes encore loin de pouvoir expliquer les événements de 1996. Les anecdotes et les humeurs des adolescents - fidèles à ce qu'ils sont - brouillent les faits. Nous pouvons cependant diriger notre regard vers Brian Mings. Était-il capable de commettre un meurtre? Avant d'en arriver à cette extrémité, n'aurait-il pas été plus simple pour lui de quitter définitivement le groupe?

Je dois encore dissiper quelques zones d'ombre.

— Est-ce que Charlie vous a dit que lui et Tom croyaient avoir aperçu Nanna Varech sur les pentes du mont?

— Non, absolument pas.

Je détecte une certaine gêne. L'attitude d'Anyu change imperceptiblement, sa gestuelle indique qu'elle se tient sur la défensive.

— Apparemment les deux amis l'ont vue depuis l'entrée de l'ancienne mine, après qu'ils...

— Ce n'est pas...

— Ce n'est pas quoi?

— Ce n'est pas possible. Charlie se trompe.

— Il penche pour une forme d'hallucination conjointe, un dérèglement des sens...

— Vous plaisantez?

— Je vous assure...

— Allez, dites-moi la vérité.

— Non, sérieusement. Charlie est persuadé...

— C'est une invention, un canular. S'il vous plaît, dites-moi la vérité.

L'agitation d'Anyu est saisissante, en contradiction complète avec l'équanimité, le calme qu'elle avait montrés jusque-là. Ce changement d'humeur me déconcerte au plus haut point.

— *Prenez votre temps. Mais je vous promets que je ne vous raconte pas d'histoire.*

— Non, vous ne comprenez pas. On a... Ça va vous sembler dingue, mais Eva et moi... on l'a vue, nous aussi.

— *Quoi?!*

— Oui. Je n'y croyais pas, je trouvais ça inconcevable. C'était... Cette apparition relevait du délire.

— *Quand vous l'avez vue, et où?*

— Vous vous souvenez que je vous ai parlé du Qalupalik, cette légende que j'avais racontée à Charlie?

— *Lorsqu'il vous a confié l'existence de sa sœur Lydia?*

— Voilà. Eh bien, ensuite, ce jour-là, c'est devenu super bizarre. Charlie avait vidé son sac, on se tenait à l'entrée de la galerie et il y a eu un long silence. On contemplait le paysage en contrebas. J'ai alors perçu une sorte d'altération, un peu comme lorsqu'on a la peau qui fourmille après avoir parlé d'insectes. Exactement la même sensation. L'atmosphère s'est modifiée... Aucun de nous ne souhaitait l'avouer, mais on se sentait observés.

— *Inquiétant. Où étaient les autres?*

— Je ne sais plus. Peut-être dans les environs, ce qui est sûr c'est que Tom ne faisait pas encore partie des Coureurs, donc... Je ne pense pas qu'Eva ou Brian se seraient amusés à nous espionner. Vraiment pas leur genre. Plus tard dans l'après-midi, Eva et moi, on a profité d'un moment de calme pour se poser dans une salle du Centre. On regardait par la fenêtre. Il me semble que dans un premier temps on n'en a pas cru nos yeux. Une... forme se déplaçait sur la falaise, comme une énorme crinière en mouvement. Une vision horrible. On a fini par se convaincre qu'il n'y avait rien eu, qu'on avait rêvé. J'en ai la chair de poule rien que d'y penser. L'histoire de Charlie, mon histoire...

Visiblement, Anyu est très perturbée par ce souvenir. La description de Charlie me revient en mémoire, cette espèce de déplacement arachnéen qu'il décrivait en frémissant de dégoût.

Nul n'a mentionné l'apparition de Nanna Varech au cours de l'enquête. Et si les adolescents y ont fait allusion durant les interrogatoires, la police n'en a pas tenu compte.

Admettons qu'ils aient réellement vu quelque chose ou quelqu'un sur les flancs du mont. Leurs descriptions concordent: l'aspect, la démarche... Pourtant Charlie évoque une chevelure composée d'algues tandis qu'Anyu se réfère plutôt à la longue crinière trempée du Qalupalik. Leurs visions se superposent aux légendes qu'ils connaissent ou inventent.

Anyu renoue vite avec son pragmatisme habituel quand nous comparons les versions respectives. Je lui demande comment elle interprète les similarités.

— L'hypothèse d'une hallucination collective me semble envisageable. À moins qu'à nous tous nous n'ayons créé un *tulpa*.

Le tulpa, *concept bouddhiste, est une entité spirituelle qui se matérialise par la force de l'invocation ou d'une croyance collective. Un des exemples modernes les plus fameux s'appelle le* Slender Man, *un personnage de fiction issu d'un mème Internet. Si vous n'en avez jamais entendu parler, jetez donc un coup d'œil sur la Toile.*

Après que cette créature a trouvé sa place dans la culture populaire, les premiers témoins oculaires ont commencé à se manifester. Un observateur a même tenté de la tuer.

— *Iriez-vous jusqu'à attribuer la disparition de Tom au phénomène du* tulpa*? Auriez-vous donné corps à Nanna Varech, qui se serait emparée de lui?*

— Ça manque un peu d'assise scientifique, vous ne trouvez pas?

— *Eh bien...*

— Évidemment je n'y crois pas. Mais vous avez une autre piste? Et la police, elle a conclu à quoi?

— *À une mort accidentelle.*

— Cette solution vous satisfait?

— *Et vous?*

— Non.

— *Alors comment expliquer rationnellement le décès de Tom Jeffries?*

— Aucune idée, franchement. Mais je vous répète ce que j'ai dit aux enquêteurs à l'époque: je ne pense pas que ce soit un accident.

— *Quelqu'un l'a tué?*

— Peut-être.

— *Revenons à la dernière soirée au Centre Woodlands, si vous le voulez bien. Comme les autres, vous avez bu, vous avez fumé, et vous vous êtes couchée. À votre réveil, plus de Tom.*

— Hum, ça correspond à mon souvenir.

— *Quelque chose ne colle pas. Vous n'étiez que cinq ce jour-là au Centre, plus Derek et Sally. À chaque fois que vous étiez ainsi réunis, vous faisiez la fête, alcool, joints, etc. Pourtant Eva et Charlie déclarent qu'ils sont allés dormir tôt. Vous également. Personne ne conserve une mémoire claire des événements. Vous ne trouvez pas cela étrange?*

— Si on veut. On peut aussi considérer que les anomalies sautent aux yeux uniquement parce que Tom a disparu. Si j'avais réponse à tout, nous ne serions pas en train de discuter.

— *C'est vrai. Quelles sont les images qui vous restent?*

— Je me rappelle l'ambiance particulière, peut-être parce qu'on était en petit comité. Derek et Sally semblaient embêtés, ils ignoraient comment s'occuper de nous. D'un côté nous étions encore des enfants, et de l'autre on voulait être traités en adultes. Alors ils hésitaient, ils restaient à distance pour nous donner plus de liberté. Pour être honnête, c'était une drôle d'atmosphère. En apparence tout était normal, on se livrait à nos activités habituelles: quelques excursions à Belkeld, deux ou trois joints dans l'ancienne mine. On a même croisé Haris.

— *Que s'est-il passé quand vous l'avez vu?*

— Cette fois-là, rien. On s'est dit bonjour. J'ai l'impression que Tom et Charlie se lassaient. Mais Brian s'efforçait toujours de les impressionner. Il a parlé du sac à Haris, ce maudit truc noir qu'il trimbalait partout.

— Qu'est devenu le sac?

— Je ne sais pas. Brian avait eu l'idée stupide de laisser du matériel à l'intérieur et de le planquer dans la mine. Haris devait en prendre soin durant notre absence. Il s'est enfui quand Brian lui a raconté des salades sur Nanna Varech. Il me rendait malade. En fait, ils me rendaient tous malade. Ceci explique peut-être pourquoi je garde aussi peu de souvenirs de la dernière soirée.

— Y a-t-il eu un autre événement marquant au cours de la nuit? Un détail, une anecdote qui aurait pu provoquer le départ de Tom?

— Je vous l'ai dit, je ne me souviens de pratiquement rien. On avait un peu bu, un peu fumé. Charlie et Tom s'adonnaient à leurs messes basses et Brian incitait tout le monde à boire, à se défoncer plus vite. J'ai l'impression qu'il se sentait obligé de prendre le relais de Charlie.

— Le lendemain, vous vous êtes tous réveillés à la même heure pour constater la disparition de Tom.

— Oui, un hasard troublant. Peut-être un effet de l'inconscient collectif? Ou alors on a entendu un bruit? Je ne sais pas. Une chose me revient, malgré tout, une chose difficile à expliquer...

— Ah bon?

— On peut voir ça comme un rêve, ça y ressemblait, mais je suis presque sûre que ce n'en était pas un. Les contours paraissent vagues. Il faut savoir que même si on était en été, les nuits restaient fraîches. Je me suis réveillée à trois ou quatre heures du matin. On couchait dans des lits superposés. Je me mettais toujours loin de la fenêtre parce que Tom, lui, s'installait tout près, de façon à pouvoir aller et venir avec Charlie. J'ai donc ouvert les yeux. Tout le monde dormait dans un méli-mélo de draps froissés, de vêtements en boule, les jambes hors des lits. Un tableau ordinaire pour des adolescents habitués à s'assoupir sans aucune cérémonie. Le dortoir empestait l'haleine rance, la sueur et les effluves sirupeux de l'alcool fermenté. Cependant je me souviens très bien qu'un air frais s'y mélangeait, l'air de l'extérieur. Peut-être que c'est ce qui m'a réveillée. Je me suis redressée, les paupières lourdes.

— *Et ensuite?*

— Quelqu'un s'activait, je le sentais. Je devinais un mouvement, un empressement.

— *Qui était-ce?*

— Brian, j'en aurais donné ma tête à couper. Oui, c'était lui. Il faisait noir, j'entrevoyais à peine les formes, mais je reconnaissais presque à coup sûr sa silhouette tassée. Il se tenait au pied de l'un des lits. Celui d'Eva. J'avais l'impression qu'il tâtonnait, qu'il grattait.

— *Il grattait?*

— Oui, comme un hamster, un rongeur. Les deux mains dans une pile de linges.

— *Qu'est-ce qu'il fabriquait?*

— Je me suis d'abord dit qu'il essayait de voler un truc. Mais Brian n'était pas du genre détrousseur. Ses gestes évoquaient... autre chose. Comme si, plutôt que de subtiliser un objet, il le remettait à sa place.

— *Il vous a remarquée?*

— Un moment super bizarre. Je l'ai observé quelques secondes et il a dû sentir mon regard parce qu'il s'est figé et a levé la tête vers moi. Je ne distinguais pas son visage. L'espace d'un bref instant, on aurait pu se parler, mais on a laissé passer l'occasion.

— *Pourquoi vous n'avez pas prévenu les autres?*

— Bonne question. Le raisonnement va peut-être vous paraître exagéré, mais je redoutais la réaction de Tom. Si l'activité nocturne de Brian lui venait aux oreilles, il allait s'en donner à cœur joie. Je ne connaissais que trop bien les ravages potentiels des moqueries et du harcèlement. Tom n'aurait jamais passé l'éponge.

— *Et après, Brian a fait quoi?*

— Je ne m'en souviens plus vraiment. On était en pleine nuit, j'étais à moitié dans les vapes. J'imagine qu'il est allé se coucher.

— *Dans son lit?*

— Oui, dans son lit, je ne vois pas où...

— *Eh bien, Eva...*

— Ah oui, c'est vrai. Eva a couché avec lui, n'est-ce pas?

— *Selon ses déclarations. Vous semblez...*

— Je sais, désolée. C'est ridicule, cette histoire date de vingt ans... Je suis encore un peu sensible...

— *Pourquoi?*

— Brian avait le béguin pour moi. Depuis le début. Alors quand il est allé avec Eva, j'ai ressenti... Quelle idiote! J'ai pensé: Qu'est-ce qui ne va pas chez moi? Qu'est-ce que j'ai mal fait?

— *Pourtant vous n'étiez pas amoureuse de lui.*

— Exact, voilà pourquoi je ne comprends pas ma réaction. J'ai des difficultés admettre que cette affaire me contrarie encore. Je crois que cette nuit-là je me suis forgé une opinion définitive sur Eva et les autres. Quand on s'est réveillés, le lendemain, sans Tom, j'ai senti que quelque chose avait changé entre nous. Pour moi en tout cas. J'ai brusquement regardé mes camarades comme si je les voyais pour la première fois; ils m'apparaissaient sous un jour nouveau, et j'ai su que nous ne pourrions plus jamais être amis. Pas après ça.

– Est-ce que Tom était encore dans le dortoir quand vous avez surpris Brian?

— Possible. Je n'ai aucune certitude. Je n'ai même pas regardé en direction de son lit. J'étais somnolente, je me suis rendormie presque immédiatement. Je n'aurais même pas remarqué l'absence de Charlie ou d'Eva. La police, d'ailleurs, n'a pas apprécié mon témoignage approximatif. Mais on ne vérifie jamais si tout le monde est là, ce n'est pas naturel. On n'imagine pas que quelqu'un va manquer à l'appel.

— Diriez-vous que le petit manège de Brian le rend suspect?

— Suspect de quoi? De meurtre? Vous l'imaginez convaincre Tom de se lever au milieu de la nuit, de l'accompagner dans la forêt? Ensuite il l'aurait maîtrisé avant de le tuer, de cacher son corps et de revenir au dortoir? On nage en plein délire.

— Pourquoi fouillait-il les bagages à quatre heures du matin?

— Vous savez ce que j'ai pensé, à l'époque?

— Non.

— Qu'il voulait un préservatif. Aujourd'hui encore l'idée persiste. Ce serait logique, non? Un préservatif ou quelque chose d'approchant. Qu'est-ce qu'il aurait bien pu chercher d'autre?

Où en sommes-nous à présent que cet épisode touche à sa fin? Il nous reste encore un témoignage à recueillir. En apprendrons-nous davantage? Rien n'est moins sûr. J'espérais établir un diagnostic beaucoup plus exact de la situation au regard des interviews précédentes. Le drame de 1996 se révèle tissé de légendes, d'inventions, de peurs irraisonnées, d'amours bafoués, le tout placé sous l'égide d'une naïveté sans bornes. Splendeur et misère de la vie adolescente.

Alors que savons-nous?

Pour commencer, nous possédons une perspective assez complète des rapports existant entre les différents membres du groupe. J'y reviens sans cesse: comprendre le monde dans lequel évoluent les protagonistes contribue, dans une certaine mesure, à dissiper le mystère.

Examinons maintenant les strates sous lesquelles se dissimule peut-être une partie de la vérité. D'abord nous constatons que Jeffries était tout juste toléré au sein des Coureurs, alors même qu'il exerçait une influence majeure sur eux. Il s'est ainsi rapidement concilié les faveurs de Charlie par sa capacité à se procurer des substances illicites.

A-t-il consciemment entrepris de dominer ses pairs? Je crois que cela correspondait à un besoin profond chez lui. Lorsqu'on se penche sur son passé, on observe non seulement qu'il avait des problèmes de comportement, mais qu'il n'hésitait pas à se servir des autres. Imitait-il en cela l'attitude toxique de certains aînés? Obéissait-il à une méthode d'intégration spécialement perverse?

Je pencherais pour la seconde hypothèse. Il semblait enclin à rabaisser les plus faibles, ceux qu'il estimait plus bas que lui dans la hiérarchie. Il suffit pour en avoir la confirmation de se rappeler ses propos, tels que rapportés par Eva: «Me voilà chez les babas cool, hein? J'aime bien les babas cool: ils fument du cannabis.»

S'agit-il d'une réflexion appropriée, surtout lors d'une première réunion avec des adolescents du même âge? Je ne le pense pas. Le mépris affiché suggère qu'il ne considérait autrui que sous l'angle du profit. Il s'est aussi livré à la provocation en présence d'adultes: une manière de tester les limites.

Il a ensuite fortifié sa position. Coucher avec Eva lui a permis de s'imposer: seul Charlie, le leader, avait auparavant franchi le pas.

Avec Tom, tout se résumait à une question de pouvoir.

Était-ce assez pour provoquer un assassinat? On pourrait le croire, mais, dans ce cas-là, à qui profitait le crime? Les échanges que j'ai eus avec Charlie, Eva et Anyu rendent leur implication peu crédible. Charlie ne menait pas une existence modèle, mais il n'éprouvait aucune haine vis-à-vis de Jeffries. Ni à l'époque, ni aujourd'hui. Quant à Eva et Anyu, elles trouvaient Tom répugnant. La répugnance est-elle un motif suffisant pour tuer?

Existait-il quelqu'un ayant une raison valable de désirer la mort de Jeffries? Haris Novak, peut-être. Nous avons vu la façon abjecte dont Tom a abusé de lui, la façon dont il a instrumentalisé sa naïveté pour assouvir sa soif de puissance. Les garçons lui ont fichu une trouille bleue avec leur histoire de Nanna Varech. Haris a-t-il craqué? A-t-il décidé de se venger? Premièrement, il a un alibi: une cheville tordue... et surtout il y a en lui une absence manifeste de violence.

Reste Brian Mings.

D'après nos renseignements, il n'avait rien d'un meneur. Les autres ne le détestaient pas mais le traitaient comme un élément négligeable du groupe. Nous savons également qu'il était prêt à tout pour obtenir un minimum de considération. Tom le martyrisait, imité par Charlie. La mésaventure du manteau, pour révoltante qu'elle soit, était-elle de nature à susciter un meurtre?

Brian Mings ressemblait au Vilain Petit Canard. Durant tous les entretiens que j'ai menés, un sentiment ne m'a pas quitté: chaque invité se retenait, pour une raison ou pour une autre, d'en dire davantage à son propos.

Cependant, et ce n'est pas rien, Mings bénéficiait de l'alibi le plus imparable, parmi tous les adolescents présents le dernier soir: le lit d'Eva Bickers.

Voilà où nous en sommes.

Dans le prochain épisode, le dernier de cette série, nous tenterons de boucler la boucle, de combler les trous. Nous récapitulerons aussi tout ce que nous savons sur la disparition de Tom Jeffries.

Peut-être qu'un schéma se dégagera, qu'un mobile apparaîtra. À défaut, nous aurons un éclairage supplémentaire sur les faits.

La semaine prochaine, nous parlerons à Brian Mings.

C'était Scott King pour Six Versions.

Vous avez écouté notre cinquième épisode.
À bientôt pour la suite.

UNE ROUTE,
QUELQUE PART DANS
LE NORD DE L'ANGLETERRE.
ÉTABLIR UN LIEN…

2017

Tout le monde attend l'épisode final.

Tout le monde.

En repartant, j'ai entendu des gens en discuter dans un Starbucks. J'ai dû baisser la tête pour éviter qu'on me surprenne à écouter la conversation. *Six Versions* a trouvé l'oreille de la rumeur publique, l'émission a investi l'inconscient collectif. Cela m'effraye. Peut-être que cette angoisse est à l'origine de mon retour à Scarclaw. Et à l'origine de ma fuite actuelle.

J'ai opposé une fin de non-recevoir aux demandes pressantes, aux mails adressés au Relais de chasse, aux questions et aux doléances. Sky Television voulait tourner une sorte de reality show. La BBC projetait de faire un documentaire.

Je n'ai pas répondu. J'ai l'impression d'être une bête qu'on tente d'attirer hors de sa tanière, et pour l'honneur de mon père, pour le mien, pour celui des Ramsay, je n'entrerai pas dans leur jeu.

J'aurais les moyens de renforcer les protections, d'ériger des barrières autour du mont, mais j'enverrais un mauvais message. Les gens se demanderaient ce que nous essayons de cacher. Cette propriété n'est plus la nôtre depuis la diffusion de *Six Versions*. Elle appartient désormais au monde entier. Voilà ce que je veux fuir. Sans espoir de retour.

Il y a très peu de circulation sur cette route, pas d'accotement, aucun magasin, comme si la chaussée mettait tout en œuvre pour faciliter mon éloignement. J'allume l'autoradio, cherche une station qui ne parle pas de *Six Versions*. Il me faut combattre l'impérieuse envie de me garer, de connecter mon téléphone en Bluetooth et de réécouter les cinq premiers épisodes.

Scott King est malin, je l'avoue. Il ne se manifeste plus depuis la mise en ligne du cinquième numéro, il y a de ça plusieurs semaines. J'imagine qu'il suit les conseils d'un agent avisé. Peut-être veut-il faire monter les enchères pour le dernier épisode? Cela ne lui ressemblerait pas, mais au fond, qu'est-ce que je sais de lui? Rien, hormis ce qu'il accepte de dévoiler.

J'ignore qui lui a recommandé ce silence. En tout cas, c'est quelqu'un d'astucieux. Susciter l'attente, faire monter le suspense. La Toile s'agite, les théories se multiplient. On m'a informé de l'existence d'un *subreddit* consacré à l'émission. Sur BuzzFeed j'ai trouvé un lien intitulé *Dix raisons pour lesquelles Charlie Armstrong a tué Tom Jeffries*. Vice a publié un article au titre évocateur: *Retour vers les années 1990: j'ai testé un séjour façon* Six Versions *avec des anciens du lycée*. Un type appelé @tomjeffries sur Twitter vient de désactiver son compte.

Une véritable foire.

À ces réflexions s'ajoute un sentiment quelque peu vertigineux: tandis que je m'éloigne de Scarclaw, le mont énigmatique semble grandir derrière moi et suivre du regard ma petite voiture qui sinue sur la langue d'asphalte à travers la campagne anglaise.

Cette vision n'est pas réaliste, bien sûr, elle ne correspond à rien de tangible.

La seule chose que je ressens en vérité se résume à une vague tristesse: je ne reviendrai plus ici, dans ce domaine qui fut jadis mien. Ne subsiste en moi qu'un pincement au cœur, apparu au moment où j'ai refermé la portière de la voiture et entendu le gravier crisser sous les roues.

Des arbres défilent sur ma gauche. Je me demande à quelle essence ils appartiennent. Qui entretient cette forêt? Qui possède ces terres?

Il fut un temps où j'aurais presque cru avoir dompté le mont Scarclaw, avoir apaisé les fantômes du passé. Ce temps-là est révolu. Jamais on ne devrait essayer de triompher de la nature. Tous les panneaux d'interdiction, toutes les clôtures et toutes les constructions du monde ne domestiqueront jamais Scarclaw.

Il commence à pleuvoir. De larges traînées liquides zèbrent mon pare-brise. Un camion frôle le véhicule, l'habitacle vibre sous la force du souffle, je me cramponne un peu plus au volant. Une question subsiste, plus insurmontable que les escarpements rocheux, plus rude qu'un mégalithe; une question à laquelle toutes mes possessions n'apportent aucune réponse.

Cette question se rapporte bien entendu à ce que nous avons vu la nuit où nous avons trouvé le corps du garçon. Il m'est arrivé, lors d'excursions en forêt, d'entendre les oiseaux s'arrêter de chanter brusquement, et de deviner dans le silence verdoyant une présence funeste. Alors me revenait une vieille histoire lue dans un des livres de la bibliothèque paternelle. Un groupe de chasseurs s'établissait dans les bois, et l'un d'eux ressentait l'appel épouvantable d'une créature invisible.

«Ils disaient que cette voix s'accordait aux humbles sons de la nature, au vent, aux chutes d'eau, aux cris des animaux et ainsi de suite. Ils disaient que lorsque la victime l'entendait, évidemment, son sort était scellé[1].»

À son retour au camp, le chasseur n'était plus le même. Il avait vu quelque chose qui l'avait brisé, quelque chose d'indicible, un monstre sauvage dont la légende se perdait dans les profondeurs immémoriales de la forêt.

Quand je sentais cette mystérieuse présence autour de moi, j'attendais, tremblant, qu'elle poursuive sa route.

Et elle finissait toujours par le faire.

Peut-être était-ce une part de moi-même que je croyais discerner. Une part qui ne s'exprimait que dans la quiétude de la forêt.

«Qu'est-ce que c'est que cette horreur?» Tomo désignait l'amas couleur crème gisant dans la saleté devant nous.

Nous savions tous les trois à quoi nous en tenir. Le corps recroquevillé ressemblait à un insecte mort, des tendons pendaient à ses poignets tels d'épais fils de cuivre. La chair, quant à elle, présentait un aspect grisâtre et flasque. Nous connaissions la nature du spectacle qui s'offrait à nous; pourtant aucun d'entre nous n'osait le nommer. L'odeur pestilentielle nous enveloppait et, pour ainsi dire, pénétrait jusqu'aux tréfonds de nos âmes.

J'aurais voulu que ce soit un canular, que Tomo brise le sortilège et éclate de rire en s'excusant. Je cherchais des yeux le voyant rouge d'une caméra.

La puanteur du cadavre mélangée à celle de la pluie me rappela à la réalité.

---

1. Tiré de «The Wendigo», nouvelle d'Algernon Blackwood publiée en 1910. (*N.d.T.*)

Avec l'aide de Justin, j'avais attaché les chiens à un arbre. Les animaux avaient tellement tiré sur leurs laisses pour s'approprier leur trouvaille que nos mains brûlaient encore.

Nous n'en menions pas large. Les pieds trempés, engourdis, nous tremblions de froid et de peur. Après avoir échangé un regard, évitant de contempler le butin sinistre à quelques mètres de nous, nous entreprîmes de nous concerter.

«On chassait le cerf», dit Tomo. Le désarroi se lisait dans ses yeux écarquillés. Il poursuivit: «D'accord?»

Justin et moi approuvâmes.

«Répétez, ordonna Tomo.

— Pardon?

— Répétez à voix haute: "On chassait le cerf."»

Pareils à des élèves adressant un salut solennel au directeur d'école, nous fîmes ce qu'il demandait. L'averse, le vent et les râles des chiens couvraient à moitié nos voix, les relents de chair putréfiée nous suffoquaient. «On chassait le cerf.»

Inutile de développer. Cette déclaration se suffisait à elle-même, elle justifiait notre présence dans les bois, armés d'un fusil et de torches. La silhouette noire que nous pensions avoir vue s'estompait déjà dans notre esprit.

«Encore», insista Tomo.

Et comme un chant liturgique, comme une incantation, nous scandâmes la phrase plusieurs fois. À chaque respiration, la forme obscure que nous avions pourchassée perdait sa consistance. Elle se muait en rêve, en une vague idée, fruit d'une imagination infantile.

Je m'arrêterai à la prochaine station. Le panneau qui file sur le bas-côté indique que je dois rouler encore une trentaine de kilomètres. J'achèterai un sachet de caramels, je remplirai ma bouche de friandises comme lorsque j'étais enfant. Quand je reprendrai le volant, je laisserai la salive sucrée couler sur mon menton. J'écouterai les craquements des bonbons sous mes dents, je jouirai de cette douleur délicieuse à la mâchoire et j'oublierai le trajet.

Que faire d'autre? Si je reste là-bas en quête d'une réponse, je finirai par gravir le mont. Alors je deviendrai comme le chasseur de la nouvelle, je contemplerai l'inexprimable. Ou bien je passerai mon temps à regarder les autres écumer la forêt de Scarclaw dans le même but. Inutile de dresser de nouvelles palissades: on me demandera ce que je cache. Alors peut-être vaut-il mieux laisser les gens arpenter le mont à leur guise, libres de traquer leur propre Wendigo, leur propre Nanna Varech, leur propre Qalupalik. Que ces terres deviennent le témoignage d'un mystère insondable.

Cette réflexion me conduit à une question sur laquelle je bute. Non pas «qui a tué Tom Jeffries?» – l'interrogation est sur toutes les lèvres –, mais plutôt «cette histoire nous laissera-t-elle jamais en paix?».

D'un point de vue personnel, je considère que *Six Versions* est terminé. Mais quelque chose me dit que beaucoup d'auditeurs pensent le contraire.

La vibration de mon portable me tire de la rêverie où le clapotis de la pluie et les bruits aigus des essuie-glaces m'avaient installé. La route tourne trop pour que je puisse consulter l'écran. Je crois déchiffrer un nom du coin de l'œil, mais reste concentré sur ma conduite. L'appareil continue de vibrer.

«Ils nous traiteront de fous. Ils trouveront le moyen de nous coller ça sur le dos.» Tomo parlait sans regarder le tas d'os dans la boue.

Justin et moi acquiescions.

Tomo reprit: «Nous, on sait ce qu'on a vu, c'est tout ce qui importe.»

Je repensais à la comptine de mon ami, celle qu'il avait récitée quand nous étions au Relais. Celle-ci parlait en réalité d'une étendue de vase que nous avions tous en nous, un limon où nous dissimulions nos tourments les plus effrayants.

«Maman, est-ce papa que je vois venir?
Il est plus grand que dans mon souvenir,
Son visage est si pâle, son manteau noir corbeau,
Ses dents brillent comme des lames de couteau.»

J'ajoutai, en montrant la forêt obscure: «Ce qu'on a vu restera ici. Ça n'en sortira pas.»

Les autres opinèrent.

La pluie mouillait nos joues comme des larmes.

J'ai du mal à parler en conduisant, même avec le kit mains libres, alors je me gare devant un portail. Quand j'examine l'écran, mon estomac se noue: c'est bien le nom auquel j'avais pensé.

Le temps que la police arrive, Justin avait fait un aller-retour jusqu'au Relais pour récupérer des affaires sèches. Nous tremblions, nos dents s'entrechoquaient. Je ne me rappelle pas qui de nous trois avait contacté les secours. Peut-être était-ce moi.

Tout ce dont je me souviens, c'est qu'au moment où les forces de l'ordre avaient enfin débarqué je voulais que mon père soit auprès de moi.

« Allô, Harry ?

— Oui, c'est moi.

— Navré mais j'ai encore besoin de vous parler.

— Hein ? Pourquoi ? Vous aviez dit...

— Je sais. Désolé. Écoutez, il y a... Il y a du nouveau.

— Vous paraissez...

— Différent ? C'est vrai, vous avez raison. Écoutez, vous voulez bien qu'on se revoie ? Juste... une dernière fois ? Je comprendrais que vous refusiez.

— Non, je suis d'accord. »

Les détails de l'entrevue réglés, je reprends la route. La chaussée devient plus rectiligne à mesure que j'approche de la ville. J'aperçois les premiers immeubles à l'horizon, la circulation s'intensifie. Les phares des voitures que je croise ressemblent à des yeux phosphorescents sous la pluie. Les moteurs grondent.

Derrière moi, les arbres oscillent dans le vent. On jurerait qu'ils me font leurs adieux. Je regarde droit devant.

ÉPISODE 6 : LE SIXIÈME TÉMOIGNAGE

Bonjour.

Avant de débuter, j'aimerais me présenter.

Avec les formes cette fois.

Mon nom, vous le connaissez désormais. Je m'appelle Scott King.

Bien sûr, ce n'est pas mon véritable nom. Scott King, ce sont deux termes génériques accolés l'un à l'autre. Aucun d'eux ne me représente réellement.

J'ai choisi ce pseudonyme professionnel afin de protéger ma vie privée. Ma véritable identité n'a que peu d'intérêt, elle n'en a jamais eu.

Je ne suis pas journaliste. Je l'ai été. À présent, je me consacre à ce que vous écoutez: mes podcasts.

Le concept de mon émission – éclairer les ombres du passé, dépoussiérer de vieilles affaires classées, déterrer des cadavres oubliés – n'a rien de révolutionnaire.

Je gagne suffisamment d'argent aujourd'hui, mais ma première émission a failli me ruiner. Sans exagérer, je raclais les fonds de tiroir.

C'était avant que les premiers dons ne renflouent les caisses, avant que vous, chers auditeurs, contribuiez à la mesure de vos possibilités et selon votre générosité – un dollar par-ci, une livre par-là – à la prospérité de cette série. Vos contributions représentent bien plus que je n'osais espérer, et c'est grâce à vous que je peux mener à bien l'émission dans sa forme actuelle.

Aussi, je vais être franc avec vous.

Je vous dois la vérité.

Alors voilà, j'ai toujours pris soin de ne jamais rien diffuser sans le consentement des intéressés. Mon but n'est ni de raviver d'anciennes plaies, ni de me livrer à des enquêtes clandestines. Je produis Six Versions *avec l'autorisation de toutes les parties impliquées, et m'abstiens de formuler des conclusions personnelles. Ceci vous concerne, chers auditeurs.*

Ceux qui m'écoutent régulièrement savent que je n'ai pas de marque de fabrique spécifique, comme on pourrait par exemple le dire d'UPS, mais les affaires dont je traite présentent des similitudes. Les cas étudiés suggèrent tous une forme d'irrésolution, ils suscitent une question latente et obstinée; une question impossible à ignorer. La justice ne figure pas au rang de mes priorités, je n'ai pas vocation à envoyer mon prochain derrière les barreaux. J'examine simplement les faits, rien que les faits. Il en a toujours été ainsi et cela ne changera jamais.

Je dois avouer que jusqu'à très récemment je ne connaissais pas le dossier Tom Jeffries. Mon adresse mail ne circule pas, je reste à l'écart des réseaux sociaux, et pourtant un auditeur anonyme a réussi à me contacter pour m'aiguiller sur Scarclaw et la disparition de 1996.

Il avait l'intuition que cette affaire me conviendrait et il avait raison.

Mes émissions nécessitent beaucoup de recherches en amont, beaucoup de travail de terrain également. Imaginez ma surprise quand j'ai approché les personnes liées au dossier et qu'elles m'ont toutes dit qu'elles en avaient assez, qu'elles ne voulaient plus entendre parler de moi.

Plus troublant encore: elles m'ont reproché de les recontacter, alors que j'avais promis de ne jamais le faire. Elles semblaient excédées: comment pouvais-je revenir sur ma parole? Elles se sentaient trahies.

J'avais l'impression de vivre un cauchemar. Elles se trompaient forcément, non?

Seul l'un des participants à cette émission a accepté de me parler à nouveau, et je lui en suis reconnaissant. Sans l'ensemble des intervenants, je pense que le projet n'aurait pas vu le jour.

Ce témoin, vous l'avez entendu dans le premier numéro. Il se nomme Harry Saint Clement-Ramsay. C'est le seul qui a bien voulu m'aider à comprendre ce qui se passait. Il nous rejoindra tout à l'heure.

Ne vous méprenez pas: je n'ai rien contre Eva, Anyu, Derek et tous les autres; je regrette juste de ne pas avoir eu l'opportunité de me défendre. Harry a un peu plus de distance, il est moins impliqué dans les événements de 1996, cela explique sans doute pourquoi il s'est montré plus conciliant.

Il m'a raconté qu'il avait été contacté six mois auparavant par un membre de mon équipe de production. Cet assistant était chargé d'organiser une interview sur le drame du mont Scarclaw. Harry ne me connaissait pas, il ne savait pas ce que je faisais: on peut comprendre que cette proposition ait été un peu nébuleuse pour lui.

Il a néanmoins donné son accord, sous certaines conditions. En raison de restrictions légales et par respect pour son père, il refusait d'aborder plusieurs sujets. L'entretien s'est déroulé dans une voiture, en compagnie d'un homme avec lequel Harry avait correspondu auparavant pendant plusieurs semaines.

Moi.

Ou celui qu'il prenait pour moi.

Cette personne, cet autre Scott King, présentait toutes les garanties nécessaires: une bonne connaissance du dossier, les documents appropriés. Toutefois, Harry estime avec le recul que certains détails clochaient. Il a été soulagé quand l'interview s'est terminée, et ce soulagement n'était pas du tout lié au thème abordé.

À quoi rimait cette histoire?

Eva Bickers, admiratrice de mes émissions précédentes, a eu dans le troisième épisode une parole qui m'est restée en mémoire. Ces mots pourront peut-être éclaircir une partie des enjeux. «Scarclaw est exactement le genre de dossier dont vous vous occupez.»

Elle avait raison.

Et je m'en suis effectivement occupé. Si l'on peut dire.

Bienvenue dans Six Versions, *je suis Scott King.*

Vous m'écoutez pour la dernière fois.

J'ai découvert cette série en même temps que la plupart d'entre vous, c'est-à-dire à la diffusion de l'épisode initial.

J'étais en week-end à la campagne et quand je suis revenu une montagne de notifications m'attendait. Des mails, des SMS, des messages vocaux; iTunes me félicitait pour le beau classement du premier opus, malgré une absence totale de promotion. Comme vous le savez, le succès de mes émissions repose surtout sur le bouche-à-oreille, même si je ne dédaigne pas à l'occasion de faire appel à la publicité. Pour Six Versions *cependant, aucune annonce. Juste une apparition soudaine.*

Le concept était totalement inhabituel pour moi. Je ne travaillais pas de cette manière. Le principe m'a accroché, j'ai été aussi séduit que vous, chers auditeurs.

Alors je me suis assis, et j'ai écouté.

J'ai fait défiler le premier épisode deux fois, étudiant la voix de l'animateur, relevant ses choix lexicaux, ses tics de langage, similaires aux miens. Me suis-je senti agressé, dépossédé, floué? Ai-je été furieux contre cet imposteur, dont je découvrirais plus tard qu'il avait utilisé mon nom pour attirer les protagonistes du drame et les forcer à se dévoiler?

Je sais comment j'aurais dû réagir, mais je n'ai pas obéi à cette impulsion. Parce qu'une émotion dominait les autres: la jalousie.

Vous avez bien entendu: une jalousie noire, dévorante. Pour paraphraser Eva, l'affaire Jeffries correspondait tout à fait à ce que je rêvais de traiter. Le travail de documentation, la méticulosité et le soin apportés aux entretiens se révélaient d'un professionnalisme irréprochable.

Et puis Six Versions *était tout bonnement excellent.*

— C'était étrange. Je ne connaissais pas l'émission, le nom de Scott King ne me disait rien. Je pensais participer à un de ces reportages dont les jeunes raffolent. Pourquoi est-ce que j'ai donné mon accord?

Vous... enfin il... désolé, je n'en reviens toujours pas... il a réussi à me convaincre. Il a tellement bien présenté les choses.

Cette voix, vous l'avez entendue dans le premier épisode: c'est celle de Harry Saint Clement-Ramsay. Il détaille les conditions de l'interview à laquelle il s'est prêté.

— J'avais prévu du renfort, d'accord? Deux ou trois copains surveillaient ce qui se passait. Vous... Il m'avait demandé de venir seul et j'avais trouvé ça louche. Qui pose de telles exigences?

— *Pourtant vous avez accepté.*

— Oui. Comme je vous l'ai expliqué, il avait le don de la persuasion. Il m'a vanté les podcasts précédents, j'ai fait quelques recherches sur lui, sur son travail. Tout semblait en ordre. Le jour de l'entretien, j'ai demandé à ceux qui m'accompagnaient de se poster dans les environs. Ils étaient armés, mais juste par précaution: personne n'envisageait sérieusement d'employer la force. Ces mesures se justifiaient. Ce n'est pas tous les jours qu'un type masqué vous interroge dans l'allée d'une propriété familiale, sur un gamin mort depuis vingt ans.

Précisons que je porte parfois un masque au cours de mes entrevues. Je conviens que cette apparence neutre et anonyme peut déstabiliser certains interlocuteurs. Non que j'aie quoi que ce soit à cacher, mais l'émission porte sur les faits, pas sur moi. Il vaut mieux que les invités ne sachent pas à quoi je ressemble. Ainsi nous évitons les situations embarrassantes si nous nous croisons dans un autre contexte. Il en est qui ne sont pas à l'aise avec cette façon de procéder, ils pensent que la démarche manque de sincérité. Pour cet épisode final, je suis à visage découvert.

— À la réflexion, oui, sa voix n'était pas tout à fait identique à la vôtre. On ne remarque pas ce genre de choses immédiatement. Et ses yeux étaient… je ne sais pas… différents? À moins d'être particulièrement observateur, on relègue ces détails au second plan, n'est-ce pas?

Je demande à Harry s'il a jamais confié à quelqu'un la vraie raison pour laquelle lui et ses amis arpentaient les bois la nuit où ils ont trouvé le corps. Cette question me taraude depuis que j'ai écouté les podcasts.

— Est-ce que l'un d'entre vous, un de vos amis, une connaissance, a aperçu quelque chose dans la forêt?

— Quelque chose?

— Une silhouette, un individu, un animal qui n'avait rien à faire là. Ou bien vous recherchiez un cadavre?

Harry marque une longue pause, les yeux dans le vide. On dirait qu'il lutte contre une vision du passé. J'ai envie de le remercier. Pas seulement pour avoir accepté de me parler quand tout le monde refusait de le faire, mais pour montrer autant de bonne volonté. Lui et son père sont étrangers au sort de Tom Jeffries, cependant il n'ignore pas l'impact que peut avoir l'émission sur son nom, sur sa famille.

— Non, nous ne cherchions aucun cadavre. C'était... autre chose.

— *Vous aviez des lampes, un fusil...*

— Tout à fait. Mais on ne chassait pas. Écoutez, j'aimerais vous aider, mais je crains de passer pour un farfelu et...

— *Non, non, allez-y.*

— Mon père... Autrefois mon père avait été témoin d'un événement déconcertant dans les bois. Maintenant il est vieux, les premiers signes de démence apparaissent, mais je le connais. Je sais quand il divague et quand il a l'esprit clair.

Je dois admettre que, après avoir écouté les cinq épisodes de Six Versions, *ce n'est pas sans fébrilité que j'interroge Harry sur l'expérience de son père. J'espère que ce n'est pas ce que je crois, et j'imagine que vous partagez mon appréhension.*

— Il a parlé d'une sorte de... créature maléfique, de spectre. Je me suis d'abord figuré qu'il plaisantait. Il a un sens de l'humour assez spécial. Mais il était sérieux et il avait peur. Pourtant il n'est pas du genre émotif.

Voilà ce que je redoutais. Lord Ramsay prétend avoir observé un monstre semblable à celui décrit par Charlie Armstrong au moment de son excursion avec Tom Jeffries à l'ancienne mine, en 1996. Harry avoue également connaître les rumeurs concernant la Bête de Belkeld; rumeurs qu'il attribue à une croyance populaire ou aux déambulations d'un animal sauvage. Il me dit que son père est devenu blême en parlant de cette histoire. Il n'a pas détaillé l'apparition mais a dépeint son allure surnaturelle, ses mouvements anormaux: les membres démesurés qui bougeaient dans la végétation.

— C'est ça que vous et vos amis pensiez avoir vu? Vous sentiez qu'il y avait une présence dans la forêt?

— Eh bien, tout le problème est là. Les chiens suivaient effectivement une piste, mais était-ce le corps du garçon ou bien... un animal plus grand? Nous ne l'avons jamais su.

— Quelle est votre opinion? Le monstre de votre père, à votre avis, c'était quoi?

— Si j'avais la réponse on ne serait pas en train de discuter, non?

Harry et moi perdrions notre temps à émettre des hypothèses sur Nanna Varech ou le Qalupalik, créatures effrayantes mais imaginaires. Peut-être le mont Scarclaw, avec ses forêts lugubres et son pic crochu, est-il propice à ce type d'inventions?

Un aspect de cette histoire continue pourtant de me déranger. Mon double mystérieux, d'ailleurs, n'a pas vraiment approfondi la question. Comment est-il possible que le corps de Tom Jeffries soit resté dans les marais pendant un an? Une théorie circulait à l'époque. La dépouille avait pu couler, mettant ainsi en échec les équipes de recherches et la brigade cynophile. Un affaissement dû au sol fragilisé par les anciennes galeries aurait fait resurgir le corps un an plus tard. S'agissait-il de la forme entrevue par Lord Ramsay? Personne à ma connaissance n'a enquêté sur le sujet.

Pourquoi l'autre Scott King s'est-il gardé de creuser cette piste ? Lord Ramsay, par ses craintes, s'était longtemps tenu sur la réserve. Mon imposteur éprouvait-il une inquiétude analogue ?

Ou savait-il quelque chose que nous ignorons ?

Où ces considérations nous mènent-elles ? Les Coureurs refusent de me parler, rejet légitime.

J'ai suivi leur histoire en même temps que vous, j'ai parcouru les commentaires postés sur les forums, j'ai lu les discussions consacrées à ce thème sur Reddit. Durant les épisodes deux et trois, je suis resté silencieux, acceptant passivement les compliments qu'on m'adressait.

Aurais-je dû m'inquiéter des intentions malveillantes de l'énigmatique imitateur ? Aurais-je dû craindre des conséquences fâcheuses ? Redouter que ma véritable identité ne soit dévoilée, que mes défenses ne soient abattues, me laissant aussi vulnérable et désemparé qu'une patelle décollée de son rocher ?

Non. J'ai compris dès la première écoute que l'émission ne me concernait pas.

Tom Jeffries et les Coureurs constituaient les motifs centraux du récit. En définitive, Six Versions *se rapportait presque exclusivement aux événements du 24 août 1996, au mont Scarclaw.*

J'ai reçu un mail crypté le jour de la mise en ligne du cinquième épisode sur iTunes. En pièce jointe, une adresse et un fichier audio intitulé Le sixième témoignage.

À l'exception de la présente introduction, certes assez longue, de rares apartés et de quelques mots de conclusion, je n'ai pas modifié l'enregistrement. Il y a sûrement des choses que vous brûlez de savoir, et je peux d'ores et déjà vous annoncer que vous obtiendrez satisfaction dans les minutes qui viennent.

Oui, vous allez apprendre ce qui est arrivé à Tom Jeffries au cours de la nuit fatidique.

Oui, vous découvrirez enfin qui est Scott King, enfin, l'autre Scott King.

— Bienvenue dans *Six Versions*. Vous m'écoutez pour la dernière fois. Ceci est mon histoire. J'espère ne pas vous décevoir. Contrairement à tout ce que j'ai entrepris dans ma vie, j'ai de bonnes raisons de croire que ce final tiendra ses promesses.

— Je m'appelle Brian Mings.

Je ne me souviens pas du jour où j'ai su que je serais célèbre, mais c'était une évidence. Vous connaissez ce sentiment de certitude absolue?

Vers l'âge de huit ou neuf ans j'ai achevé mon premier cycle au conservatoire, section piano. Pas mal pour un gars comme moi, un binoclard. J'ai porté les grosses lunettes à monture orange de la Sécu jusqu'en sixième, ce qui m'a permis de constater un fait curieux: les plus petits accessoires provoquent la haine des autres élèves. Leur cruauté.

Mais revenons au piano. C'était une lutte, et ça l'a toujours été. Je n'ai jamais eu les facilités de certains, vous savez, ceux qui disent: «Oh, c'est naturel, pas besoin de forcer.» Quel bobard! Helen Stocksfield appartenait à cette catégorie. Je crois que c'est la première fille dont je sois tombé amoureux.

Elle habitait en face de chez nous, rue *[coupé au montage]*, et ma mère m'obligeait à passer chez elle pour aller à l'école avec elle. Je n'ai pas souvenir d'une vraie conversation entre nous. Imaginez un peu: un garçon et une fille marchant côte à côte, le premier bigleux et court sur pattes, la seconde bizarre et toute maigre. Elle jouait dans la même section que moi au conservatoire, et ma mère me forçait à l'accompagner en classe.

On se moquait de nous: «Bigleux Quatre-Yeux et la Touffe (en référence aux longs cheveux filasse qui ondulaient sur le crâne de Helen) sont a-mou-reux!» Nous n'avions même pas les honneurs d'une moquerie un tant soit peu recherchée.

Quand je m'arrêtais chez Helen, sa mère m'observait sur le pas de la porte. Elle avait exactement la même coiffure que ma pauvre camarade: on aurait dit un plumeau collé sur sa tête, sauf que ses cheveux à elle grisonnaient.

Tous les matins, c'était la même rengaine: «Tu passes devant chez ton amie. Profites-en pour l'emmener en cours.» Et moi, j'allais frapper à sa porte comme un vulgaire livreur de pizza ou je ne sais quoi.

Papa a quitté la maison au moment où je terminais le premier cycle.

Je n'ai plus touché un piano après son départ.

Et je ne suis plus jamais passé chercher Helen.

Ici Scott King, le vrai. Bien sûr nous allons écouter l'enregistrement dans son intégralité. J'ai juste supprimé certaines indications géographiques.

Il m'a paru toutefois nécessaire de mener quelques recherches sur les personnes mentionnées par Brian. Helen Stocksfield se nomme maintenant Helen Morris. Elle est mère de trois enfants. Voici ce qu'elle dit de son ancien camarade.

— Oh, Brian Mings était particulier, c'est incontestable. On avait le même prof de piano, M. Karlsson. Un original, lui aussi. Il puait la cigarette et l'alcool. Souvent, il interrompait le cours pour aller cracher ses poumons à l'extérieur.

Helen ne connaît pas Six Versions, *et la disparition de Tom Jeffries en 1996 ne lui évoque rien.*

— Une histoire pareille, je m'en souviendrais, non? Quant à Brian Mings... Je me suis fréquemment demandé ce qu'il devenait. On allait à l'école ensemble quand on était petits. En CM1, je crois. Honnêtement, je ne me rappelle pas nos discussions. De simples bavardages, sans doute. Les filles et les garçons, c'est spécial à cet âge-là. Concernant Brian, je me souviens de quelques anecdotes. Des trucs assez barrés. En CM2 les profs et la direction ont monté tout un stratagème pour cacher une découverte gênante. Je n'en ai pas été témoin, mais les commérages allaient bon train: on avait trouvé un pot rempli d'excréments dans le cartable de Brian. Ses excréments. On prétendait qu'il se promenait partout avec son pot. Comme ses parents venaient de se séparer – événement peu commun dans les années 1980, et encore plus dans un coin comme *[coupé au montage]* –, il avait sans doute des circonstances atténuantes. Mais il était un peu pointé du doigt. À l'école et en dehors. Son père était un poivrot de première, on le savait tous. En sortant des cours, on le voyait souvent adossé au mur du pub, en train de fumer, les doigts jaunis par la nicotine, ou bien cuvant sur le banc près de la fontaine.

— *Et sa mère?*

— Oh, je me souviens très bien d'elle. Une copine de ma mère. Après le divorce, elle a... Je crois qu'elle a voulu se consacrer à Brian, faire le maximum pour qu'il aille bien.

Selon d'autres sources, le comportement de Brian présentait des caractéristiques plus préoccupantes. Des camarades de classe affirment par exemple qu'il aimait attirer l'attention, toujours prêt à faire le pitre pour amuser la galerie. Mais ses plaisanteries allaient trop loin: il se barbouillait le visage au marqueur noir, il empoignait les canalisations des vieux radiateurs jusqu'à se brûler les mains, il exhibait ses cloques avant de les percer.

Certains témoins se rappellent qu'on le plaignait difficilement. Ils prétendent même que son harcèlement était justifié. Une connaissance qui m'a demandé de ne pas révéler son identité m'a raconté que Brian avait l'habitude de s'allonger par terre en classe, pour regarder sous les jupes des filles. Il a fini par être puni quand il a voulu réitérer l'exploit avec une des enseignantes.

Helen Morris rapporte une habitude que je trouve révélatrice.

— Il possédait un cahier dont il ne se séparait jamais, sur lequel il notait des histoires accompagnées de dessins, d'illustrations. C'étaient souvent des princes terrassant des dragons, sauf qu'il n'y avait pas de progression. Des descriptions de massacres, de tortures, qui se succédaient sur des pages et des pages. Le prince coupait d'abord une phalange, puis une autre, il enfonçait ensuite son épée chauffée à blanc dans la gueule du monstre, avant de lui crever les yeux, et ainsi de suite…

Brian ne montrait pas ses créations uniquement à Helen. Tous ceux qui l'ont connu m'ont parlé du cahier. Ce recueil faisait fureur à l'école. L'écrivain en herbe n'hésitait pas à colorer ses récits de bonnes doses d'urine, de sang et de matières fécales. Ceci nous amène naturellement à la suite de la confession de Brian.

— La mère de Helen était… Bon, elle me prenait pour un dingue parce que j'avais un peu trop d'imagination. J'écrivais des histoires que tous les élèves adoraient. Ils se mettaient en cercle dans la cour afin de contempler mes dessins. Pour être franc, je n'avais jamais eu autant de succès, et je n'en ai plus jamais eu jusqu'à… eh bien, jusqu'à aujourd'hui.

C'est à cette époque que j'ai compris d'où me viendrait la célébrité. Pas du piano, cet instrument désaccordé que je martyrisais soir après soir, tandis que ma mère faisait les cent pas dans sa chambre. J'obtiendrais un renom grâce aux histoires que je raconterais. J'étais absolument persuadé de réussir… Mais l'école a tout fichu par terre. Une prof m'a confisqué mon carnet, la direction a appelé ma mère, et j'ai dû tirer un trait sur la notoriété. Fini, les histoires. Et merci à l'éducation nationale, quel formidable encouragement!

Helen Morris précise durant notre entretien que les choses n'étaient pas toutes roses au domicile de Brian.

— *Vous avez rencontré le père de Brian?*

— Non. Pas en personne. Mais je le connaissais de réputation, comme tout le monde.

D'après les renseignements que j'ai pu glaner, Stanley Mings était une figure locale, une sorte d'excentrique à vrai dire. Un alcoolique qui dormait parfois à la dure ou squattait chez des compagnons de boisson. Sa femme commençait à se lasser sérieusement, elle lui interdisait souvent de rentrer. Il ne faisait que des apparitions épisodiques dans la vie de Brian. Il promettait monts et merveilles, jurait qu'il allait changer, et en une semaine revenait sur toutes ses résolutions. On le retrouvait ivre mort sur le parking du supermarché, écroulé dans une flaque de vomi.

Il me paraît important de signaler que Helen et son ancien professeur de collège ont tous les deux certifié que, durant une période au moins, Brian a voulu aider son père, allant même jusqu'à tenter de lui trouver des soins médicaux et un toit. Il semble qu'il a abandonné quand Stanley a clairement fait savoir que la bouteille passait avant sa femme et son fils. Les effets sur un jeune garçon à l'entrée de l'adolescence ont dû être assez dévastateurs.

Mais écoutons encore l'intéressé.

— C'est là que j'ai commencé à faire les devoirs des autres. Je copiais leur style, j'insérais ma prose dans leurs rédactions. De mon côté, j'avais de nouveaux cahiers. Mais cette fois je ne les montrais plus à personne.

Les carnets secrets de Brian lui servaient de refuge. Quand il est entré en sixième, au collège de [coupé au montage], *les brimades devinrent monnaie courante. Brian était un jeune homme rejeté et solitaire. Je ne peux qu'imaginer le fiel, la colère qui se déversaient sur les pages de ses recueils.*

— Ma mère a fini par prendre des cachets pour dormir. Elle les avalait après le thé et plongeait aussitôt dans une espèce de torpeur. Elle n'a jamais compris ce qui m'arrivait. Je le lui racontais, je lui montrais les bleus, mes lunettes sans arrêt cassées, mais elle se contentait de marmonner comme une imbécile. On aurait dit une handicapée mentale ou je ne sais quoi. Alors je me mettais au piano et je jouais aussi fort que possible pour elle. Des gammes, des chansons... Bing! Bang! Bong! Je lui demandais comment j'étais censé apprendre sur un instrument désaccordé, par quel miracle je passerais mon second cycle dans ces conditions, et elle marmonnait de nouveau, on aurait dit un zombie.

Les interviews de Derek Bickers et des autres dans les épisodes précédents montrent que tout le monde ignorait plus ou moins cet aspect de l'existence de la mère de Brian, elle donnait le change. À moins que cette impression ne découle d'un habile montage de Brian, en admettant qu'il soit à l'origine de Six Versions, *bien sûr.*

Je ne peux m'empêcher de ressentir un pincement au cœur lorsque je pense à ce pauvre garçon devant son clavier désaccordé, s'évertuant à satisfaire sa mère. Le gamin rencontrait des problèmes à l'école. Mme Mings a été convoquée plusieurs fois, pourtant aucune réunion ne fut suivie d'effet. Comment ne pas éprouver un sentiment de gâchis quand on songe à la facilité avec laquelle Brian est passé à travers les mailles du filet?

Mais avant de condamner l'éducation nationale et les services sociaux surchargés, il faut se souvenir que l'enfant vivait dans une maison bien tenue et dans un quartier sans histoires. Il faut aussi garder en mémoire que Brian n'a jamais été ouvertement violent, et qu'aucun signe extérieur n'indiquait la moindre négligence. On peut comprendre le comportement de Mme Mings, désireuse d'éviter le scandale, surtout avec un mari porté sur la bouteille. L'aide à l'enfance a déjà du mal à intervenir dans les familles les plus défavorisées, on peut donc imaginer que les Mings n'aient pas constitué une priorité.

La situation s'est gâtée à l'entrée dans le secondaire. Brian revient sur cette période douloureuse.

— À partir de la cinquième, je me faisais tabasser presque tous les jours. Mes lunettes n'ont pas tenu le choc. Keiran Thompson les a piétinées dans les vestiaires. Jusque-là j'avais réussi à les rafistoler avec du scotch, mais cette fois-ci... Pour résumer, j'ai cessé de les mettre. Ma mère n'a même pas remarqué la différence. Je crois qu'elle avait oublié que j'en portais. Elle prenait encore plus de cachets, elle restait au lit toute la journée.

Et puis mon père a dû avoir un problème. On a arrêté de le voir traîner dans le coin. J'allais parfois l'attendre près de l'entrée de service du pub, et il m'achetait des crackers. Lui et son copain - un dénommé Mick, qui avait les dents explosées et une toile d'araignée tatouée sur la joue - passaient leur temps dans la contre-allée à fumer des cigarettes, à déconner. J'ignore où mon père trouvait l'argent pour mener cette vie.

Un beau jour, on ne l'a plus vu du tout. Mick racontait que des types l'avaient chassé en lui balançant des pétards dessus. Mon père avait fait la guerre des Malouines et... Aujourd'hui on sait beaucoup de choses sur le stress post-traumatique, mais à l'époque...

Chers auditeurs, il ne m'appartient pas de souligner l'évidence, mais il me semble que nous tenons là un mobile.

Et de surcroît inattendu.

Comme toutes les surprises qui ont ponctué la série jusqu'à présent, cette révélation soulève plus de questions qu'elle n'apporte de réponses. La plus importante d'entre elles, la plus troublante, est celle-ci: pourquoi personne n'a fait le rapprochement entre Stanley Mings, un vétéran traumatisé, et le sans-abri chassé à coups de pétards, terrorisé par Tom Jeffries et ses amis?

J'ai une théorie à ce sujet.

Examinons le cas de Stanley Mings. Premièrement, j'ai des raisons de croire que l'agression n'a pas occasionné de dommages corporels significatifs. Deuxièmement, cette affaire n'a connu que brièvement les honneurs de la presse locale. La mauvaise farce de Jeffries et de ses amis – geste imbécile de gamins désœuvrés dans un quartier calme – était d'autant moins vendeuse qu'il n'y avait ni blessures ni brûlures à prendre en photo. Le même jour, on inaugurait l'Eurostar.

Malgré tout, on se figure mal comment l'état de santé de Stanley n'a suscité aucune réaction. Est-ce que les adultes responsables des Coureurs, Derek Bickers en tête, ignoraient la maladie de l'ancien combattant? Mystère. Et s'ils savaient, pourquoi n'ont-ils pas proposé leur aide?

Comme je l'ai toujours fait, je m'abstiendrai de porter un jugement, et vous laisserai, chers auditeurs, tirer vos propres conclusions.

En fin de compte, la seule personne consciente de tous les problèmes était Brian.

— Mon père n'est jamais revenu. On l'avait obligé à fuir comme un monstre traqué par des villageois armés de fourches et de torches. Tout le monde à l'école connaissait les coupables, mais personne n'osait protester. Tom Jeffries rôdait dans la cour avec Jonny Wagstaff: «Continue à nous regarder de travers et je te casse les dents, tu auras l'impression d'avoir mangé une brique.» Pas un seul élève ne bronchait.

Quant à moi, je me tenais loin d'eux, je faisais profil bas. S'ils apprenaient que j'étais le fils de Stanley, l'enfer s'abattrait sur moi. Tous les soirs avant de dormir, j'entretenais une espèce de fantasme: j'imaginais les collégiens rassemblés sous le préau. Le principal arrivait. Un étrange silence s'installait car chacun redoutait d'être appelé. Pas moi. Je savais qu'il allait me décerner une médaille pour avoir sauvé mon père de Tom Jeffries et Jonny Wagstaff. J'avais risqué ma vie. Tout le monde m'applaudissait, me félicitait, on agitait les mains dans ma direction et Mme McCluskey me prenait dans ses bras et... et elle disait: «Bien joué, tu es un héros. Mon héros.» Elle m'enlaçait plus fort. Elle portait sa chemise en soie blanche, celle à travers laquelle on voyait son soutien-gorge.

Je n'ai jamais consigné cet épisode, jamais. C'était trop intime, presque sacré. Et puis l'histoire évoluait. Je m'imaginais dissimulé sous un pont, comme Batman, et je fondais sur Jeffries, sur Wagstaff, sur tous les êtres malfaisants.

D'autres fois j'étais un sniper. J'attendais pendant des jours, des semaines, l'œil fixé à la lunette, l'arrière de leurs crânes en ligne de mire. Je pressais lentement la détente, très lentement, et soudain, *splash!*, une tête explosait dans un nuage de sang, d'os et de matière grise.

Ou bien je trouvais mon père blessé au bord du fleuve. De temps en temps il mourait dans mes bras. Je jurais de le venger. La caméra montait pour filmer la lune dans le ciel. Sinon, je l'aidais à rentrer chez nous en titubant. Appuyé sur mon épaule, il murmurait: «Merci, fiston, merci...»

Des songes, rien d'autre. Toutes mes nuits en étaient peuplées. Quand je revenais de l'école au crépuscule, transi de froid, la pluie automnale s'engouffrait dans ma veste puant la terre mouillée. Dès que je passais le seuil, je fermais les yeux et je priais pour qu'il soit là, je priais pour l'apercevoir dans la cuisine, une tasse de thé à la main.

«Viens, fiston», disait-il. Je m'élançais vers lui, j'étais de nouveau un petit garçon. «Excuse-moi d'être parti, continuait-il. Je n'ai pas assuré, mais je suis de retour. Et je compte bien reprendre ma place de père.»

Évidemment cela ne s'est jamais produit.

La maison demeurait aussi froide que la rue, plus froide même. Maman restait sous la couette, bavait sur son oreiller. J'allumais le chauffage, je branchais le four pour me réchauffer les mains. La radio braillait et les histoires défilaient dans ma tête, occultant le présent.

Difficile de situer les actions de Brian dans le temps. Sans doute parle-t-il de la vie qu'il menait avant d'intégrer les Coureurs. D'une part l'adolescent avait développé une imagination foisonnante. D'autre part sa situation familiale n'était guère reluisante, c'est le moins que l'on puisse dire.

La façon dont il décrit sa mère soulève néanmoins quelques interrogations. Les addictions puissantes dont elle souffrait ont-elles été cachées au moment où son fils s'est mis à fréquenter le groupe? Avaient-elles simplement cessé? Ou n'avaient-elles jamais existé? Je ne veux pas jouer les cyniques, mais se pourrait-il que notre ami ait un peu exagéré la maladie de sa mère? Je serais curieux de le savoir. Mme Mings paraissait suffisamment lucide pour encourager sa progéniture à rejoindre les Coureurs, ce qui signifiait qu'elle remarquait ses difficultés. Cette conscience reflète-t-elle la situation globale? Nous ne pourrons probablement jamais le déterminer.

Dans le premier épisode, Derek Bickers précisait que la mère de Brian le déposait à la salle paroissiale tous les mercredis soir. Nous devrons nous contenter de cette information. Mais écoutons encore Brian.

— Les choses se sont un peu améliorées avec les Coureurs. La fréquentation de l'association m'a redonné de l'espoir. Charlie, Eva et Anyu sont rapidement devenus d'excellents amis. Je n'avais jamais rencontré de gens comme eux. Question maturité, ils me surpassaient dans les grandes largeurs, ils agissaient comme des adultes, des personnes responsables. J'ai su presque immédiatement que j'avais trouvé ma tribu, mes pareils. Charlie en particulier me semblait digne d'être mon meilleur ami. Quelqu'un à qui je pourrais parler de ma mère, à qui je pourrais expliquer ce qu'avait vécu mon père.

Ce passage me serre le cœur. Je voudrais téléphoner à Charlie Armstrong, lui faire écouter les dernières phrases, mais quelle en serait l'utilité? Qu'est-ce que ça changerait?

— C'est à cette période que j'ai commencé à acheter mes vêtements au surplus de l'armée: de longs manteaux avec des capuches fourrées identiques à ceux d'Anyu, des bottes du même modèle que celles de Charlie... Ils ont mis du temps à s'habituer. Au début, Charlie me surnommait la Chose, mais j'ai appris à encaisser, à rester cool. J'ai persévéré et persévéré encore jusqu'à ce qu'ils m'acceptent. Quand on est comme moi, il n'y a pas d'autre moyen de se faire apprécier.

Là, je ressens un élan de sympathie pour Brian. Ostracisé par ses camarades d'école, en situation d'isolement chez lui, il était prêt à tout endurer pour obtenir un minimum de considération de la part de Charlie et des autres. Il s'était construit une carapace et se sentait enfin libre d'être lui-même. Les taquineries des Coureurs n'étaient rien, comparées à ce qu'il avait déjà subi.

— Et puis un jour, il est arrivé. *Lui*, à la salle paroissiale où se réunissaient mes amis, ma famille de substitution. J'avais envie de me lever, de crier, de leur révéler son vrai visage et de leur dire de quoi il était capable... Mais je suis resté impuissant.

J'ai d'abord espéré qu'ils verraient clair dans son jeu. J'attendais le moment où Charlie le percerait à jour, le moment où ce serait au tour de Tom de se prendre des coups de genou dans les cuisses et de se faire appeler la Chose. J'ai été incapable de dormir jusqu'au mardi suivant, et j'ai eu des crampes d'estomac tout le mercredi. Peut-être que Charlie lui tordrait les doigts comme à moi. Il pouvait désormais presque les retourner sans que je pousse un seul gémissement. J'avais appris à maîtriser la douleur, à ravaler la souffrance. «Regardez! Regardez!» exultait Charlie en martyrisant mes articulations. Les autres répondaient: «C'est dégueulasse» ou: «Mortel!» J'avais hâte qu'il fasse la même chose à Tom.

Le soir venu, ça ne s'est pas du tout passé comme prévu. C'était un peu de ma faute d'ailleurs. Je suis arrivé trop tôt. J'avais apporté mon nouveau manteau, celui avec les lanières. Je savais que Charlie rêvait d'avoir le même, je l'avais vu lorgner sur cette tenue dans un magazine. Je le lui avais emprunté sous prétexte de lire les articles sur Cannibal Corpse, Obituary ou Morbid Angel. C'étaient des groupes qu'il m'avait fait découvrir et que j'aimais aussi. J'en parlais à tout le monde.

Bref, me voilà donc en avance à la salle, avec mon manteau. Derek n'était pas encore là, alors j'attendais dehors. J'avais peur de croiser un élève de mon école. Au fond de moi, je savais que tôt ou tard Tom raconterait ce qu'il avait fait à mon père. La semaine prochaine, il débaucherait peut-être Jonny Wagstaff de la bande de petites frappes à laquelle il appartenait pour l'amener à notre réunion. Peu importe. Ce soir-là, je voulais que Charlie voie mon manteau, qu'Anyu sache que je n'étais plus la Chose. Darren Michaels avait arraché la moitié de ma capuche fourrée au collège, en me traitant de «tapette baba cool», si bien qu'elle pendait dans mon dos comme un animal mort.

J'ai soudain réalisé qu'ils s'étaient tous réfugiés à l'arrière du bâtiment pour fumer.

Avec Tom.

Je suis donc entré dans la salle, dégoûté. J'avais encore l'espoir qu'Anyu m'ait aperçu, qu'elle vienne me demander si j'allais bien. J'aurais grogné: «Depuis quand Charlie et ce salaud de Tom sont cul et chemise?» Et puis je lui aurais tout dévoilé sur cette vermine, je lui aurais révélé que dans les couloirs du collège il inscrivait son nom partout au marqueur, qu'il insultait les autres et qu'il envoyait des pétards sur les gens. Je lui expliquerais comment il tentait de brûler ses victimes et à quel point tout le monde trouvait ça drôle. Elle saurait que ma mère bavait au lit avec toutes les pilules qu'elle prenait, que mon père avait disparu et que s'il était parti c'était à cause de Tom. Je lui ferais enfin comprendre qu'il n'avait pas sa place parmi les Coureurs, qu'il fallait se débarrasser de lui. Elle comprendrait, elle parlerait à Charlie, et tout redeviendrait comme avant.

Personne n'est venu s'enquérir de moi. Je suis resté seul dans la salle.

Je les ai ensuite entendus débouler dans le vestibule, s'esclaffer d'une chose qu'*il* avait dite. J'avais les tripes toutes retournées, une vraie nausée, comme si une vague d'ordures déferlait en moi. Je savais que je devais me sauver, fuir sans regarder en arrière. Mais avant que j'aie pu réagir Charlie et Tom m'encerclaient. Je les ai laissés empoigner les sangles et m'attacher. C'était pour rire, bien sûr. Juste une plaisanterie. Après tout, n'étais-je pas la Chose? Peut-être qu'en voyant mon manteau de plus près ils se rendraient compte que je possédais une authentique personnalité. Charlie me demanderait si j'accepterais de le lui prêter, et je lui répondrais que j'y réfléchirais. Alors il tordrait les doigts de Tom, et celui-ci crierait.

Rien de tel n'arriva. Ils continuaient à me tourner autour, et moi je restais immobile, pétrifié. J'attendais sans un mot.

Quand j'ai regardé Tom, j'ai senti une pointe d'espoir: il portait sa casquette idiote. Le vent allait tourner. D'une seconde à l'autre, Charlie allait le traiter de «cassos». Charlie me parlait souvent des racailles de son bahut, de leurs survêtements pourris des années 1990, et des bagarres qui se produisaient dès que l'un d'eux s'avisait de le qualifier de tapette ou de baba cool.

Je me souvenais qu'à son arrivée Tom nous avait appelés babas cool sans rencontrer la moindre opposition.

Il m'arrivait parfois, quand on fumait derrière la salle paroissiale, de parler à Charlie des brutes de mon école. On riait, on se moquait de ces cas désespérés avec leurs coupes de cheveux ringardes et leurs tenues de sport Naf Naf. D'authentiques instants de complicité. On aurait presque pu être amis. Ce soir-là, pourtant, Charlie ne fit aucun commentaire sur la tenue de Tom. Il m'attacha avec les sangles et, quand mes bottes valdinguèrent par la fenêtre, il me rappela que j'étais la Chose. Grand éclat de rire général.

Je me rendais compte que si seulement Anyu m'avait suivi dans la salle, si j'avais eu l'occasion de lui montrer le vrai Jeffries, la situation aurait été différente. Mais c'était un vœu pieux. Je me retrouvais donc à l'extérieur, cherchant mes bottes parmi les feuilles mortes et les mégots écrasés dans la boue. Qu'est-ce que ça puait, là-derrière! J'avais les joues qui brûlaient, les pieds trempés. Mes chaussures pendouillaient dans un rosier. Je me demandais ce que mon père aurait pensé de la situation. Qu'est-ce qu'il aurait dit s'il m'avait vu pleurnicher comme une fillette alors que lui il s'était battu pour son pays?

Et soudain je l'ai aperçu, derrière les rosiers, le visage aussi noir que la boue environnante. Son haleine sentait les Real King Size, les cigarettes de Tom. «Viens là, fiston», murmura-t-il. Je suis tombé à genoux dans la boue. Il avait les traits crispés, il m'a conseillé de ne plus me laisser faire. Si je voulais qu'il revienne un jour, je devais me comporter en homme et taper du poing sur la table.

Un plan a germé dans ma tête. Papa et moi, on s'est assis à l'abri des feuillages. Mon pantalon était humide, les lanières de mon manteau ressemblaient à des guirlandes. Au fil de la discussion le projet s'est précisé.

Nous connaissons déjà l'épisode du manteau, il a été mentionné plusieurs fois. La version bouleversante de Brian apporte un éclairage intéressant. J'ai l'impression qu'il s'agit d'un moment clef de son évolution. Pour le dire autrement, c'est sans doute là que tout a basculé pour lui.

Brian évoque ensuite le séjour estival de 1995, auquel Tom n'a pas participé. À en juger par ses propos, ou bien la psychose arrivait à maturité, ou bien il recrée la réalité de ce qu'il a vécu, à l'instar de Haris Novak.

Nous ne saurons jamais quelle hypothèse privilégier.

— Papa et moi, on a réglé les derniers détails peu après les travaux d'isolation au Centre Woodlands. On n'était que quatre ce week-end-là: Charlie, Eva, Anyu et moi. L'excursion était un véritable soulagement.

J'étais monté fumer avec Charlie dans l'ancienne mine. Quand il m'avait donné une cigarette, je m'étais dit que j'allais recracher la fumée par le nez, voilà ce que j'allais faire. Pourvu que mes doigts ne tremblent pas en tenant la cigarette.

«On n'a qu'à tirer une taffe chacun», avait-il proposé. C'est comme ça qu'on a partagé la clope. Je pensais qu'on était devenus copains. Il ne m'appelait plus la Chose, et pourtant j'avais encore les mêmes bottes que lui et les cassettes de Cannibal Corpse et de Morbid Angel. Il avait aussi cessé de me brutaliser. Bref, j'étais sûr d'avoir tissé des liens d'amitié avec lui. On a passé l'après-midi tous les deux. «Where the Slime Live» et «God of Emptiness» ont tourné dans le Walkman jusqu'à épuisement des piles. On a grillé d'autres cigarettes à la lueur des bougies qu'il avait piquées chez sa mère. Papa était avec nous, caché au fond de la galerie. Ses yeux rougeoyaient comme l'extrémité de nos mégots dans l'obscurité. Il hochait la tête. «C'est bien, fiston, vas-y.»

Ouais, je croyais qu'on était copains, Charlie et moi.

Quand Haris nous a montré la mine, j'ai proposé d'en faire notre QG. Heureusement que papa m'a poussé du coude pour m'empêcher de dire «notre vieux puits», comme dans le Club des Cinq. J'ai suggéré d'y planquer des bouteilles et des joints: j'avais un sac parfaitement étanche; celui de papa. On n'avait qu'à le laisser là, à l'abri. Mais les autres craignaient que Haris ne divulgue notre secret ou ne siffle la gnole. On aurait eu l'air malins.

Charlie a raconté l'histoire de Nanna Varech. On était dans la pénombre. Les bougies se consumaient et Morbid Angel passait plus lentement dans le baladeur. Une musique pour les limaces, les asticots et tout ce qui grouille sous terre.

La nuit, quand tout le monde dormait, papa et moi, on partait à la recherche de la créature. On arpentait le mont en pleine nuit, avec nos armes, et papa disait: «C'est bien, fiston, vas-y.»

On se rappelait tous les deux le jour où il était revenu, quand j'étais près des rosiers, derrière la salle paroissiale, avec mes chaussettes crottées. Les rires des Coureurs résonnaient toujours à nos oreilles.

J'avais eu quelques mois pour tout préparer avec papa. D'abord stocker les pilules de maman, puis les trier et les tester. Je n'écrivais plus de fictions dans mes cahiers, seulement des notes: quel cachet, quels effets, quelle durée... Un travail beaucoup plus profitable que l'école. «Inutile d'étudier lorsqu'on a un projet comme le nôtre», disait papa.

Après avoir écouté ce passage, j'ai découvert que Brian Mings avait manqué les cours à plusieurs reprises entre octobre et novembre 1995. Les professeurs le soupçonnaient de rédiger de faux mots d'excuse, lorsqu'il prenait la peine d'en présenter. Une fois encore, nul ne prêta attention à ces signes, nul ne posa de questions quand l'intéressé revint, en janvier 1996, apparemment en bonne santé.

Ses anciens camarades de classe ont été peu diserts. La plupart d'entre eux ne se souviennent d'aucun détail marquant à son sujet. Brian semble être passé dans l'existence des autres tel un fantôme.

Nous entendrons bientôt comment son stratagème a échoué. Pour l'instant, Brian nous parle de l'hiver

1995, période à laquelle Tom Jeffries a découvert le mont.

— Notre plan a connu une avancée significative quand on est allés à Scarclaw sous la neige. Papa est monté avec nous dans le bus. Il est resté assis à l'arrière, avec les bagages, durant tout le trajet. Je devinais la lueur orange de ses yeux, ténue comme une piqûre d'aiguille. J'avais pris place à côté d'Anyu. J'essayais de lui raconter comment papa et moi, on avait découvert Nanna Varech sur le mont, lors d'une de nos missions d'exploration. Elle n'écoutait pas. Quand papa marmonna dans mon dos: «Un quart de diazépam, quatre heures», je dus mettre la main sur ma bouche pour éviter de rire. Papa et moi, on vivait de chouettes moments, vraiment. Tous les deux dans la neige sur les pentes de Scarclaw, pendant que les autres traînaient dans l'ancienne mine.

Personne au cours des épisodes précédents n'a parlé des escapades solitaires de Brian Mings. Sans doute ne s'apercevait-on pas de son absence. J'espère me tromper.

— Cet hiver-là on a découvert le grand arbre dressé au milieu des marécages. Son tronc noirci suggérait qu'il avait été frappé par la foudre. Un vent sec balayait la zone, chantant une mélodie froide et solitaire. C'était là, à l'endroit où une couche de glace recouvrait l'étendue liquide, que vivait Nanna Varech. Sa maison en ruine fixait sur nous de larges yeux, dont l'obscurité contrastait avec la neige. On devait parcourir la surface lisse avec de grands bâtons, semblables à de longues pattes d'araignée. Ma parka était trempée, la capuche fourrée pendait dans mon dos. Nanna Varech reposait sous l'eau, ses cheveux émergeaient de la surface solidifiée. Elle avait des doigts verdâtres. Avec papa, on s'est allongés et, comme de vieux amis, on lui a raconté notre projet en chuchotant sous la neige.

Brian termine son récit sans mentionner la bataille de boules de neige, dont Anyu lui attribue pourtant l'initiative. Peut-être que cet incident ne représente rien à ses yeux, ou alors il n'est plus en état de livrer un compte rendu exhaustif. À moins, plus simplement, qu'il n'estime avoir accordé assez de place à cet épisode dans les émissions précédentes.

Revoyons cependant les circonstances de son implication éventuelle. Il aurait encouragé Tom Jeffries à donner de la drogue à Novak, avant de l'attaquer avec des projectiles. Je pensais au début qu'il avait émis l'idée par pure bravade, pour s'intégrer au groupe. Il semble maintenant qu'il poursuivait un autre but, sûrement lié à son plan: révéler la vraie nature de Tom Jeffries, saper son emprise sur les Coureurs. Soulignons que cette tentative aura aussi jeté le discrédit sur Haris, ce qui accentue l'aspect dérangeant de la manipulation.

La froideur apparente avec laquelle il parle d'Anyu et de ses camarades dévoile également une facette insoupçonnée de sa personnalité. Dans les numéros précédents, nous avions l'impression qu'il aimait Anyu. Il apparaît à présent que cet attachement pourrait n'être qu'un leurre, un procédé pour mener à bien son projet.

Une chose demeure certaine: il idolâtrait Charlie Armstrong. Peut-être redoutait-il autant son indifférence que la disparition de son père, ou bien éprouvait-il une attirance refoulée pour lui. Je doute pourtant qu'à ce stade de sa confession Brian soit encore capable d'éprouver une affection quelconque.

— À la fin des vacances d'été, quand je suis rentré à la maison, papa m'attendait. Maman ronflait comme d'habitude sur le divan du salon. «Viens là, fiston», avait-il dit, avant d'ébouriffer ma tignasse.

On avait regardé maman quelques instants. Une étrange sensation montait en moi, mélange de colère et de tristesse.

Papa avait mis son bras autour de mes épaules. «Chut.»

Je voulais lui parler de Damien Wright, qui avait cassé son stylo pour me le planter dans le dos, mais papa avait sorti mes cahiers et consulté les notes où je détaillais les différents cachets, les posologies, les durées d'action. Ses cheveux ressemblaient à un tas de ronces calcinées, il avait laissé une large traînée de suie à l'endroit où il avait posé la tête, et des volutes de fumée bleue s'élevaient autour de lui.

«Tu viendras avec moi?» avais-je demandé. Son rire sonnait comme une volée de feuilles mortes, un jacassement de pie.

Il avait désigné les tableaux, les graphiques et les listes de médicaments. On était prêts. Derek allait bientôt passer avec le minibus, on devait réveiller maman, lui préparer un bon café et lui donner un coup de peigne...

La première nuit au Centre, j'avais été assailli d'un doute: et si ça ne marchait pas? Chaque fois qu'on se rendait à l'extérieur, je sentais le regard de Nanna Varech sur nous. Elle nous observait depuis son repaire sur le mont, sous les dépôts humides, parmi les racines de l'arbre noir. La glace avait fondu, bien entendu, et Nanna avait faim. Cette nuit-là mes rêves avaient été peuplés de doigts crochus et de dents acérées émergeant de la boue.

Au petit déjeuner, j'ai pensé à nous trois: Charlie, papa et moi, avec un cerf-volant au sommet du mont. On fumait et on reprenait en chœur «Where the Slime Live».

Tout se passa bien, très bien. Ce fut plus facile qu'en hiver, quand Tom m'avait vu mettre des cachets dans la vodka d'Anyu. Personne ne l'avait cru. Papa m'avait prévenu.

Je me souviens que j'étais resté au lit plusieurs heures, sur le dos, sans qu'on me remarque. Papa, caché sous le sommier, constatait que je possédais un véritable don pour l'invisibilité. Je me tenais en retrait, j'observais les autres tandis qu'ils se laissaient envahir par la torpeur. Une poche secrète du sac militaire de papa contenait de l'alcool, ainsi que les cahiers sur lesquels j'avais noté les dosages. Je savais exactement qui prenait quoi, et combien de temps duraient les effets.

Tom râlait. Il titubait, reprochant à Charlie de se comporter comme une femmelette alors qu'il tombait de sommeil. Charlie s'endormit le premier, suivi d'Eva, puis enfin d'Anyu. Celle-là, je ne suis jamais tout à fait parvenu à percer son mystère. J'ai proposé à Tom de sortir fumer et il m'a dit que je pouvais aller m'«astiquer la nouille». J'ai ri jusqu'à ce qu'il m'ordonne de la fermer.

Alors j'ai patienté. Les heures ont défilé comme dans un songe. J'entendais papa ramper sous le Centre, et Nanna Varech gargouiller dans son repaire, là-bas, sur le mont. Quand les premières lueurs de l'aube sont apparues, j'ai guetté l'oiseau qu'elle enverrait: une grosse corneille noire. Ce serait le signal.

J'ai regardé Tom une dernière fois. Il dormait dans son sac de couchage. Je me suis demandé à quoi il ressemblait lorsqu'il était enfant. Était-il un sale gosse qui volait les jouets des autres, ou juste un gentil garçon? Je scrutais son visage. On l'aurait cru modelé dans de la cire, comme si un pantin l'avait remplacé. J'ai commencé à avoir peur, si bien que je me suis penché pour lui pincer fort la joue et m'assurer qu'il était réel.

Papa m'encourageait: «Allez, fiston, allez!» Un grand volatile noir aux plumes ébouriffées s'est posé près de la fenêtre. J'ai quitté mon lit.

L'excitation grandissait, mon cœur battait à tout rompre. J'ai failli tout foirer en oubliant de prendre un des soutiens-gorge d'Eva dans sa valise. Il me fallait une preuve, au cas où on douterait de notre relation, sachant qu'Eva ne coucherait jamais avec quelqu'un comme moi. Je devais faire vite, mais je tremblais. Une réflexion m'a traversé l'esprit: peut-être que je me comportais mal. Pourtant Eva avait bien fait l'amour avec *lui*, ce salaud de Tom Jeffries. Une vilaine croix à porter, mais ce n'était pas un châtiment suffisant.

Voilà pourquoi j'ai grimpé dans son lit. Quand Anyu m'a surpris, j'ai cru qu'elle allait donner l'alerte, alors je me suis glissé un moment sous les draps. La meilleure idée que j'aie pu avoir sur le coup. Ensuite, je me suis occupé de Tom.

Cette histoire fait froid dans le dos. La voix de Brian exprime une vraie délectation, le débit s'accélère, il s'attarde sur les détails sordides. Je commence à me demander si sa psychose est réelle. Venant d'un garçon rejeté et très imaginatif, une telle pathologie constituerait un prétexte idéal pour justifier ses agissements.

— Tom avait balbutié: «Hein? Quoi?» Il avait les yeux injectés de sang, le corps amolli. Les autres dormaient toujours. Chacun de mes gestes réclamait un effort considérable. Je manquais de discrétion.

Tom était plus lourd que je ne le pensais. Au moment où je l'ai soulevé, il a eu un regain de lucidité. «Dégage, Brian, retourne au lit. Qu'est-ce que tu fabriques, espèce de tapette?» Je lui ai chuchoté de la boucler. Il m'a répondu par une mimique débile, entre le clin d'œil et le sourire narquois. J'ai senti mes poings contre sa bouche. Il a poussé un petit cri. Je me suis dit: Ça y est, c'est fini. Il s'est dressé sur ses jambes flageolantes. J'ai deviné qu'il allait crier de nouveau. S'il ne réveillait pas le dortoir, il alerterait sûrement Derek, qui avait sa chambre au bout du couloir. J'ai sorti le couteau que j'avais pris dans la cuisine, celui avec la grande lame et le manche noir. Tom a hésité. «Je vais rameuter tout le monde...» menaça-t-il comme s'il lisait dans mes pensées.

J'ai ri en donnant un coup de pied à Charlie, allongé à côté de nous. Aucune réaction. «Ne te gêne pas, vas-y, Tom. Pousse ta chansonnette, et je te plante.»

J'ai cru qu'il allait se moquer de moi. Ses traits se tordaient. De mon côté j'étais prêt à l'étriper. Je pense qu'il s'en est rendu compte parce qu'il a cessé de protester.

Je ne me suis jamais senti si fort. Papa rôdait autour du Centre, les feuilles mortes crissaient contre ses flancs. Et j'entendais aussi Nanna. Son estomac gargouillait comme un millier de vers sous terre.

«Prends le sac.»

Tom a esquissé un mouvement pour s'échapper par la fenêtre, mais j'étais trop rapide pour lui. Notre différence de taille m'a frappé. Il était vraiment petit comparé à moi, un véritable gringalet.

«Allez, obéis.»

Il n'arrêtait pas de demander: «Qu'est-ce qu'on fait? Où on va?» Je ne l'écoutais pas car le jour se levait. J'apercevais Nanna sur les pentes du mont, je distinguais ses cheveux verts et noirs, sa bouche pleine d'ajoncs.

Je poussais Tom dans le dos, il suppliait: «Pardonne-moi, s'il te plaît, je regrette…» Je ne l'entendais pas vraiment. Papa m'accompagnait, murmurant à mon oreille: «C'est bien, fiston, vas-y.» Sa voix guidait notre ascension.

Je crois que Tom a compris qu'il allait mourir quand on a rejoint le repaire de Nanna, parce qu'il s'est mis à pleurer, à me parler de ses parents, à jurer qu'il garderait le secret, à promettre que nous serions amis.

On se tenait au bord des marais. Un jour nouveau se levait dans notre dos et il sanglotait comme un petit garçon. Pour un peu, je me serais laissé attendrir, j'aurais presque cru à ses mensonges.

«Je t'en prie, Brian, je suis désolé...

— Désolé de quoi, Tom?»

S'il demandait pardon pour mon père, s'il s'agenouillait et s'excusait pour ce qu'il lui avait fait, s'il jurait qu'il n'avait jamais eu l'intention de l'obliger à fuir, s'il acceptait de nous aider à redevenir une famille, alors peut-être, je dis bien peut-être, que je le laisserais partir.

Mais tandis que j'envisageais cette possibilité, tandis que je baissais le couteau, apitoyé par ses larmes, il m'a lancé un coup de pied dans la main. Je lâchai mon arme. La douleur fulgurante s'accompagna du hurlement de Nanna. On aurait dit qu'un grand trou se formait dans le monde.

Tom voulut s'enfuir en criant, mais il ne connaissait pas le terrain aussi bien que moi. Je récupérai le couteau en un éclair et m'élançai à sa poursuite.

La silhouette floue de papa lui donnait également la chasse, je l'apercevais du coin de l'œil. J'encourageais Nanna: «Attrape-le, attrape-le maintenant!» Tom s'était enfoncé dans les marais, il était couvert de boue, et il criait, il criait... Il pataugeait dans l'eau trouble jusqu'aux genoux. Scarclaw répercutait ses appels de détresse, il réclamait son père, sa mère, la police...

Il était plus rapide que moi, bien plus rapide. J'ai pensé que j'avais échoué, qu'il allait m'échapper. Puis j'ai senti une odeur de tabac. Papa s'était posté à mes côtés. «C'est bien, fiston, vas-y.» Il me tendait une grosse pierre plate. Je m'en suis emparé et je l'ai jetée sur Tom.

Nanna Varech et papa ont exulté. Dans le mille! Un craquement sinistre, une gerbe de sang, et Tom s'est effondré la tête la première dans la boue.

Nanna sortait à présent de son repaire liquide. J'ai réalisé que c'était Tom ou moi, alors je l'ai maintenu sous la surface. Il était fort pour son âge, mais avec papa et Nanna pour m'aider, j'ai prolongé la prise jusqu'à ce qu'il cesse de se débattre. Plus de cris, plus de scandale. Juste les battements de mon cœur, et les bruits de déglutition de Nanna.

Bien sûr, personne n'a songé à pratiquer des examens toxicologiques sur les adolescents présents au Centre ce soir-là. Ils se sont montrés coopératifs avec les autorités, ils ont avoué franchement avoir bu et fumé du cannabis, il semblait donc inutile d'ordonner des analyses. Les enquêteurs n'avaient aucune raison de douter de la version de Brian. Il s'était couché tôt comme les autres, puis s'était réveillé comme les autres le lendemain alors que Tom avait disparu. La salissure de ses bottes s'expliquait sans difficulté: le groupe s'était rendu à Belkeld la veille. Et puis Brian avait le soutien-gorge d'Eva Bickers.

Mais en admettant qu'il ait bien drogué ses camarades, qu'il ait réellement forcé Tom à l'accompagner sur le mont avant de le tuer, comment expliquer qu'on ait découvert la dépouille au bout d'un an?

Voici la réponse:

— Dans la lumière bleutée de l'aurore, on a attendu que Nanna soit rassasiée. J'avais envie de crier de joie, d'applaudir, mais je sentais l'arme de papa contre mes reins.

«On n'a pas terminé, fiston. N'oublie pas ce qu'on avait convenu.

— À vos ordres...»

On a retiré Tom de l'eau boueuse. Son visage était maculé de substance gluante. Il avait la bouche ouverte.

Ce n'était pas facile dans toute cette mélasse, mais je me suis servi du couteau pour le faire entrer dans le sac. Moi, je lui disais: «Pourquoi tu refuses de te coller là-dedans, Tom? Ça ne te plaît pas? Tu me faisais tellement rire quand tu te glissais dans ce sac...» Il ne répondait rien. On a fini d'emballer le corps et, après l'avoir tracté jusqu'à la maison de Haris Novak, on l'a flanqué dans la remise à charbon. Ça puait le cadavre. Haris y logeait ses animaux morts.

Ensuite je suis retourné au Centre, j'ai pris une douche et j'ai attendu que les autres se réveillent. Nanna Varech chuchotait: «Merci, merci.» Papa me passait la main dans les cheveux. «Bien joué, fiston. Tu lui as donné une belle leçon, oui, une belle leçon.»

La victime collatérale de cette machination fut Haris Novak. Il avait accepté de garder les affaires des adolescents, jurant de n'en parler à personne sous peine de fâcher la Bête de Belkeld. Souvenons-nous que Brian avait insisté pour lui confier le sac.

Je me rends également compte, à l'écoute de cet épisode, que Brian est sans doute retourné, un an après, à Scarclaw pour déplacer le corps; corps que

Saint Clement-Ramsay et ses amis ont ensuite découvert. La bâtisse vétuste de Haris était déjà abandonnée. Nul n'avait pensé à fouiller la remise située à l'arrière et Haris lui-même en ignorait sûrement le contenu.

Brian savait que le malheureux handicapé ramenait des animaux morts pour les enterrer dans le jardin de sa mère. En a-t-il profité pour orienter les soupçons sur Haris? Possible aussi que Novak ait trouvé le cadavre et que, paniqué, il l'ait enseveli dans les marais, mais cette éventualité paraît assez improbable.

Une autre question subsiste, et pas des moindres: Saint Clement-Ramsay et ses amis ont-ils vu Brian par la fenêtre du Relais, la nuit où ils ont trouvé le corps? Est-ce cette vision qui les a poussés à prendre les chiens et à s'enfoncer dans la forêt en pleine nuit, sur les traces de la Bête de Belkeld?

C'est une hypothèse. Le cadavre décomposé de Tom a sans doute attiré les lévriers, les détournant de Brian, qui a ainsi pu s'échapper dans les bois.

Quelques recherches menées sur lui m'ont confirmé qu'il sait se montrer très discret. Aucun compte sur les réseaux sociaux, et si l'on en croit les archives son parcours professionnel se limite à deux ou trois postes de télévendeur dans sa ville natale.

Quel élément déclencheur l'a amené à déplacer le corps de Jeffries? Pourquoi risquer de se faire prendre un an après le meurtre?

Et surtout, pourquoi reparler de ce drame vieux de deux décennies?

Brian Mings a de toute évidence beaucoup étudié mon travail. Il connaît mes méthodes et s'est révélé assez fin pour créer sa propre émission en usurpant mon identité. Je vais donc lui permettre de conclure son récit.

— Il faut comprendre que la célébrité n'a jamais fait de doute pour moi. J'ai d'abord cru que j'y accéderais par la musique, et peut-être que j'y serais parvenu si maman s'était souciée de faire accorder le piano au lieu de se bourrer de cachets toute la sainte journée. J'ai ensuite envisagé de raconter des histoires, mais l'école, avec ses règles et ses théories sur ce qui est acceptable ou pas, m'a vite mis des bâtons dans les roues.

Les gens comme Charlie, les gens comme Anyu: eux, ils ont la possibilité d'être connus à juste titre, d'avoir leur nom imprimé pour des choses réellement accomplies. Pas moi.

C'est ce que j'ai toujours pensé.

Quand les flics ont conclu à la mort accidentelle de Tom, quand ils ont décidé qu'il avait simplement été victime d'un malaise après avoir quitté le Centre sous le coup d'une contrariété, quand j'ai vu que j'allais m'en tirer les doigts dans le nez, j'ai compris que la renommée m'ouvrait ses bras.

Nous étions souvent montés là-bas, papa, Nanna Varech et moi. Dans la neige, dans le froid et le vent. On a jugé qu'il y avait des destinées qui méritaient d'être révélées. Au diable l'école et les normes! Au diable maman et tous les Tom Jeffries du monde! Le sens profond de cette histoire n'apparaîtrait que si on adoptait différents points de vue.

Qui écouterait un type de mon acabit?

Qui accorderait la moindre importance à cette aventure?

Vous, oui, vous tous, qui avez attendu avec excitation l'épisode final. Je ne vous reproche rien. C'est dans la nature humaine de réclamer un terme, de chercher une fin dans la boue, dans les plantes marécageuses et dans l'humus.

Vous voulez probablement savoir comment on nous attrapera, comment la police remontera jusqu'à papa, Nanna Varech et moi. Et si je vous disais que j'ai encore des révélations à faire? Une petite partie de vous désire sûrement entendre ce que nous avons à raconter, et ensuite elle en redemandera. Une autre partie - un Tom Jeffries niché dans votre cœur - espère que tout est inventé. Comment quelqu'un comme moi serait-il capable d'une telle monstruosité? Cette partie-là espère avoir écouté une simple fiction, qui l'a divertie sur le chemin du travail.

Amuser la galerie, c'est mon point fort, non?

Mais n'avez-vous pas envie de savoir qui je suis vraiment?

L'enregistrement s'arrête là.

Le portillon du confessionnal se referme, pour ainsi dire.

Nous avons donc une version de ce qui aurait pu arriver à Tom Jeffries, selon son assassin présumé. En dehors des renseignements que j'ai pu collecter pour finaliser cet épisode, nous avons très peu d'informations sur Brian Mings.

Mais, pour reprendre les mots de l'intéressé, peut-être y a-t-il encore certaines révélations à espérer. Quoi qu'il en soit, si une conclusion s'impose, j'estime qu'elle me revient de droit.

La moindre des choses serait d'apporter la preuve que je suis bien Scott King, et non Brian Mings. C'est ce que je vais tenter de démontrer à présent, au moins dans mon propre intérêt.

Je peux d'ores et déjà vous faire une promesse: cet enregistrement sera remis à la police, malgré les risques juridiques relatifs à sa diffusion dans le cadre de l'affaire Tom Jeffries.

Il est possible que j'écope d'une arrestation, d'une inculpation et d'un procès pour meurtre, mais j'ai la certitude que les autorités ordonneront l'exhumation du corps. Elles interrogeront de nouveau Derek, Eva, Charlie et Anyu. Pour la troisième fois on rouvrira d'anciennes blessures. La famille de Tom en souffrira, les témoins de l'affaire aussi. Peut-être est-ce le but recherché par l'auteur de la supercherie?

Ai-je eu raison de diffuser l'œuvre de Brian? Vous en jugerez, mais son histoire, bien qu'épouvantable, n'aurait jamais été connue autrement.

Ce coup de projecteur a-t-il une valeur quelconque?

Il nous pousse en tout cas à nous positionner, et à réfléchir sur le parti que nous prenons.

Peut-on en tirer une leçon? D'une certaine manière, oui. Il ne fait pas de doute que Tom Jeffries, personnage peu recommandable, jouissait d'une grande impunité. D'un autre côté, une bande d'adolescents plus tolérants que les autres, élevés dans le respect et l'acceptation d'autrui, permettait qu'on martyrise l'un de ses membres.

Alors quoi? S'agissait-il uniquement pour Brian de dénoncer ces injustices?

Je crois à titre personnel que dans son esprit torturé les choses se mélangeaient. Ce drame possède de multiples aspects entre lesquels il semble difficile de trancher. C'est souvent le cas dans les récits inspirés de faits réels.

Je me dis en fin de compte – et cette réflexion n'est pas très éloignée de celle de Brian – que certaines histoires exigent d'être racontées.

Même celle-ci.

C'était, je vous l'assure, Scott King pour Six Versions.

Vous avez écouté notre sixième et dernier épisode.

Adieu.

REMERCIEMENTS

J'aimerais remercier toutes les personnes qui, à leur mesure et parfois de façon inconsciente, ont participé à l'élaboration de cet ouvrage.

En premier lieu, les collaborateurs de l'agence New Writing North: Nick et Amy, qui m'ont pour la première fois parlé de *Serial*, le podcast de journalisme d'investigation; Laura, grâce à qui j'ai eu la chance de collaborer avec de jeunes écrivains formidables; et enfin Claire, pour avoir joué de son influence alors que rien ne l'y obligeait.

Peter Mortimer, de chez Iron Press, dont la confiance inébranlable était aussi effrayante que constructive; Shelley Day, dont la compagnie merveilleuse n'avait d'égale que son talent de romancière; Paul Clark et la famille Disley, dont l'enthousiasme n'a jamais faibli, même lorsque je rédigeais de mauvaises histoires de monstres: vous m'avez aidé à surmonter des périodes sombres. Je tiens également à exprimer ma gratitude à Max Halls, Jex Collyer et Andy Bain, mes copains de Lancaster, ainsi qu'à Benjamin Bee et Richard Dawson, amis de Newcastle incroyablement doués, qui m'ont toujours dit que j'y arriverais, malgré mes doutes. Steve, Megan et Leah, champions de jeux de plateau, et l'inimitable Dr Sarah Farmer.

Kati Heikkapeldo, Amanda Jennings, Yrsa Sigurðadottir et Antti Tuomainen m'ont non seulement beaucoup influencé en matière d'écriture, mais ils se sont révélés d'une extrême gentillesse envers moi, grand admirateur de leur travail.

Ma famille: Jill, qui m'a supporté pendant tant d'années; maman, papa, Chet, Joe, Katie, Gloria, Derrick et mon incroyable sœur jumelle, Nina, critique émérite doublée d'une amie précieuse. Tout ça grâce à une éprouvette, qui l'aurait cru?

Mon fils, Harry, en qui je trouve la force de tout accomplir.

J'adresse un immense remerciement à mon éditrice, Karen Sullivan. Celle-ci m'a tiré de l'obscurité pour me donner ma chance. Merci pour ton soutien opiniâtre, pour ta confiance sans faille et pour les livres gratuits que tu m'as procurés. Tu es vraiment un être d'exception.

Merci également à West Camel, fantastique préparateur de copie, qui m'a aidé à mettre en forme le texte que vous avez lu, et à Mark Swan, graphiste responsable de la somptueuse couverture anglaise.

Bien sûr, chers lecteurs, si vous lisez ces lignes, je ne vous oublie pas: vous êtes les meilleurs.

Du même auteur

Six Versions T2. La Tuerie Macleod,
à paraître en mars 2023
Six Versions T3. Le Disparu du Wentshire,
à paraître en octobre 2023

Dans la même collection

EQUINOX

Racket, Dominique Manotti, mars 2018
Un feu dans la plaine, Thomas Sands, mars 2018
Ceci est mon corps, Patrick Michael Finn, avril 2018
Mamie Luger, Benoît Philippon, mai 2018
Requiem pour Miranda, Sylvain Kermici, septembre 2018
Présumée disparue, Susie Steiner, octobre 2018
L'éternité n'est pas pour nous, Patrick Delperdange, octobre 2018
Les Féroces, Jedidiah Ayres, novembre 2018
L'Étoile du Nord, D.B. John, janvier 2019
Mauvais œil, Marie Van Moere, janvier 2019
La Vague, Ingrid Astier, février 2019
Paradigma, Pia Petersen, février 2019
Cherry, Nico Walker, avril 2019
Ma douleur est sauvagerie, Pierric Guittaut, avril 2019
Le Triomphant, Clément Milian, mai 2019
Glory Hole, Frédéric Jaccaud, mai 2019
L'Icône, Thierry Marignac, septembre 2019
Personne inconnue, Susie Steiner, septembre 2019
La Meute, Thomas Bronnec, octobre 2019
Le Second Disciple, Kenan Görgün, novembre 2019
City of Windows, Robert Pobi, janvier 2020
C'est pour ton bien, Patrick Delperdange, février 2020
Donbass, Benoît Vitkine, février 2020
Joueuse, Benoît Philippon, mars 2020
Marseille 73, Dominique Manotti, juin 2020
The Cry, Helen Fitzgerald, juin 2020
L'Un des tiens, Thomas Sands, octobre 2020
Tu me manqueras demain, Heine Bakkeid, octobre 2020
Lëd, Caryl Férey, janvier 2021
Tous complices!, Benoit Marchisio, février 2021
Un dernier ballon pour la route, Benjamin Dierstein, mars 2021
Serial Bomber, Robert Pobi, avril 2021
L'Heure du loup, Pierric Guittaut, avril 2021
Rendez-vous au paradis, Heine Bakkeid, mai 2021
Pandémonium, Sylvain Kermici, août 2021

Green Man, David Klass, septembre 2021
Garde le silence, Susie Steiner, octobre 2021
Milliame Vendetta, Bernard Muñoz, octobre 2021
La Cour des mirages, Benjamin Dierstein, janvier 2022
(coéd. Nouveau Monde éditions)
Jolies Choses, Janelle Brown, janvier 2022
Les Loups, Benoît Vitkine, février 2022
La Fille du ninja, Tori Eldridge, février 2022
Le chat qui ne pouvait pas tourner, Anne Dhoquois, mars 2022
Mycélium, Fabrice Jambois, avril 2022
Petiote, Benoît Philippon, mai 2022
Plein Sud, Benoit Marchisio, mai 2022
Quartiers Sud, Bérengère de Montalier, juin 2022
Je suis le fils de ma peine, Thomas Sands, août 2022
La Vengeance des perroquets, Pia Petersen, août 2022
La Lune de l'âpre neige, Waubgeshig Rice, septembre 2022
Cette terre que je croyais mienne, Alain Choquart, octobre 2022
Nous n'allons pas nous réveiller, Heine Bakkeid, novembre 2022

L'exemplaire que vous tenez entre les mains
a été rendu possible grâce au travail de toute une équipe.

Édition: Aurélien Masson
Couverture et conception graphique: Éric Pillault
Photo de couverture: © Shutterstock
Logo EquinoX: Killoffer
Révision: François des Accords, Nathalie Mahéo
et Isabelle Paccalet avec Alice Posière
Mise en page: Soft Office
Photogravure: Point 11
Fabrication: Marie Baird-Smith et Maude Sapin
Commercial et marketing: Pierre Bottura
Coordination: Jean-Baptiste Noailhat
Marketing et communication digitale: Clémentine Malgras
Relations libraires: Laura Darmon
Presse et communication: Hind Boutaljante
avec Axelle Vergeade
Les Arènes du savoir: Pierre Bottura avec Marc Blactot,
Adèle Hybre, Guillaume Lollier et Clémentine Malgras

Rue Jacob diffusion: Élise Lacaze (direction),
Katia Berry (grand Sud-Est), François-Marie Bironneau
(Nord et Est), Charlotte Jeunesse (Paris et région parisienne),
Christelle Guilleminot (grand Sud-Ouest), Laure Sagot
(grand Ouest), Diane Maretheu (coordination),
Charlotte Knibiehly (ventes directes) et Camille Saunier
(librairies spécialisées)

Distribution: Interforum

Droits France et juridique: Bertille Comar,
Geoffroy Fauchier-Magnan et Anne-Laure Stérin
Droits étrangers: Sophie Langlais
Accueil et librairie: Laurence Zarra et Lucie Martino
Envois aux journalistes et libraires: Vidal Ruiz Martinez
Comptabilité et droits d'auteur: Christelle Lemonnier,
Camille Breynaert et Christine Blaise
Services généraux: Isadora Monteiro Dos Reis

Titre original : *Six Stories. A Thriller*
Première publication par Orenda Books Ltd

Les Arènes,
17-19, rue Visconti, 75006 Paris
Tél. : 0142174780
arenes@arenes.fr
www.arenes.fr

Achevé d'imprimer sur les presses de l'imprimerie Corlet
à Condé-en-Normandie (Calvados) en décembre 2022.

L'ensemble de cet ouvrage a été réalisé dans le respect
des règles environnementales en vigueur. Il a été imprimé par
un imprimeur certifié Imprim'vert, sur du Ensoclassic PEFC
pour l'intérieur et une carte Invercote PEFC
pour la couverture.

IMPRIM'VERT® PEFC 10-31-1510

ISSN : 2609-7966
ISBN : 979-10-375-0822-5
Numéro d'impression : 22090579
Dépôt légal : Janvier 2023